JN271732

十七世紀英文学における終わりと始まり

——十七世紀英文学研究XVI——

十七世紀英文学会編

金星堂

まえがき

十七世紀のイギリスは、新旧の時代の思考や文化など様々なものの混交した過渡期である。いつの時代も多かれ少なかれそうなのではあるが、とりわけこの時代はその感を強くするものである。たとえば、スペインの無敵艦隊を打ち破ったエリザベス女王による治世の終わりで始まり、その後を継いだジェイムズ一世とチャールズ一世の王政から、議会が力を示し始める内乱と、その後の王政復古と名誉革命にまで至る風雲怒濤の時代の始まりを迎え、さらには錬金術や「偉大なる存在の連鎖」の世界観から、ニュートンに代表され十八世紀に花を咲かせていく近代科学の動きが始まった時代でもある。この〈終わりと始まり〉を架橋するような時代は、当然のことながら様々な矛盾・混沌・不調和の様相を呈することとなるが、逆にそれゆえの活気溢れたダイナミズムを湛えた時代でもある。だから、この時代を考えることが面白くないはずがない。本書の掲げた〈終わりと始まり〉の意識は、こうした様々な関心の奥へと探究の射程を広げ、その移りゆく現象や認識枠を、たとえば、〈観察〉という言葉の出現を手がかりにした分析や、〈パストラル〉や〈動物愛護〉などといった切り口から捉え直そうと試みている。

ひるがえって、二〇一一年三月十一日以降の現代という、わが国の時代状況を顧みてみると、原発安全神話の奇怪な構造を終わらせるべき時で、新たな原発ゼロの日本への再生の始まりとなるかと思いきや、変なことから再び政治が逆行し始め、不気味な未来が口を開けているようにも見える。いったいどうなるのかと危惧せざるを得ない。二十一世紀は何が終わり、何が始まるのであろうか。われわれはその不安な時代に注意を傾け、決して無責任であってはならないと再認識せねばならないのである。

最後となって恐縮だが、執筆者ならびに編集委員の方々、加えて長い間常に深いご理解と熱いご支援を賜ってきた金星堂出版部および社長となられた福岡正人氏に、心よりの御礼を申し上げる。

二〇一三年四月

十七世紀英文学会会長　太田　雅孝

目次

『救われしヴェニス』小論
――あるブロードサイド・バラッドの始まりと終わり――

佐々木　和貴

　王政復古期を代表する悲劇であるトマス・オトウェイ（Thomas Otway）の『救われしヴェニス（*Venice Preserved*）』（一六八二年）を取り上げる批評家の方向性は、近年、二つの方向に乖離しているといってよいだろう。一方には、この芝居を当時の政治的危機、すなわち「教皇陰謀事件（The Popish Plot）」（一六七八―八一年）と密接に関わるものとして、つまり〈本質的に政治的な〉ある種のプロパガンダとして読み解く立場がある。他方、この芝居を当時の政治的文脈から切り離して、つまり〈本質的には政治的でない〉純粋な悲劇として読み解こうとする主張も根強いものがある。(1) もちろん、両者は二者択一ではなく、むしろ補い合うことで、この芝居の本質にさらに迫りうると考えられるが、本稿では、基本的に前者の観点から、ヴェニスの有力者で滑稽なマゾヒストのアントーニオーが、劇中で口ずさむ「さあ、これから、昇るは我ら（"Hey then up go we"）」という台詞を取り上げてみたい。これまで等閑視されてきたこのリフレインが、どのようにして芝居のテクストに入り込んできたのかを探り、結果として、ブロードサイド・バラッドという同時代の豊かな民衆文化と、『救われしヴェニス』との繋がりを復元できればというのが、本稿の狙いとするところである。これはまた、当時は劇場と地続きだった街路の歌声の残響に耳を澄ますことで、この芝居のテクストに、今は失われてしまった政治性・重層性を取り戻す試みということにもなるだろう。
　さて、この「さあ、これから、昇るは我ら」という軽妙なリフレインが二度にわたって出現するのは、この芝居の大詰め近い五幕二場である。主人公ジャファイアやその親友ピエールが企てたヴェニス転覆の陰謀を元老院で告発しようと、アントーニオーが滑稽な演説の草稿を考えているところへ娼婦アクィリーナが登場する。少し長くなるが、当該箇所を引用してみよう。

アントーニオー　ナッキー、わしの可愛いナッキー、おはよう、ナッキー。誓って、わしはすこぶる元気で、すこぶる愉快で、すこぶる小粋で、すこぶる陽気だよ……あははは……キスしてくれよ、ナッキー。ご機嫌はどうだい、わしの可愛い、威勢のいいお妾さん？　キスしてくれよ、お転婆さん、キスだよ。
アクィリーナ　ナッキー、キスしてくれですって！　よしてくださいよ、伊達男さん、冗談じゃありませんわ。
アントーニオー　ちぇ、なんてこったい、実際、誓って本当に、そうなのかい……「さあ、これから、昇るは我ら」、いやまったく……「さあ、これから、昇るは我ら」ダム、ダム、デーラム、ダムプ。
歌う。
アクィリーナ　閣下。
アントーニオー　なんだいお前？
アクィリーナ　閣下はベッドで大往生されるお積もりですか。
アントーニオー　この先六十年位生きるとして、色々とやれるだろうね、お前。
アクィリーナ　縛り首におなりでしょうよ、閣下。
アントーニオー　縛り首だって、おまえ、どうか落ち着きなさい。縛り首って言ったね、これは実に愉快なしゃれだ。なんと、おまえ冗談を言っているのかい、ナッキー、確かに、お前は冗談好きだ。さて、断言するがな、ナッキー、いいや、断言せねばならぬし、また断言するつもりだが、わしも冗談は大好きだよ、お前。だから戯れにお前を愛するし、戯れにキスするし、戯れに邪慳にするし、ええい、それにまた、戯れにあのことをやりに、お前を脇へ連れ出したくてたまらんのだ、ええいくそ、そうなのだ、「さあ、これから、昇るは我ら」、ダム、ダム、デーラム、ダムプ。

歌う。（五幕二場二八—四九）[2]

このあと、アントーニオーはアクィリーナに短剣で嚇され、陰謀に荷担した彼女の恋人ピエールの助命を誓わされるのだが、そんな羽目に陥るとは夢にも思わず、彼が上機嫌で口ずさむこの「さあ、これから、昇るは我ら」という調子の良い鼻歌が、どうやら何か当時の流行り歌のリフレインらしいとは、誰でも推測がつくところだろう。しかし、さらに詳しい情報を得ようとすると、これが意外に難しい。『救われしヴェニス』が収録されている近年のアンソロジーを見ても、またこの芝居の標準的テクストであるリージエンツ・レストレーション・ドラマ版に当たっても、このリフレインには、注が付いていないのである。これがどうやら同時代の政治的なブロードサイド・バラッドと関わりがあるらしいと判るには、実は、約八十年前に刊行されたJ・C・ゴーシュ (J. C. Ghosh) 編のオックスフォード版全集まで遡る必要があるのだ。ゴーシュ版のこのリフレインに関する註は以下の通りである。

Hey then up go we: 当時の多くのバラッドのリフレインになっている。これは大変人気のある旋律だった。それゆえ、我々の手元にある「ホィッグランドからの新しいバラッド」（一六八二年）、「暴かれたテムズ川」（一六八四年）、「トーリーのための鏡」（一六八二年）は、皆この旋律にあわせてつくられている。エピローグ二四行目の註にある「ホィッグ有頂天」（一六八二年）からの引用も見よ。[3]

つまり、くだんのリフレインを含む政治的なバラッドが、やはり当時、相当数存在していたのである。さらに、エピローグの当該箇所の註を見ると、今度はこのリフレインを含むバラッド「ホイッグ大得意(*The Whig's Exaltation*)」が、以下のように具体的に紹介されている。

Picture-mangler at Guild-hall: ここで述べられている出来事は一六八二年一月に起こった。……「ホイッグ大得意、あるいは八二年の愉快な新しい歌」という、一六八二年の反ホィッグのブロードサイド・バラッドは、この出来事に触れている。

ホウィグ党が委員長職を押さえ、
　議会制定法で
正当な後継者を閉め出すような
　法律をこしらえるだろう。
我らは殿下［ヨーク公］を膝の分だけ
　より短く、切り詰めるだろう。
それで殿下は王位に昇れない、
　そのとき、さあお若いの、昇るは我ら。

我らはギルドホールで［ヨーク公の］偶像に一撃を加え、
　そして、それから（例によって）
それが教皇の陰謀だと叫びたて、
　そしてあいつら悪党たちの仕業だと宣誓するだろう。
殿下を王位から引きずり降ろすことが

我らの利益となるだろう。
というのも、殿下がご自身の利益を味わうことになれば、
そのとき、さあお若いの、昇るは我ら。(4)

この反ホィッグのブロードサイド・バラッドは、時期的にも、さらにリフレインの「昇るは我ら」の意味が、権力に「昇る」から、絞首台に「昇る」へとずらされた痛烈な皮肉からしても、どうやら、この芝居と関係がありそうだ。だがゴーシュ版が教えてくれるのは、残念ながらここまでである。この「さあ、これから、昇るは我ら」というリフレインを含む同時代の政治的バラッドについて、もしさらに詳しい情報を得ようとすれば、今度は、現在では殆ど顧みられることのないもう一つのオトウェイ全集、すなわちモンタギュー・サマーズ (Montague Summers) 編のノンサッチ版（一九二六年）に当たる必要があるだろう。

さて、サマーズといえば、一七世紀演劇を中心とした膨大な業績にも関わらず、悪魔学への傾倒や男色の噂などがつきまとい、現在では、敬して遠ざけられている特異な研究者だが、アントーニオーの口ずさむこのリフレインについての註も、いかにも博識のサマーズらしく、特に典拠は示さずに、しかしながら、以下の貴重な情報を伝えている。

さあ、これから昇るは我ら：大変有名な古くからある旋律。

御同胞このことはご承知おきを、空は晴れ
雲もすべて去りました。
今や義の人が栄えましょう、

よき日がやってまいりますぞ。
しからば、来たれ御同胞、そして歓び、
私と一緒に、言祝ぎましょうぞ。
〔国教会の〕主教の袖や法衣は落ちぶれて、
そして、さあ、これから昇るは我ら。

これはフランシス・クォールズ（Francis Quarles）の歌の最初のスタンザであり、写しはアッシュモール写本の書架番号三六&三七、頁番号九六、あるいは『残部議会に反対して書かれた王党派の歌（*Loyal Songs written against the Rump Parliament*）』第一巻、一四頁に見いだしうるだろう。(5)

興味深いのは、くだんのリフレインを含むバラッドのいわば元歌の作者として、ここに宗教的教訓詩集『エンブレムズ（*Emblems*）』（一六三六年）等で当時著名だった、フランシス・クォールズが登場することだろう。(6) またサマーズは特に言及していないが、採録されている詞華集の題名『残部議会に反対して書かれた王党派の歌』からして、このバラッドの意図が、一見ピューリタンを賛美しているように見えて、実は揶揄するものであろうと見当はつく。

だがこのサマーズの註では、肝心の出典が分からない。そこでさらに情報を求めて、"Hey then up go we & Quarles" でインターネット検索をかけてみると、それが『羊飼いのお告げ（*The Shepheards Oracle*）』に含まれているという情報が得られる。中でも最も情報が詳しいのは、一九世紀中葉のフォークソング復興のきっかけとなった『いにしえの民衆音楽（*Popular music of the olden time*）』（一八五九年）の中で、ウィリアム・チャペル（William Chappell）がこのバラッドに付けた以下の解説である。ちなみに、最後の一文を読めば、この詞華集がサマーズの種本であることも、一目瞭然だろう。

この歌は清教徒たちの好みを幾分滑稽に述べたものだが、もしそれがフランシス・クォールズの『羊飼いのお告げ (The Shepherd's Oracles)』(一六四六年) に入っていなかったら、清教徒の歌で通用したかもしれない。クォールズは、ジェイムズ一世の娘、ボヘミア女王エリザベスの杓取りだった。後には、(アイルランド主席主教)大主教アッシャーの秘書官、ロンドン市史料編修官を歴任している。

彼は一六四四年に亡くなり、彼の『羊飼いのお告げ』は、死後出版された。

この歌詞の他の写本はアッシュモール写本の書架番号三六&三七、頁番号九六、あるいは『残部議会に反対して書かれた王党派の歌』第一巻、一四頁に見いだしうるだろう。(7)

またチャペルはこの解説の中で、王政復古期の人気文士トマス・ダーフィー (Thomas D'urfey) と関わる、以下のような情報も伝えてくれる。

> ダーフィーはこれを「四一年の古いバラッド曲」と呼ぶ。彼はこの曲にあわせて歌を書いたが、それは一六八二年に公爵劇場で演じられた『王党派 (*The Royalist*)』という彼の芝居のためだった。ダーフィーは、ほんの少し歌詞を変えただけで、クォールズの歌七連のうち五連を借用した。(8)

ダーフィーについてはあとで論じるが、まずは『羊飼いのお告げ』のなかに、このバラッドがどのように組み込まれているのか、実際に確認してみよう。

この一四頁ほどの小冊子の大半を占めているのは、フィラーカス (Philarchus)［君主を愛する者の意］とフィローサス (Philorthus)［真理を愛する者の意］という二人の羊飼いが、国教会の危機と国の現状について嘆く二行連句の対話詩である。そして、くだんのバラッドは、後半突如アナーカス (Anarchus)［無秩序の意］なる狂信的な人物が乱入してくる場面で、たしかに出現する。ここでは、全七連よりなるこのバラッドから、サマーズが注に引用した第一連以外の部分を挙げておくことにしよう。

二　我らはバビロンの娼婦を描いた、窓を打ち壊しましょう。
カトリックの聖者が降ろされたら、H・バローが列聖されるでしょう。
十字架も受難像も人々が見るために、建てられることはなくなりますぞ。
ローマの屑とがらくたは引き下ろされ、そして、さあ！　これからは昇るは我ら。

三　カトリックの手で建てられたものは何でも、我らのハンマーが元に戻すでしょう。
彼らの笛を毀してケープを焼き、教会も引き倒しましょうぞ。
我らは木立の中で礼拝をし、木陰で教え
荷車で説教壇をつくるでしょう、そして、さあ！　これから昇るは我ら。

四　学問が教えられている、あらゆる大学をぶっつぶすでしょう。
彼らが実践し擁護しているのは、獣の言葉だから。
我らは博士達と、なんであれあらゆる学芸を追い出すでしょう。
学芸と学問を共に罵倒しましょうぞ、そして、さあ！　これから昇るは我ら。

五　我らは司祭も聖堂参事も引き降ろすでしょう、だが私は喜んであなたに告げます、
その晩には、どれほど腹一杯、豚をそして鶏を食べるかを。
我らは教父達の叡智の大著を焼き、大学教授達を逃げ散らせます。
我らは知性の痕跡をすべて引き下ろし、そして、さあ！　これから昇るは我ら。

六　もしひとたび反キリストの一味が鎮圧され、打倒されるなら、
我らは貴族達には身の屈め方を教え、ジェントリーを押さえ込むでしょう。
行儀作法には芳しくない評判があり、高慢のもとになるのを見てきた我らは、
それゆえ行儀作法を罵り倒し、そして、さあ！　これから昇るは我ら。

七　我らが靴屋は薄暗い陰の洞窟で、靴底（sole）／魂（soul）をつくるでしょう。
我らはトムを我が主同様に、そしてジョアンを聖母同様にするでしょう。
結婚の指輪を潰して、教皇庁へ投げ込むでしょう。
我らは［聖職者の］垂れ襟を頼まず拍手さえするでしょう、
そして、さあ！　これから昇るは我ら。(9)

つまり、チャペルも指摘しているように、クォールズは、それだけを読めば、一見ピューリタンを賛美しているかに見えるこのブロードサイド・バラッドを、内容的にも形式的にも対照的な地の文にはめ込むことで、ピューリタン達の狂信の愚かしさ、暴力性、そして野蛮さを揶揄するという手の込んだ仕掛けをほどこしているのだ。

さて次に前出のチャペルのコメント後半部、すなわち、オトウェイと同時代の文士ダーフィーに関わる情報についてだが、題名からしてすでに『王党派（*The Royalist*）』という反ホイッグ的なこの芝居の中で、ダーフィーは、くだんのリフレインを含むバラッドを確かに採り入れている。時代は共和制期。主人公の王党派軍人サー・チャールズ・キングラブの副官ブルームは、議会派のたまり場であるロンドンのコーヒー・ハウスで、「王党派財産差し押さえ委員会（The Committee）」の委員長である敵役サー・オリヴァー・

オールドカットらに向けて、以下のようなバラッドを歌う。

ブルーム　こいつは新曲で、今朝届いたばかりでさ、
あなたがたに歌ってさしあげましょう。
オールドカット　うむ、さあ、どうか聞かせてくれ。

一　さあ、さあ、トーリー党は皆項垂れるだろう
　　宗教も法律もだ。
そして共和主義のホウィグ党が立ち上がるだろう、
［議会派の］古き良き大義を果たすために
トーリーの若造どもと高慢な君主は、
　　皆落ちぶれるだろう。
皮の帽子［の職人達］が王冠に立ち向かうに違いない
そうなれば、さあお若いの、昇るは我ら。

二　貴族の名は忌み嫌われるだろう
　　誰もが兄弟なのだから。
それなら、教会や国家において
　　人が他人の上に立つどんな理由があるだろう?
かくして、すべてを毀し、略奪して
　　各々の身分を廃したら
我らは連中のぽちゃぽちゃした娘たちを転ばせて

さすれば、さあお若いの、昇るのは我ら。

三　学問が教えられているあらゆる
　大学をぶっつぶすだろう。
彼らが実践し擁護しているのは
　獣の言葉だから。
我らはどこでも礼拝をし、
　木陰で教えを説き、
樽で説教壇をつくるだろう、
さすれば、さあ、これから昇るは我ら。

四　たとえ王と議会が
　合意に達せずとも
我らには満足すべき良き大義がある
　これが我らの明朗な気分。
もし万一大義名分が生じて、
　王と議会が同意したら、
ちくしょう、誰が議会派の主張に賛成する、
　なぜなら、さあこれから昇るは我ら。

五　我らはバビロンの娼婦が描かれた
　窓を打ち壊すだろう。

彼ら［カトリック］の司教が引き摺り降ろされたら
　我ら［プロテスタント］の執事が列聖されるだろう。
かくして必要以上に自由を装って、
町中すっかりとりこにした
とどのつまり、絞首台が分け前をほしがったら、
そのときは、さあお若いの、昇るは我ら。（第四幕一五五―一九七）[10]

最初は持ち上げられたと思って気持ちよく聞いていた議会派＝ホウィグ党の面々は、最後の第五連を聞いて、実は"up"とは「出世すること」ではなく、「絞首台に登ること」であり、結局は王党派＝トーリー党に揶揄されていたことに気づいて、このあと、両者乱闘のなか、第四幕が終わるという筋立てだ。

チャペルが指摘したように、両者を比べてみると、確かにダーフィは、少しだけ字句を修正して、クォールズの二連目を五連目に、四連目を三連目に借用している。だが、この劇中歌には、実はチャペルが気づいていなかったさらなる来歴が存在するのだ。このバラッドでは、「昇るは我ら」の意味が「[権力に]昇る」から、「[絞首台に]昇る」へと反転しているが、全くの同様の意味のずらしを持つ前出のバラッド「ホィッグ大得意」のテクストを確認したところ、ダーフィーのこの劇中歌は、クォールズではなく、まさにこのバラッドからそのまま借用していたことが明らかになったのである。重複はするが、ここに、十連よりなるこのバラッド全体を挙げてみよう。

ホウィグの猖獗、あるいは大得意

一　さあさあ、トーリーは皆項垂れるだろう

宗教も法律もだ。
そして共和主義のホウィグが立ち上がるだろう、
古き良き大義を果たすために。
トーリーの若造どもと高慢な君主は、
皆落ちぶれるだろう。
皮の帽子が王冠に立ち向かうに違いない、
さすれば、さあお若いの、昇るのは我ら。

二

ひとたび、反キリストの一味が
鎮圧され、打倒されるなら、
我らは貴族達には身の屈め方を教え、
ジェントリーを押さえ込むだろう。
行儀作法には芳しくない評判があり、
高慢になりやすいのを見てきた我らは、
それゆえ立派な行儀作法を罵り倒すだろう。
さすれば、さあお若いの、昇るのは我ら。

三

貴族の名は忌み嫌われるだろう
誰もが兄弟なのだから。
それなら、教会や国家において
人が他人の上に立つどんな理由があるだろう?
かくして、すべてを毀し、略奪して

各々の身分を廃したら
我らは連中のぽちゃぽちゃした娘たちを転ばせて
さすれば、さあお若いの、昇るのは我ら。

四

たとえ王と議会が
合意に達せずとも
我らには満足すべき良き大義がある
これが我らの明朗な気分。
もし万一大義名分が生じて、
王と議会が同意したら、
ちくしょう、誰が議会派の主張に賛成する、
なぜなら、さあこれから昇るは我ら。

五

学問が教えられているあらゆる
大学をぶっつぶすだろう。
彼らが実践し擁護しているのは
獣の言葉だから。
我らはどこでも礼拝をし、
木陰で教えを説き、
樽で説教壇をつくるだろう、
さすれば、さあ、これから昇るは我ら。

六　ホウィグ党が委員長職を押さえ、
　　議会制定法で
正当な後継者を閉め出すような
　法律をこしらえるだろう。
我らは殿下［ヨーク公］を膝の分だけ
　より短く、切り詰めるだろう。
それで殿下は王位に上れない、
そのとき、さあお若いの、昇るは我ら。

七　我らはギルドホールで［ヨーク公の］偶像に一撃を加え、
　そして、それから（例によって）
それが教皇の陰謀だと叫びたて、
　そしてあいつら悪党たちの仕業だと宣誓するだろう
殿下を王位から引きずり降ろすことが
　我らの利益となるだろう。
というのも、殿下がご自身の利益を味わうことになれば、
そのとき、さあお若いの、［絞首台に］昇るは我ら。

八　反逆は商売繁盛だった
　この我らが英国の地では。
セントポール教会が厩だったころは
　騎兵が牛耳っていたものだ。

その頃は、王への忠誠が罪と呼ばれていた
　一六四三年のこと。
信心深い改革の頃、
なぜなら、さあ、その頃昇っていたのは我ら。

九

三王国が戦で苦しめられ、
　無数の人々が殺され
地表に散らばっていた頃は
　信心深さが儲けになった。
だが今やそれから時代が変わった、
　大学がはっきり見たように。
もし我らが君主に反逆すれば、
さあ、我らは処刑場行き。

十

我らはバビロンの娼婦が描かれた
　窓を打ち壊すだろう。
彼らの司教が引き摺り降ろされたら
　我らの執事が列聖されるだろう。
かくして町を解放する振りをして
　すべて奴隷にし
最後に絞首台が権利を主張する、
そのときは、さあお若いの、（そこに）昇るは我ら。(11)

確認してみると、ダーフィーの劇中歌は、順に、このバラッドの一連、三連、五連、四連、十連と対応している。つまりダーフィーは、チャペルが指摘したようにクォールズの元歌から一部を借りてきたのではなく、より正確に言えば、クォールズの元歌を改作した同時代のバラッド「ホイッグ大得意」から丸々転用していたのである。[12] また、『ロンドン・ステージ』で確認してみると、ダーフィーの『王党派』初演は一六八二年一月二三日、『救われしヴェニス』の初演は同年二月九日であり、しかも両者は、同じ公爵劇場で上演されている。[13] 前出のゴーシュのエピローグに関する注とこうした状況証拠とを考えあわせれば、もちろん、断定は出来ないにせよ、アントーニオーが「昇るは我ら」というリフレインを口ずんだとき、当時劇場の外でも中でも歌われていたこのバラッド「ホイッグ大得意」が、聴衆の耳に蘇ったと想定しても、まず間違いないのではないだろうか。また同じく『ロンドン・ステージ』で確認したところ、『王党派』では、当時大変人気のあったバリトン歌手兼俳優のジョン・ボウマン (John Bowman) 扮する副官ブルームが、これまた著名な喜劇俳優アントニー・リー (Anthony Leigh) 演じる滑稽な敵役サー・オリバー・オールドカットに、この新作バラッド「ホイッグ大得意」を歌って聞かせているが、『救われしヴェニス』では、同じアントニー・リー演じるアントーニオーが、今度はそのリフレインを口ずさむという配役になっている。[14] このいわば楽屋落ちもまた、おそらく、この反ホイッグのバラッドこそが、アントーニオーのリフレインの出所である事を示す、間接的な証拠と言えるかもしれない。

さて、「さあ、これから、昇るは我ら ("Hey then up go we")」というリフレインをもつ楽曲に載せて、クォールズがピューリタンを揶揄するバラッドを作ったのが、内乱勃発直後の一六四四年。それから約四〇年の時を経て、「教皇陰謀事件」の時に、今度はそれが、反ホイッグ・バラッド「ホイッグ大得意」として、改作されてよみがえったのだ。あるいは、この危機があの内乱の再現となるかもしれないという民衆の恐れが、このバラッドを再び呼び出したと言えるかもしれない。そして、これまでの議論をまとめれば、オトウェイは、『救われしヴェニス』初演の際、「さあ、これから、昇るは我ら」というリフレインだけを使って、観客にそれを含むバラッド「ホィッグ大得意」を想起させ、アントーニオーを笑いものにしたということになるだろう。なにしろ、同じ頃に街で流行っており、直前の芝居『王党派』でも効果的に使われていた、反ホィッグのバラッドのリフレインを、ホィッグの首領シャフツベリー伯のカリカチュアであるアントーニオーが楽しげに口ずさむのだから、この趣向は劇場に詰めかけたトーリー派の観客には大受けだったに違いない。

こうして、近年のエディションでは註さえ付けられず、等閑視されてきたこのリフレインの風刺と笑いは、内乱の最中に生まれ、「教皇陰謀事件」当時に復活し、その後は歴史の闇に消えていったある政治的ブロードサイド・バラッドとの関わりで、初めて、浮かび上がることが示されたと言えるだろう。あるいは、こう言っても良いかもしれない。このバラッドの始まりと終わりのあいだには、実は一七世紀イギリスの激動の歴史が、いわばタイムカプセルのように封じ込められていたと。

＊本稿は二〇一二年五月二五日に行われた十七世紀英文学会第一回全国大会での口頭発表「A Broadside Ballad preserved in *Venice Preserv'd*」の発表原稿に大幅に加筆訂正を加えたものである。

注

（1）前者を代表するものしては、たとえば Harry M. Solomon の「現代の批評家達が提示する『救われしヴェニス』の読解の多くは、雄弁であり興味深いが、思うにオトウェイの悲劇の持つプロパガンダ的な特質を過小評価している点で、基本的に思い違いをしている」（"The Rhetoric of Redressing Grievances: Court Propaganda as the Hermeneutical Key to *Venice Preserv'd*" *ELH* 59 (1986): 294）といった主張が典型的だ。他方、後者については原英一氏の「実際には、そのような時事的背景を完全に超越しているところにこの芝居の真価がある。……最も注目すべきはヒロインのベルヴィデラの置かれた状況だ。……現代のわれわれもまた、彼女が置かれた戦慄すべき孤独の深みに、人間の普遍的状況の表現を見ざるをえない。」（『救われしヴェニス、あるいはあばかれし陰謀』解説」、『イギリス王政復古演劇案内』（松柏社、二〇〇九年、一七八―九頁）のような意見が代表的だろう。

（2）以下、『救われしヴェニス』からの引用行数は Malcolm Kelsall, ed., *Venice Preserved* (Lincoln: University of Nebraska Press,1969) に拠った。邦訳は筆者による。

（3）J. C. Ghosh, ed., *The Works of Thomas Otway* (Oxford: Oxford University Press,1932), II: 511.

（4）Ghosh, II: 512.

（5）M. Summers, ed., *The Complete Works of Thomas Otway* (Nonesuch Press, 1926; New York: AMS Press,1967), III: 284-5.

（6）たとえば、新版 DNB のフランシス・クォールズの項には "[probably] the most successful English poet of his age" との記述がある。

（7）William Chappell, *Popular music of the olden time: a collection of ancient songs ballads, and dance tunes, illustrative of the national music of England* (London, 1859) II, 425. ちなみに、くだんのクォーラスのバラッドが収められているのは、正確に言えば、『羊飼いのお告げ (*The Shepheards Oracles*)』（一六四六年）ではなく、その二年前に出された『羊飼いのお告げ (*The Shepheards Oracle*)』（一六四四年）の方である。紛らわしい題名のため、どうやらチャペルは取り違えたようだ。

（8）Chappell, *Popular music* II, 425.

（9）*The Shepheards Oracle Delivered in An Eglogue* (London, 1644), 10-11.

（10）引用は Thomas Durfey, *The Royalist* (1682) (Cambridge: Chadwyck-Healey, 1996) による。

（11）引用は *English Broadside Ballad Archive* <http://ebba.english.ucsb.edu/> による。ちなみにこのアーカイヴは現存する一七世紀英国ブロードサイド・バラッドの約四分の三をすでに収録しており、今後初期近代バラッド研究は、この膨大な資料を駆使して、画期的な進展を遂げるものと思われる。

（12）Ghosh も *English Broadside Ballad Archive* もこのバラッドの作者を特定していないが、たとえば、最新の D'urfey の研究書 *Thomas Durfey and Restoration Drama* (Ashgate, 2000) で、John McVeagh は、このバラッドの作者は Durfey 本人であるという前提で議論を進めている (p.89)。

（13）William Van Lennep (ed.), *The London Stage, 1660–1800*, Part I (Carbondale: Southern Illinois University Press, 1963) 305–6.

（14）Van Lennep, *The London Stage*, Part I, 305-6. ちなみに Jonh Bowman については、近年 MATTHEW A. ROBERSON, *OF PRIESTS, FIENDS, FOPS, AND FOOLS: JOHN BOWMAN'S SONG PERFORMANCES ON THE LONDON STAGE, 1677–1701* (THE FLORIDA STATE UNIVERSITY, 2006) という本格的な研究が提出された。以下のアドレス (http://etd.lib.fsu.edu/theses_1/available/etd-07062006-174328/unrestricted/Document.pdf) からダウンロード出来るので参照されたい。

博物誌のポリティックス
――十七世紀の英国における〈鬼火〉と〈観察〉をめぐる言説から――

生田　省悟

一　はじめに――なぜ〈観察〉なのか――

古代から連綿と続く西欧の博物誌／自然誌（Natural History）が近代の衣装をまとって黄金期を迎え、自然学の最先端とみなされたのは十八世紀のことであった。その趨勢を具現するのが、分類を通じた自然界の体系化を構想し、博物誌の主流を形成していったスウェーデンの巨人リンネであり、あるいは、リンネとは一線を画しつつ、英国の小村で「動物の生活と習性（life and conversation of animals）」の詳細に心血を注ぎ、『セルボーンの博物誌』（一七八九年）をものしたギルバート・ホワイトであった。博物誌に傾ける情熱の質は相異なるものの、この二人はいくつかの関心事を共有していた。[1]とりわけ、対象と向き合い、それについての所見を記すという一連の行為、つまり〈観察（observation）〉を研究の基礎とする点で一致していたのである。実際、リンネの主著『自然の体系』（一七三五年初版）は「自然の三界に関する観察／所見（*OBSERVATIONES IN REGNA III. NATURAE*）」との標題で始まっており、随所に〈観察〉の痕跡を認めることもできる。また、ホワイトの『セルボーンの博物誌』には、枚挙にいとまがないほどに〈観察〉という語が記される。

自然研究が〈観察〉に依拠するというのは常識であり、あえて問題とするまでもないのかもしれない。しかしながら、〈観察〉が自明であるのなら、なぜ、その語がしきりに反復されなければならないのか。リンネとホワイトの〈観察〉には、この素朴な疑問が絶えずつきまとう。とくに『セルボーンの博物誌』には、行為としての〈観察〉を記述する以外にも、この語が頻出する事実を見逃すべきではない。たとえば、「観察すべきことがらを、他人の著作からではなく、対象それ自体から得ているのです」(109)や、「私の主張いたしますことは、長年にわたる正確な観察 (exact observation) の結果なのですから」(167)などと、自負を伝える箇所がある。[2]

この自負には、権威におもねるリンネ亜流への批判が暗にこめられている。ホワイトは〈観察〉における主体性、そして正確さの根拠を凝視しなければならなかったのである。だとすれば、ホワイトは同時代の〈観察〉に対する自らの判断を語ると同時に、はからずも、それ以前の時代の状況をも映し出してしまったのではないか。というのも、十八世紀に先立つ十七世紀、それも王政復古期前後には自然学や〈観察〉の意義と性格についての言説が渦巻いていたからである。その歴史的な文脈を視野に入れるなら、ホワイトの認識は〈観察〉をめぐる議論の余地が十八世紀にもまだ残されていたことを示唆している。[3]〈観察〉に対する歴史性を踏まえた検証が求められるゆえんである。では、十七世紀の状況とは、いかなる様相を呈していたのであろうか。

本稿は、近代科学の黎明期にあたる十七世紀の自然学あるいは博物誌の動向が十八世紀に接続してゆく様態と過程を再確認したいとの前提のもと、とくに王政復古期前後における〈観察〉の諸言説を考察するものである。この作業を通じて、たとえ一部であれ、〈観察〉の十七世紀的な性格を明らかにすること、また、その性格を規定する思想や信念をめぐる議論が十八世紀に継承されてゆく必然性を説明することができるのではないかと期待される。

二　跋扈する〈鬼火〉

改めて、ホワイトの「正確な観察」における修飾語に注目したい。「観察」に関するホワイトの認識、つまり、厳密性や客観性はもとより、「正確」であることによって、知が他者にひらかれ、共有される可能性をも含意しているからだ。このとき、唐突ながら、「正確な」の対極に位置する言葉が十七世紀に跋扈していたことが想起される。〈鬼火（*ignis fatuus*）〉がそれだ。このラテン語由来の言葉を検証する端緒として、自然学とは関係がうすいものの、王政復古期のリベルタン詩人ロチェスター伯の場合を見ておくのが適切であろう。ロチェスターには「理性と人間に対する諷刺」という作品がある。この作品で詩人は、人間の尊厳と知的な営みの拠りどころであるはずの「理性」に呪詛を浴びせかける。

心のうちに巣くう鬼火たる理性、
それは感覚という自然の光を置き去りにし、
通る人とてない、危うい曲がりくねった道をたどり、
誤謬という身動きもままならぬ沼地や茨だらけの茂みを抜ける。
その間、誤り導かれて後を追う者が苦労して登るのは
自身の脳に積み上げられた目もくらむ山。
思弁から思弁へと躓き続け、まっさかさまに転げ落ちる先は
はてしなき懐疑の海であり、そこで溺れかけたかと思えば、
書物が一瞬その身を支え、そして何とか
学問の浮き袋の助けで泳ぐことを試みさせる。
逃げてゆく光にまだ追いつけるものと期待はするが、
くらんだ目先には沼気が躍り、

ついには、永遠の夜に身を委ねるはめとなる。
そして、老いと経験とが手に手を取って
彼を死へと導いてゆき、こう納得させる。
かくも辛くかくも長い探究のはてに、
彼の生が結局は間違いであったと。
思弁する才人、泥にまみれてここに横たわる、
彼はかくも誇り高く、才気にあふれ、賢明であった。(4) (12–30)

誰もがその尊厳と正当性を信じて疑わない「理性」。しかし、ロチェスターはそれを誤謬に導く「鬼火(*ignis fatuus*)」と裁断し、真理探究ですら茶番に過ぎないと嘲笑するばかりか、墓碑銘まで用意してのけている。理性の謂いであるはずの「自然の光」を「感覚」に適用させる論法を含め、理性に関する了解のすべてを逆転させてゆく口調は、その激しさにおいてとどまることを知らない。

ロチェスターが、理性を諷刺の標的にしたことは衝撃的である。とはいえ、この作品はそれだけで終わってはいない。主眼はむしろ、常識の表皮をひきはがすことで、自身の主張を訴えかけるといった論議にこそあった。ロチェスターは、自らの生の哲学を教えさとすように語りかけてやまないのである。だからこそ、引用箇所以降において、「幸福」つまり感覚の充足を論拠とする理性批判さえ披歴する。その際、ロチェスターは、世間が了解する理性の働きを「誤った理性の行使(false reasoning)」(98)とする一方で、感覚に基づく自らの生活原理を「正しき理性(right reason)」(99)そして「真の理性(true reason)」(111)と、あけすけに自賛する。

だとすれば、この作品の基調は正邪あるいは真偽の識別にあったはずだ。徹底的な戯画化によって、対蹠関係に置かれた「鬼火」と「正しき理性」。その対置は、自らにとって何が真実であり何が虚偽である

のかを鋭く嗅ぎ分けようとする、ロチェスターの嗅覚の働きの謂いである。しかも、理性に盲従することに人間の驕りと危うさを見抜いてしまったとすれば、それは、ロチェスターが理性を謳歌する時代の趨勢を看破したことを意味する。正邪を識別する感覚は、逆転の論理や嘲笑という形式をとりながらも、同時代における理性の位置づけと密接につながっていたのではなかったか。

古代ローマ以来、〈鬼火〉は各地の民間伝承でほの暗く、怪しい炎を燃やしてきたし、風俗習慣をも含む広義の博物誌の論述対象にもなっていた。それを承知で「鬼火」すなわち「理性」。この、一般の合意を逆手にとった論議は、理性のみならず〈鬼火〉もやはり、この時代に何らかの形で広く認知されていたからこそ可能であったと推測できる。理性がそうであるように、〈鬼火〉もまた、十七世紀を特徴づけるトポスではなかったか。[5] この想定に立つとき、王政復古期前後における若干の言説を介して、〈鬼火〉のありようをより詳細に確認しなければならない。

まず、ロチェスターと同様に、夜道を行く者を惑わし、あらぬ方向に導くという〈鬼火〉の民間伝承をとり入れた事例を紹介したい。サミュエル・バトラーは『ヒューディブラス』(一六六三―七年)で痛烈な清教徒批判を展開したが、その第一部第一歌に〈鬼火〉を出現させている。つまり、洗礼派が神の啓示と信じて疑わない「この新たな光 (this *new Light*)」(497) が、実は、彼らを滑稽なまでの行為に駆り立てる「精神のほの暗い灯 (*a dark-Lanthorn* of the spirit)」(499) ひいては「鬼火 (An *Ignis Fatuus*)」(503) にほかならないと決めつける。そして、虚偽と誤謬に導かれる愚かしさを笑い飛ばすのである。[6] 他方で、清教徒詩人ミルトンにも〈鬼火〉を強く意識した詩行がある。『失楽園』(一六六七年) 第九巻の、あの蛇がイヴを誘惑して禁断の木の実をもぎ取らせようとする場面がそれだ。劇的な緊迫感が伝わる描写にあって、ミルトンは「さまよえる炎 (a wandering fire)」(634) あるいは「幻惑する光 (delusive light)」(639) を導入し、原罪の決定因となる行為へと誘う蛇の狡猾さを克明に描き出す。[7]

バトラーやミルトンの場合は、語りの迫真性を高めるべく、民間伝承を忠実にたどったものと評価できよう。だが、〈鬼火〉はこうした次元にのみとどまっていたのではなかった。旧来の知の伝統に対して正面から論争を挑む局面でも、やはり〈鬼火〉は跋扈する。たとえば、トマス・ホッブズの『リヴァイアサン』（一六五一年）がある。この著作はロチェスターにも影響をおよぼしたといわれるが、その第四部のローマ教会批判には、〈鬼火〉への言及として、おそらくはもっともよく知られる一節が含まれている（第四十七章）。「スコラ神学」との欄外の見出しのもと、ホッブズはこう語る。

最後に、アリストテレスの形而上学、倫理学、政治学、スコラ学者たちのつまらぬ区別だて、野蛮な用語、あいまいな言語など、大学〔それはすべて法王の権限によって設立され規制されてきた〕で教えられることは、法王のためにその誤謬を隠蔽し、さらに人々に、空虚な哲学の鬼火を福音の光と思いちがいさせるのに役だっていることである。(8)

アリストテレス、スコラ学者、法王の伝統的な権威と支配をたて続けに糾弾するホッブズの舌鋒はあくまでも鋭い。しかも、その主張の根拠はほかでもない「誤謬（Errors）」であり、「鬼火（*Ignis fatuus*）」なのである。

知にまつわる権威批判を〈鬼火〉に託して語ったのは、ホッブズだけではなかった。自身も設置まもない王立協会の会員であったジョン・ドライデンには、同じ協会員によるストーンヘンジ研究の成果を称えた「畏友チャールトン博士に」（一六六三年）と題する一篇がある。(9) その冒頭で詩人は、理性がアリストテレスという権威の束縛から解放されたことを謳歌する。この文脈で指摘された「彼〔アリストテレス〕の松明（his Torch）」(4) は、明らかに〈鬼火〉の変形である。さらには、ドライデンは自らの主張を締めくくるべく、現在のみならず将来の知が「ベイコンに依拠している」(23–4) と宣言してはばかるところがない。

ホッブズとドライデンが〈鬼火〉を導入した意図は明白である。それは、人間そして理性を呪縛してきた旧来の権威を否定することにあった。したがって〈鬼火〉に託された機能とは、もはや存在することが許されないもの、唾棄すべきものを露骨に表象することにこそ求められる。要するに、さまざまな形で出現する〈鬼火〉とは、新たな知を指向する時代の基層と逆説的に結びつくトポスであったし、ジョン・ダンがとまどいを見せた、あの「新しい学問」が引き起こす地殻変動の一端を生々しく伝えるものであった。ロチェスターの換骨奪胎は、こうした脈絡にこそ由来したのである。

三　戦略としての〈観察〉

ある種の政治的な方策として〈鬼火〉を導入する議論には、当然ながら、〈鬼火〉にとって代わる有意な指標が想定されていなければならない。ドライデンがアリストテレスを名ざしし、フランシス・ベイコンを称揚したのも、時代の要請を十分に承知していたからであった。では、ベイコンに依拠し、新たな知を指向する際に、時代が採用した具体的な戦略とは何であったのか。その鍵はやはり、ベイコンに求められよう。ベイコンには、ホッブズやドライデンに先立ってスコラ哲学を批判した事実がある。『学問の成熟と進歩について』（一六〇五年）第一巻の、「糸と仕上がりの精妙さは賞賛に値するが、何ら実質はなく利益にもつながらないクモの巣 (cobwebs of learning, admirable for the fineness of thread and work, but of no substance or profit)」を紡ぎ出すにすぎない、という一節 (286) がそれだ。[10]〈鬼火〉批判の嚆矢となる発言であろう。他方で、ベイコンは自らの確信を提起することを怠りはしない。同じ著作の第二巻では、「博物誌こそ自然学の礎 (of Natural Philosophy the basis is Natural History)」(356) と標榜されているのである。すなわち、過去の権威の迷妄さから脱して自らの理性を信頼すること、そして自然界の対象を熟視し、自律的かつ客観的に考察することで定位される新たな知。その獲得をめざすための実践を担うのは、〈観察〉をおいてほかにはありえない。

自然学をめぐる時代の動向と〈観察〉とのさらなる連節については、トマス・スプラットが著した『王立協会史』（一六六七年）の詳細な記述を参照すべきであろう。[11] 王立協会の設立趣旨や目的などを喧伝する『王立協会史』ではあるが、その眼目は、協会の正式名称にも謳われた「自然に関わる知の改革（Improving of Natural Knowledge）」を基軸とする強烈なナショナリズムにほかならない。だからこそ、スプラットは王立協会を「世界共通の銀行、自由港（the general *Banck*, and Free-port of the World）とする企て（64）や、「学問の同盟国の首領（the Head of a *Philosophical league*）」たるイングランドの正当性（113）を語り続ける。あの「わが国を実験に基づく知の祖国とする（to render our Country, a Land of *Experimental knowledge*）」という有名な宣言（114）を含む一節は、こうしたナショナリズムを広言する文脈に浮上してきたのである。しかも、この宣言は〈観察〉に期待される戦略の輪郭を示すこととなった。

政治的な意図をこめて「実験に基づく知の祖国」を標榜すること。スプラットの念頭にあったのは、やはりベイコンである。「博物誌こそ自然学の礎」というベイコンの発言は理性に基づく行為を指示しているが、スプラットはベイコンに従いつつ、さらに一歩踏みこんで、〈観察〉を「知の偉大なる基盤（the great Foundation of Knowledge）」（20）と位置づけるにいたる。「博物誌こそ自然学の礎」であるのならば、〈観察〉こそが「博物誌」の「基盤」となり、その正当性を保障するというのだ。ここに、〈観察〉と「博物誌」との解きがたい一体化が現出する。これを詳述してみせたのが、次の一節である。

プリニウス、アリストテレス、ソリヌス、アエリアヌスの記述は冷静で実り豊かな陳述というよりは、気のきいた話、優れて怪異な物語に満ちている。彼らは、石や鉱物の途方もない性質、その時代の珍奇な品々、動物の食料、色、姿かたち、あるいは泉や川の効能を収集しさえすれば、博物誌研究者の主要な役割をはたすのだと思いこんだ。だが、その方向はおおいに腐敗をこうむりやすい。自然を忠実にたどってはいないのだ。というのも、無知に基づく私たちの驚嘆をよそに、自然はたえず確実な道程を歩んでいるし、途方もないものでもありえず、極端に手を加えて何かを創り出したりはしないからである。彼らの方向はまた、とりわけ欺瞞に陥りやすいものである。というのも、そうした方向に進むことで、人々は真理を著しく歪めたり、まことしやかな観察を喧伝しがちになるからだ。それは探究の厳格な歩みを停止させてしまう。精神を汚染し、目を真の自然学からそむけさせる。それは真の記述の点から見れば、空想譚のようなものであり、さまざまな途方もないできごとや驚くべき状況を増殖させることで、真の記述を退屈で味気ないものにしてみせる。また、これ以上は言うことを控えるが、それが喚起する喜びは決して堅固なものではない。空想が与える満足感と同じく、はじめのうちは私たちの心を少しは動かすものの、すぐに飽きさせ、うんざりさせてしまう。ところが、自然に関わる正しい記述は理性の喜びと同様に、おそらくは刺激的でも強烈でもないかもしれないが、それが与える満足感において、はるかに長く持続するものなのである。(90–1)

「優れて怪異な物語 (fine monstrous Stories)」や「まことしやかな所見 (specious Observation)」と「真の自然学 (true *Natural Philosophy*)」や「自然に関わる正しい記述 (a just History of *Nature*)」との対比が示すところは明白であろう。この一節の焦点は、もっぱら「観察 (Observation)」と「記述 (History)」に関わる新旧、すなわち過去の博物誌の因襲と王立協会の立場との決定的な差異に絞られる。とりわけ注目すべきなのは、形容詞にまつわるスプラットの露骨なまでの作為である。「まことしやか」に対する「真の」そして「正しい」。その峻別は「実験に基づく知の祖国」を標榜する王立協会が自らの立場を正当化するのみならず、自己同一性を獲得するためには不可欠な前提にほかならなかった。つまり、この「祖国」は〈観察〉の働きによってのみ実現されるのである。〈観察〉はこうして、王立協会の戦略に確実かつ巧妙に組みこまれれてゆく。

スプラットの記載も〈鬼火〉をめぐる議論の系譜に連なるのであろうが、いずれにせよ、スプラット自身、王立協会の実践例を挙げる際に〈観察〉を反復したし(155–7)、実際の会合の場にあっても、会員たちはしきりに〈観察〉を口にした模様である。トマス・バーチによる、もう一つの『王立協会史』は会合各回の詳細を記録した資料だが、これにも〈観察〉が頻出する。たとえば、水銀柱を用いた気圧測定や太陽の形状が話題とされた一六六四年一〇月十九日にも、会員たちがこの語を繰り返している。〈観察〉の標準化ないし日常化を伝える一例であろう。しかも、この日付の記載からは、〈観察〉に期待されたはずの、さらなる機能と効果さえ読み取ることができる。

ポール・ニール卿は、ホワイトホールとグリニッジで日の出と日の入りの時刻に太陽の形状を観察すべきであるという、以前の提案を繰り返した。ロバート・モレイ卿に対しては、ホワイトホールでそれらを観察するとともにグリニッジでの観察をマー氏に依頼してほしい旨の要請があった。モレイ卿はそのようにすると約束した。[12]

ホッブズが〈鬼火〉に託したスコラ神学批判と読み合わせた場合、この、何の変哲もないような記載が、権威をかさに着た「誤謬の隠蔽」という秘密主義からはほど遠い状況を伝えていることは明白である。つまり、少なくとも会員相互における正確な〈観察〉の開放化と共有化が了解事項とされているのだ。これは、理性に基づく行為と理解可能な論理的所見とによって、知を整理・集積しようとする王立協会の理念の実践例にほかならない。しかも、こうした会合の実際は、スプラットの語る王立協会が「詳細で、飾りけのない、自然な語りかた(a close, naked, natural way of speaking)」を会員に課し、「数学的な明晰さ(the Mathematical plainness)」を重んじ、「職人、農民、商人の言葉(the language of Artizans, Countrymen, and Merchants)」を優先させたこと(113)と決して無縁ではありえない。むしろ、観察結果を明快に記述し、批判と検証の素材とするという意味において、〈観察〉の共有化と〈所見〉における理解可能な言葉は通底していたのである。[13]

実験を補完し、予断を排して現象や対象を凝視し、得られた結果を正確に記述するという〈観察〉。この一連の行為は、王立協会を超えて広く深く浸透してゆく。また、伝統的な権威への盲従とそれに伴う虚偽や誤謬に対する異議申し立て、さらには新たな知の構築をめぐる試みを語る言説においても、〈観察〉という語はさまざまに繰り返される。〈観察〉の流通と消費がそれほどまでに時代を席巻していた経緯は、トマス・ブラウン卿の活動のうちにもたどることができる。類を見ない文体と修辞を駆使したブラウンには、博物誌に情熱を注ぐという、もう一つの顔があった。ブラウンは王立協会が掲げた理念と同質の認識に立ち、独力で実験と〈観察〉に専心する。実際、未刊の備忘録などからは、自然現象と対峙し、目に映る実態を把握しようとする意志が伝わってくる。たとえば、動物の「水晶体」についての記述(*Works*, III: 367–8)や「ノーフォーク博物誌」における「ムクドリ」の習性(*Works*, III: 409)などの箇所では、〈観察〉という語が反復され、直截な記述が試みられる。[14]

とはいえ、ここで、新たな疑問が生じてしまう。〈鬼火〉を否定して〈観察〉を称揚する構図が形成されたのは、理性的思考の自律性や合理的判断の整合性への信頼だけに由来していたのであろうか。旧来の権威を否定し、新たな方向を希求する政治性の背景には、有無をいわさぬ説得力を有し、知識層だけでなく一般市民をも納得させるに足る根拠が想定されていたのではなかったか。そうでなければ、〈観察〉の常態化、つまり、客観性と信頼度においてある種の権威づけになりうるとの共通理解は成立しなかったし、その言葉がさまざまな記録・文書に繰り返されることもなかったのではないか。おそらく、この問いに対する答えを探る契機は、またしてもブラウンに求められる。ブラウンが、〈観察〉の重層性とも呼べる領域に立ち入ってしまったからである。

四　〈観察〉の重層性

ブラウンが公にした最初の著作『医師の信仰』(一六四二年)第一部十三節には、次のような告白が記されている。

私の慎ましい思弁にはもう一つの道がある。それは神が被造物に残された徴と自然の明白な力の跡を尋ねたり見出したりして満足を覚えることである。これらの神秘を深く探ったとしても、何の危険もあるはずがない。学問に至聖所は存在しないのだ。この世界が創られたのは、獣たちにとっては棲みかとなるためであったが、私たち人間にとっては研究と考察の対象としてであった。これは理性を神に負っているからであり、私たちは獣ではなかったことに感謝し、神に敬意を表さなければならない。理性がなければ、世界はいまだ存在しなかったも同然であろうし、あるいは世界があると考えたり話したりする被造物の生まれなかった、天地創造の第六日以前のままであったにちがいない。周囲をやみくもに眺め、著しく粗野な言葉で神の御業をほめそやす類の愚かな脳の持ち主に、神の叡智を賞賛できるはずがあろうか。神の行いに対する思慮深い探究と被造物に関する慎重な検証を通じて、敬虔にして学識あふれる賛美を捧げるという責務をはたす者こそ、みごとに神の栄光を称えるのである。(*Religio Medici*, 1.13 [*Works*, I: 22])

被造物の書の理性的な解読を通じて「神の叡智 (wisdome of God)」を称えるとは、ベイコンの『学問の成熟と進歩について』を貫く認識であるし、実際、その第二部には同じ文言を見出すことができる (359)。また、ブラウンの同時代人ジョン・レイによる後年の著作の標題にも採用されたように、「神の叡智」は、自然学との関連において広く認知されるところであった。ブラウンが吐露した「神の行いに対する思慮深い探究と被造物をめぐる慎重な検証を通じて、敬虔にして学識あふれる賛美を捧げる」という心情も、時代の了解に沿ったものであろう。ただし、ブラウンの決意の向う先が「神の行いに対する思慮深い探究 (judicious enquiry into his [God's] acts)」と語られている事態は見逃せない。この文言が、スプラットの「真の自然学」や「自然に関わる正しい記述」に先がけるだけでなく、自然学の根底にひそむ重要な価値判断を示唆しているからだ。つまり、この文言における修飾語「思慮深い」は、文脈からしても英語自体の語義からしても、理性の働きを超え、神との関係において生じる正しさ、キリスト者に求められる究極の倫理性をも倍音として響かせているのである。[15]

「思慮深い」との修飾語に宗教性を指摘するとき、これが付された「探究」、あるいはむしろ、「探究」の手段としての〈観察〉という語についての再確認が求められよう。本稿で〈観察〉あるいは文脈に即して〈所見〉との訳語を適用してきた"observation"もまた、何かしらの宗教性が付託されてはいないか。『オックスフォード英語大辞典』によれば、この語は近代において"observance"と同義、つまり「法ないし掟の遵守」との意味で用いられていたし、十七世紀にもその用例が見られるという。これに即して先の一節を再読すると、"observation"こそ用いられていないものの、ブラウンの言説は結局、「神の行い」の解読によって神の摂理の正しさを理解し、その命ずるところに従うとの決意に帰着する。ブラウンにとって、博物誌に専念することは自らの信仰の証しを立てることと同義であり、〈観察〉とは、神によって定められた使命を忠実に遵守し遂行するための確実な方法なのであった。だからこそ、「神の行いに対する思慮深い探究」には、宗教性を帯びた語義がいくえにも輻輳している。〈観察〉と信仰と使命の遵守とが交差し、符合する瞬間の現出である。

ただ、ブラウンにおける機序が、ひとりブラウンにおいてのみ了解されていたにすぎない、とは考えにくい。「神の叡智」に関する共通認識、あるいは、ブラウンと知識層との直接間接の相関図を踏まえるなら、[16]ブラウンの告白はむしろ、自然学に対する時代の理解を代弁していたのではなかったか。ともかく、この時代における自然学の言説に神への言及が頻出するのは、まぎれもない事実である。旧来の権威を〈鬼火〉であると裁断し、理性の行為としての〈観察〉に基づく博物誌の自律性を対置させる論理。それは、あれかこれかの選択に通ずる方策ではあるが、後者が正当である根拠を宗教性という絶対的な命題と接続させることで、"observation"による知の支配と知の自己同一性の確立がもくろまれる。すなわち、信仰が自然学の性格を規定する規範であったし、この規範にしたがって〈観察〉することが基本文法なのであった。十七世紀が俯瞰する知の地平には、政治的な色彩を帯び、革新性を掲げながらも、信仰という安寧な保守性にまもられた自然学が胎動していたのである。

五　むすびに代えて

〈鬼火〉と〈観察〉の拮抗は、何が「正しい」のかとの命題を基軸としていた。そのもとで、十七世紀の自然学や博物誌の新たな動きは、因襲の迷妄さを指摘し、理性の意義を謳いつづける。その過程で再定義される〈観察〉には、理性に基づく自律的かつ客観的な行為であることが期待された。さらに、その方向をいっそう確実にすることをねらって採用されたのが、〈観察〉を宗教性に結びつけるという戦略である。だとすれば、この時代に言葉としての〈観察〉が氾濫を繰り返すのは、新たな指針をうち立てると同時に、信仰という普遍的な正義のうちに大義名分を求めようとする企図の現れではなかったか。"observation"の重層性の謂いを問い、自然学や博物誌の拠って立つところを確認することこそ、この時代の責務にほかならなかった。

本稿の冒頭で触れたように、十八世紀を生きたホワイトは「正確な観察」を日常としていたが、それを語る『セルボーンの博物誌』もまた、神に対する言及であふれている。「創造における神の叡智の新たな事例 (a new instance of the wisdom of God in the creation)」(57) という、レイの著作の標題さながらの記述はそのごく一例にすぎないし、〈観察〉の対象とすべき事例が「尽きることはない (inexhaustible)」(151) といった、創造の偉大さに向けられた感慨も再三である。そのホワイトが自らに課した使命は、〈観察〉を通じて神の御業をたどり、その精緻さを確認するという責務に収斂してゆく。博物誌家ホワイトと英国国教会牧師補ホワイトとの完全な一致である。しかも、この認識は、先立つ時代の動向とみごとなまでに重なり合う。あるいは、聖職者の家系に属していたリンネの著作群が、自然界の体系化を図ることは神の摂理を理解することにつながるとの信念に根ざしていた事実を思い浮かべてもよい。立場こそちがえ、この二人は、知の探究が信仰に裏づけられていることを語り続けなければならなかった。十七世紀に息づいていた"observation"の重層性はこうして時代をまたぎ、黄金期の博物誌になだれこんでいったのである。

＊本稿は、十七世紀英文学研究会東北支部例会（二〇〇三年九月）と同東京支部例会（二〇一一年十二月）における報告内容に大幅な補正を施したものである。また、一部が拙稿「氾濫するObservation――王立協会とサー・トマス・ブラウンにおける自然研究――」『金沢法学』第四十六巻第二号（二〇〇四年）と重複していることをお断りする。

注

（1）リンネとホワイトに共通する関心事の典型が〈自然のエコノミー（economy of nature）〉である。この点については、それぞれを現代エコロジー思想の二大源流と位置づけたDonald Worster, *Nature's Economy: A History of Ecological Ideas*, 2nd ed. (Cambridge: Cambridge UP, 1994), 3–55. が詳細に論じている。また、拙稿「『セルボーンの博物誌』における〈自然のエコノミー〉」『金沢法学』第四十二巻第二号（二〇〇〇年）も参照されたい。

（2）『セルボーンの博物誌』からの引用は、*Gilbert White: The Natural History of Selborne*, ed. Richard Mabey (London: Penguin, 1977) による。

（3）ちなみに、十七世紀後半の博物誌に足跡を残し、王立協会員でもあったジョン・レイ（John Ray）はホワイトに多大な影響をおよぼした。レイの主著、*The Wisdom of God Manifested in the Work of the Creation* (1691) における「神の叡智」は『詩篇』一〇四・二四に基づいているが、リンネの一〇版を数えた『自然の体系（*Systema Naturae*）』は終始、この『詩篇』の箇所を扉に掲げている。さらに後述するように、ホワイトは『セルボーンの博物誌』の随所でレイへの言及を繰り返し、「卓越したレイ氏だけが個々の用語や言葉において厳密な観念を伝える」（136）と称揚してさえいる。こうした事例を、博物誌の課題に関して、二つの世紀が連続していたことの傍証とみなすことができる。

（4）「理性と人間に対する諷刺（"A Satyr against Reason and Mankind"）」からの引用は、*The Complete Poems of John Wilmot, Earl of Rochester*, ed. D. M. Vieth (New Haven: Yale UP, 1968) による。なお、この作品の標題については、他の版、たとえば *The Poems of John Wilmot, Earl of Rochester*, ed. Keith Walker (Oxford: Basil Blackwell, 1984) では "SATYR" が、*John Wilmot, Earl of Rochester: The Complete Works*, ed. F. K. Ellis (London: Penguin, 1994) では "A Satyr against Mankind" が、それぞれ採用されている。

（5）『オックスフォード英語大辞典』には、*ignis fatuus* の用例として十二例が記載されている。その初出は一五六三年であり、一六〇〇年代では四例が見受けられる。また、より広く知られていた類語 "will-o'-the-wisp" は三十九例が記載されており、その派生的な用法の場合も含め、初出はすべて十七世紀前半から王政復古期前後の期間である。その他、"Jack-o'-lantern" などの用例も参照されたい。

（6）『ヒューディブラス』の当該箇所については、*Samuel Butler: Hudibras*, ed. John Wilders (Oxford: Clarendon P, 1967) を参照した。

（7）『楽園喪失』の当該箇所については、*The Poems of Milton*, eds. John Carey and Alastair Fowler (London: Longmans, 1968) を参照した。

（8）『リヴァイアサン』からの引用は、*Hobbes's Leviathan, Reprinted the Edition of 1651* (Oxford: Clarendon P, 1909) により、邦訳は永井・宗片訳（『世界の名著　ホッブズ』中央公論社、一九七一年）によった。また、ホッブズはこの箇所の少し後で、ローマ教会の「全位階制度、すなわち暗黒の王国は妖精『精霊』や、それらが夜な夜な行なう早業についての、イングランドの老婆たちの『寓話』にもたとえられる」（第四十七章）と指摘している。なお、文脈は異なるものの、〈鬼火〉という語自体は、すでに第一部第五章に複数形（*ignes fatui*）で言及されている。

（9）この作品の正式な標題は、"*To my Honour'd Friend*, Dr Charleton, *on his learned and useful Works; and more particularly this of* STONE-HENG, *by him Restored to the true Founders*" である。なお、当該箇所については、*The Poems and Fables of John Dryden*, ed. James Kinsley (London: Oxford UP, 1958) を参照した。

（10）『学問の成熟と進歩について（*Of the Proficience and Advancement of Learning Divine and Humane*）』からの引用は、*The Works of Francis Bacon*, eds. James Spedding et al., Vol. 2 (London: Longman, 1859) による。

なお、十七世紀における俗信・誤謬のカタログと見なされるものに、トマス・ブラウン卿 (Sir Thomas Browne) による著作『伝染性謬見』(*Pseudodoxia Epidemica OR, ENQUIRIES Into very many Received TENETS and commonly presumed TRUTHS*, 1646)』が挙げられるが、この著作には、ベイコンの『学問と成熟について』の強い影響を受けた記述を随所にみてとることができる。これについては、Robin Robbins, "Intoroducton", *Sir Thomas Browne's Pseudodoxia Epidemica*, 2 vols. (Oxford: Clarendon P, 1981), xxi–xxxiv を参照されたい。

(11)『王立協会史』からの引用は、Thomas Sprat, *The History of the Royal Society of London for the Improving of Natural Knowledge*, [1667] rpt. (London: Routledge & Kegan Paul, 1959) による。

(12) 当該箇所の引用は、Thomas Birch, *The History of the Royal Society of London for the Improvement of Natural Knowledge*, [1756–7] rpt., 4 vols. (Hildesheim: Georg Olms, 1968), Vol. I, 477 による。

(13) 平易な言葉と密接に関連する〈自然哲学〉の普及と流通については、十七世紀英文学会編『十七世紀英文学と科学』(金星堂、二〇一〇年) 所収の川田潤「理性と空想／真実と虚構——初期王立協会と自然哲学の専門化／大衆化」の論考が興味深い。また、自然学における秘義・秘密主義から開放化への推移を丹念にたどった William Eamon, *Science and the Secrets of Nature: Books of Secrets in Medieval and Early Modern Culture* (Princeton: Princeton UP, 1994) も参照されたい。

(14) ブラウンの著作からの引用は、*The Works of Sir Thomas Browne*, 4 vols., ed. Geoffrey Keynes, 2nd ed. (London: Faber & Faber, 1964) による。

(15)「思慮深い」と試訳した "judicious" について付言するなら、『オックスフォード英語大辞典』の "judicious" 3 によれば、十七世紀にあっては、この語が「(神の) 定めや法に関わる」などの意味を有する "judicial" 1 と同義とされる場合があったという。

(16) ベイコンのブラウンに対する影響については、注 (10) を参照されたい。なお、ブラウンは王立協会員ではなかったが、息子エドワードが協会員となる際には、書簡を通じて繰り返し忠告を与えていたことから、ブラウンが王立協会の意義を認知していたと推察される。また、ブラウンは第三者宛の書簡でレイへの言及を繰り返しているし、レイも『神の叡智』で、ブラウンの鋭い「観察眼」を賞賛している (107)。いずれも、この時代の知識層の交流や連携のありようを示唆するものであろう。

見世物としてのマルヴォーリオいじめ

柴田　尚子

はじめに

『十二夜』(*Twelfth Night, or What You Will*, 1601–02) のマルヴォーリオいじめの筋書き《プロット》には、エリザベス朝時代の娯楽が散りばめられている。二幕三場において真夜中のどんちゃん騒ぎをマルヴォーリオに咎められたことにより、日頃からの自分たちに対する横柄な態度も相まって、トービーらの不満は爆発する。そこでマライアが「とびっきりの娯楽」(Sport royal) (2.3.172)[1] を提案する。それは、マルヴォーリオが密かに想いを寄せるオリヴィアの自筆に似せたラブレターを仕掛け、マルヴォーリオの反応を伺い、皆で笑いものにしようとするものである。トービーらはこの計画を「娯楽」(Sport) と呼び、ヴァイオラが中心となって繰り広げるラブロマンスとは対照的に、観客の笑いを引き出す役割を担う。さらに、この計画がいよいよ始まろうとする時、フェビアンは「もしちょっとでもこの娯楽を見逃してしまったら、メランコリーの原因となる黒胆汁でゆで殺されてしまう」(If I lose a scruple of this sport, let me be boil'd to death with melancholy) (2.5.2–3) と意気込みながら、「知ってのとおり、奴は、ここでの熊いじめの件で私がお嬢様に嫌われるよう仕向けたんだ」(You know he [Malvolio] brought me out o' favor with my lady about a bear-baiting here) (2.5.7–8) と過去の熊いじめに関する苦い話を思い出す。これに対してトービーは「奴を怒らせるには、もう一度我々で熊いじめをするしかないな」(To anger him [Malvolio] we'll have the bear again, . . .) (2.5.9) とマルヴォーリオを懲らしめる過程を熊いじめに見立てようとする。一幕三場でアンドリューが「フェンシングやダンス、熊いじめに費やした時間を語学の勉強に使うんだった」(I would I had bestow'd that time in the tongues that I have in fencing, dancing, and bear-baiting) (1.3.92–93) というほど、熊いじめは、当時演劇と同様に、人々が夢中になる娯楽であった。

また、狂人とみなされたマルヴォーリオは、四幕二場において暗い部屋に監禁される。この行為をもトービーは「我々の楽しみ」(our pleasure) (3.4.137) と呼び、「我々の他ならぬこの娯楽が息切れで疲れ果て、あいつを哀れに思うようになるまで」(till our very pastime, tir'd out of breath, prompt us to have mercy on him . . .) (3.4.138–39) 楽しもうとする。エリザベス朝ロンドンにはベドラム (Bedlam: The Hospital of St. Mary of Bethlehem) と呼ばれる精神異常者保護施設があり、狂人とみなされた者は正気に戻るまで、鞭で打たれ、監禁されるというある種の治療が施された。[2] またベドラムは狂人を見世物にするという側面も持っていた。トービーがマルヴォーリオの監禁を楽しみにしていることと当時の娯楽、もしくは見世物であったという点で熊いじめと共通する。本論では、『十二夜』と熊いじめと狂人見物という当時の娯楽との関係を明らかにしながら、劇中に描かれる娯楽が劇に与える影響について考えてみたい。

一 初期近代期イングランドの熊いじめ

The Oxford English Dictionary によると "bear-baiting" の初出は一四七五年頃[3]であるが、"baiting" 自体は「犬が鎖で繋がれた、または囲われた動物を追い回すという行動、また、かつては犬と野生動物を追いかけ、狩りをする行為」(The action of setting on dogs to worry a chained or confined animal; formerly, also, the hunting or chasing of wild animals with dogs）という意味で一三〇〇年頃から使われている。(4) 実際、動物同士を戦わせる見世物は古代ローマ時代から存在し、イングランドでは一八三五年に動物虐待防止法の成立により動物いじめが禁止されるまで人気を博した。(5) 熊はどこから来たのか。イギリス諸島では紀元前一千年には野生の熊がいなくなり、十六世紀頃には他国、特にロシアから熊を輸入するために莫大な費用が注ぎ込まれた。(6)『ヘンリー五世』（*Henry V*, 1599）では、フランス軍がイギリス軍に攻め入ろうとする前夜、オルレアンが「愚かな犬め、一頭のロシアの熊の口の中に目を閉じたまま飛び込んで腐ったりんごのように頭を咬み砕かれてしまえ」（Foolish curs, that run winking into the mouth of a Russian bear and have their heads crush'd like rotten apples!）（3.7.143–45）とイギリス軍をマスチフ犬とみなす一方、フランス軍は自分たちの強さをロシアの熊と重ね、自分たちの勝利を確信する。ただし、熊いじめには常に大きな熊が用いられたわけではなく、一九八九年にローズ座の発掘調査で雌グマの骨が見つかったことから比較的小さなヒグマやクロクマが用いられたことが明らかになった。(7) また、一六〇九年にトマス・ヴェルデン（Thomas Welden, ?）という探検家が北極海に浮かぶスヴァールバル諸島のチェリー島で二頭の子供の白熊を捕らえ、ジェームズ一世（James I, 1566–1625）に献上し、ジェームズ一世がフィリップ・ヘンズロウ（Philip Henslowe, c.1550–1616）にその二頭を委ねたことが分かった。(8)

熊の闘技場《ベアガーデン》では、熊は中央に据え付けられた杭（stake）に繋がれ、四匹から六匹ほどの犬が熊に立ち向かう。熊は、牙や爪を削られ、時には目の見えない状態で、犬に傷を負わせ、または死に追いやることもある一方、熊が致命傷で死ぬこともあった。熊や犬が死ぬことが目的ではないが、万が一どちらかが死んだ場合でも試合は途切れることなく、次から次へと代わりの熊や犬が投入された。(9) 現代の人間には理解できないようなこの残酷な娯楽を、スティーブン・ディッキー（Stephen Dickey）によると、当時の観客は楽しんでいたようだ。(10) 当時の動物いじめを宣伝するチラシには以下のような文章が見られる。

明日は木曜日。バンクサイドのベアガーデンで全ての来場者様の挑戦を受けてきたエセックスの賭博師によって行われる大きな試合をご覧下さい。熊一頭対犬五匹で五ポンド賭けたって、杭に繋がれ疲れ果て死にかけた牛だってなんだってご満足頂けるように。目隠しされた熊の鞭打ち、馬や猿もさらに満足する楽しい娯楽となりましょう。

Tomorrowe beinge Thursdaie shalbe seen at the Beargardin on the banckside a great Mach plaid by the gamstirs of Essex who hath chalenged all comers what soever to plaie v dogges at the single beare for v pounds and also weaie a bull dead at the stake and for your better content shall have plasant sport with the horse and ape and whiping of the blind beare.(11)

この見世物も当時の人々にとっては、芝居と同様、人々の気を惹きつける娯楽の一つだった。『ウィンザーの陽気な女房たち』(*The Merry Wives of Windsor*, 1597) においても、常連であるスレンダーの熊いじめに対する熱狂ぶりを伺い知ることができる。

スレンダー　僕は本当にその娯楽が好きなんです、イングランドのどんな男どもともそれについて口論になるほどに。あなたは怯えてしまうでしょうね、もし熊が解き放たれるのを見れば。
アン　そりゃ　本当に。
スレンダー　僕にとって今やそりゃ肉であり酒なんですよ。僕は二十回もサッカーソンが放されるのを見ました、そしてそいつは鎖で繋がれ連れて行かれました。確かに女性は悲鳴を上げて泣いていました、通り過ぎる度にね。女性は本当に耐えられないでしょうね。なんたって醜く荒々しい奴らですから。

SLEN. I love the sport well, but I shall as soon quarrel at it as any man in England. You are afraid if you see the bear

loose, are you not?
ANNE. Ay indeed, sir.
SLEN. That's meat and drink to me, now. I have seen Sackerson loose twenty times, and have taken him by the chain; but (I warrant you) the women have so cried and shriek'd at it, that it pass'd. But women, indeed, cannot abide 'em, they are very ill-favor'd rough things.

(*Merry Wives of Windsor*, 1.1.290–99)

スレンダーによると、文字通り三度の飯ほどに熊いじめが好きな人間がいる一方、女性観客は、粗暴な熊に恐れおののき、悲鳴を上げ怯えてしまうことを指摘している。ここでのサッカーソン (Sackerson) とは当時熊いじめで活躍した熊の名前で、他にもハリー・ハンクス (Harry Hunks)、ネッド・ホワイティング (Ned Whiting)、ジョージ・ストーン (George Stone) といった名前が確認できる。[12] また、一五九九年にイングランドを旅行したスイスのトマス・プラッター (Thomas Platter, 1499–1582) は熊いじめの詳細な記録を残しながら、観客について「実際、男性も女性も罪の意識なくこのような場所を訪れている」(. . . indeed men and women folk visit such places without scruple, . . .) と感想を述べている。[13]

ロンドンでは熊いじめが通常毎週日曜日と水曜日に、川の向う岸で行われている。劇場は円形に建てられ、上には多くの観客席があった。平土間の上は屋根がかかっていない。この劇場の中心部に大きな一頭の熊が長い縄で杭に縛られ、多くのイングランド産の大きなマスチフ犬が数多く連れて来られ、最初の熊と対面し、次々と襲いかかっていった。[14]

Every Sunday and Wednesday in London there are bearbaiting on the other side of the water .... The theatre is circular, with galleries round the top for the spectators, the ground space down below, beneath the cleaner sky, is unoccupied. In the middle of this place a large bear on a long rope was bound on a stake, then a number of great

English mastiffs were brought in and shown first bear, which they afterwards baited one after another. . .

前述の引用において熊の闘技場《ベアガーデン》を「劇場」(The theatre) と呼ぶように、双方は形状が似ていた。アンドレアス・ヘッフェル (Andreas Höfele) は様々な先行研究を踏まえて、あらためて熊の闘技場《ベアガーデン》と劇場の類似性を強調する。[15] 加えて、フィリップ・ヘンズロウとその娘婿エドワード・アレン (Edward Alleyn, 1556–1626) が演劇に加えて熊いじめや牛いじめの興行の共同経営者であり、また一六一三年から一六一四年にかけて動物いじめ場と芝居を交互に興行させたホープ座を作った。[16] 芝居も熊いじめを含む動物いじめも当時の人々を一ペニーで楽しませ、[17] 観客は双方の見世物をそれぞれ行き来することができた。また、ヘッフェルは芝居と熊いじめの杭に加え、処刑台 (scaffold) が多くの見物人を前に司法慣例が可視化・儀式化されているという点で関連していると指摘する。[18] 華やかなラブロマンスが繰り広げられる『十二夜』において始まろうとするマルヴォーリオいじめには少なからず血なまぐささが漂う。一見、観客の笑いの対象となる『十二夜』の副筋《サブプロット》においてこの血なまぐさいを観客は感じとることができるのか。喜劇に相反する残酷性が劇全体に与える影響について考える。

二　『十二夜』における熊いじめ

二幕五場においてマルヴォーリオが偽の手紙の罠にかかる直前、フェビアンは「奴は、ここでの熊いじめの件で私がお嬢様に嫌われるよう仕向けたんだ」(. . . he [Malvolio] brought me out o' favor with my lady about a bear-baiting here) (2.5.7–8) と述べる。ここでの "here" (2.5.8) とは、二幕五場が「柘植の木の場面」(box-tree scene) と呼ばれるように、オリヴィア邸の庭である。二幕三場でトービーらは酒を飲み騒ぐことでオリヴィア邸の静寂な夜を壊し、今度はフェビアンが、当時の庭園がプライベートな空間[19]であったにもかかわらず、その場を動物の血で汚し騒ぎ立てようと目論んだ。結果的にどちらもマルヴォーリオによって阻止される。そこでマライアが思いついたマルヴォーリオを戒める方法が娯楽であり、トービーのいう熊いじめなのである。

「奴を怒らせるには、もう一度我々で熊いじめをするしかないな」(To anger him [Malvolio] we'll have the bear again, . . .) (2.5.9) というトービーの台詞の後、マライアが三人に身を隠すことを促すと同時に、マルヴォーリオが舞台に登場する。「全く運命だ、全てが宿命なんだ」('Tis but fortune, all is fortune) (2.5.23) と騙されているとも知らず偽の手紙に自分の人生を委ね、「伯爵になるか、マルヴォーリオ」(To be Count, Malvolio!) (2.5.35)、「花柄でベルベットのガウンを着た私は自分の周りに召使を呼ぶ、傍らではオリヴィアが眠るソファから」(Calling my officers about me, in my branch'd velvet gown; having come from a day-bed, where I have left Olivia sleeping—) (2.5.47–49) と、かつてマライアに「ピューリタンみたいな人」(sometimes he is a kind of puritan) (2.3.139–40) と称されるほどのマルヴォーリオも内に秘めていた自らの思い——出世欲と色欲——をあらわにする。舞台の端では隠れているトービーらがマルヴォーリオの告白に「奴を撃て、撃て！」(Pistol him, pistol him!) (2.5.37)、「石弓でそいつの目をねらえ」(O, for a stone-bow, to hit him in the eye!) (2.5.46)、「留め金だ」(Bolts and Shackles) (2.5.56) と野次を飛ばす。まるでマルヴォーリオは熊の闘技場《ベアガーデン》の中央で雄叫びを上げ、杭の周囲を動き回る熊のごとく、またトービーらはその周囲にいて野次を飛ばす観客、または熊に吠える犬のようにさえ見えるかもしれない。それを見る観客はマルヴォーリオだけが視界に入っているだけでなく、もちろんその様子を伺っているトービーらの姿も目に入り、双方の行動を見ることによって笑いが起きる。ただし、前述したトービーらの動物を狙い撃つ、また身動きがとれないようにする野次によってマルヴォーリオが実際に肉体的にも、おそらく手紙に没頭しすぎているため精神的にも、追い詰められることはない。ジェイソン・スコット-ウォレン (Jason

Scott-Warren）は、マライアがマルヴォーリオいじめの台本を書いた劇作家のようにマルヴォーリオいじめの際には舞台上から姿を消し、またそれを見物する観客としてトービー、アンドリュー、フェビアンが存在しているこの『十二夜』二幕五場は、ユーモアに富んだメタ・シアトリカルなプロットであり、フェビアンがマルヴォーリオ退場直後「ペルシアの王様から支払われる数千万の年金の代わりといわれてもこの娯楽の私の役割を譲りたくはない」（I will not give my part of this sport for a pension of thousands to be paid from the Sophy）（2.5.180–81）と述べる台詞は実際の観客の心情を代弁していると指摘している。[20]『十二夜』の二幕五場は終始観客の笑いを誘う。その場は、実際の熊いじめと違って、血に染まることはない。いわば、観客は洗練された熊いじめを見ることができる。

『十二夜』では他にも熊いじめに関する言及がある。それは三幕一場、オリヴィアがヴァイオラ扮するシザーリオへの思いを募らせている場面である。

お前は何を思うのか？
私の名誉を杭に縛り付け、情け容赦ない心が考えつく
自由気ままなあらゆる発想でそれを痛めつけないのか？

What might you think?
Have you not set mine honor at the stake,
And baited it with all th' unmuzzled thoughts
That tyrannous heart can think?（3.1.117–19）

マルヴォーリオと同じようにオリヴィアも恋に悩む。右記の台詞に関してニューケンブリッジ版には「このイメージは熊いじめから成り立っており、杭に繋がれたオリヴィアにシザーリオが口輪を外した犬のよ

うに残酷に思いつくまま好き勝手にけしかける」[21]と註にあるように、オリヴィアの名誉はシザーリオによってひどく傷つけられる。

『十二夜』にはもう一頭の熊が存在する。それはイリリアの公爵オーシーノ(Orsino)である。“Orsino”はラテン語の「熊」(Ursus)に由来し、さらに言えば、イタリア語には「熊」(Orso)の形容詞に当たる「熊の、熊に似た」(orsino)[22]という語がある。そのようなオーシーノもまた恋に悩む。オーシーノはその内なる思いを劇冒頭から語っている。

キューリオ　狩に出かけませんか。
オーシーノ　何だって、キューリオ。
キューリオ　鹿狩へ。
オーシーノ　もちろん、私はすでに狩りをし、もっとも高貴な物、即ち、心臓を持つ。あぁ、私の目がオリヴィアを最初に見かけた時、思えば彼女が疫病のような空気を一掃してくれた。その時、私は雄鹿に変えられ、私の欲望が、残酷で残忍な犬のように、ずっと私を追い立てる。

CUR. Will you go hunt, my lord?
DUKE. What, Curio?
CUR. The hart.
DUKE. Why, so I do, the noblest that I have.
O, when mine eyes did see Olivia first,
Methought she purg'd the air of pestilence!
That instant was I turn'd into a hart,
And my desires, like fell and cruel hounds,

E'er since pursue me.（1.1.16–22）

スコット＝ウォレンは熊いじめに関する言及を「鹿狩り」にまで広げ指摘しているように、恋に悩むオーシーノもまた犬に追われる。この会話の中心にある鹿狩りは、『ウィンザーの陽気な女房たち』でも語られているように、狩人アクティオーンが女神ダイアナの怒りに触れ、鹿に姿を変えられ、飼い犬に咬み殺されるという話に起因するが、オーシーノは「雄鹿」というだけではなく「熊」でもある。そしてオーシーノという「熊」はここでも犬に追われる。

マルヴォーリオ、オリヴィア、オーシーノという三人の「熊」は共に恋に溺れ、オリヴィアとオーシーノはそれぞれの思いに苦しむ。一方、マルヴォーリオは偽りの手紙に有頂天になり、二幕五場で周りから野次を飛ばすトービーらにも気づかず、自分の思いの丈を吐き出し退場する。アン・ブレイク（Ann Blake）が指摘するように、観客は騙された人間の立場に立たず、騙す人間の立場でマルヴォーリオを見て楽しむ。[23] 熊いじめをすることによって、ピューリタンのような男の本音が表面化する。熊いじめでは、熊や犬の本能が持つ闘争心だけでなく、スコット＝ウォレンが指摘するように、それを見て楽しむ残酷な人間の本性もあらわになる。[24] しかし、フェビアンやアンドリュー、『ウィンザーの陽気な女房たち』のスレンダーが話すように、当時の熊の闘技場《ベアガーデン》に赴いていた観客の多くは自分の残酷な一面に気づくことなく、熊いじめを純粋に楽しんでいる。一方で、オリヴィアやオーシーノだけでなく、他のシェイクスピア劇では追い詰められもがき苦しむ人物の心情を観客に伝えるために熊いじめの描写が使われている。『ジュリアス・シーザー』（*The Tragedy of Julius Caesar*, 1599）ではオクタヴィアヌスがこれからアントニーと共にブルータスとキャシアスの軍を攻めようとする時「我々は捕らえられ、多くの敵に取り囲まれ攻められる」（. . . for we are at the stake, / And bay'd about with many enemies, . . .）（4.1.48–49）と述べる。『リア王』（*The Tragedy of King Lear*, 1605）ではグロスターがコーンウォールらに捕らえられ目を潰された時

「杭に縛り付けられた。もうその仕打ちに耐えるしかない」(I am tied to th' stake, and I must stand the course) (3.7.54)、『マクベス』(*The Tragedy of Macbeth*, 1606) ではマクベスが最後の戦いに挑もうとする時「杭に縛り付けられてしまった。もう逃げことができない。だが私は熊のように一直線に向かっていかなければならない」(They have tied me to a stake; I cannot fly, / But bear-like I must fight the course) (5.7.1–2) と述べる。以上の台詞のうち、オクタヴィアヌスとグロスターの台詞には特に「熊」を明示する言葉は見つからない。しかし彼ら三人の台詞には共通して「杭」(the/ a stake) という語が見られ、ニューケンブリッジ版では共に熊いじめのイメージと結びつけている。[25] *OED* によると、"stake" とは「一般的に、動物を縛り付けておくために使われた、木製の頑丈な棒または柱」(A stout stick or post, usually of wood, . . . to secure an animal, . . .)[26] であり、当時の観客がこの言葉だけで熊いじめを連想し、その熊に犬の猛追に耐え忍ぶイメージを持っていたことが分かる。熊は、人間と同じように二足歩行できる数少ない動物である。また、前述したように熊いじめの熊には人間の名前、しかもそのいくつかはエドワード・アレンの初期の劇作品に登場する人物の名前が付いていることから、バーバラ・ラヴェルファー (Barbara Ravelhofer) が指摘するように、観客が動物を劇の主役とみなし人格化していると考えられる。[27]『十二夜』の二幕五場におけるマルヴォーリオには血なまぐささは感じず、どちらかといえば人々を楽しませる存在であった。その彼が「熊いじめ」と名付けられた場で自分の本性をあらわにし、実際の観客も含め周りから見られるある種の「見世物」であったことで、人格化された熊の姿と重なる。マライアが立案した娯楽は大成功を収める。この熊いじめをきっかけにマルヴォーリオへのいじめはエスカレートする。

三　狂人となるマルヴォーリオ

二幕五場の策略に全く気づかないマルヴォーリオは、偽の手紙に書いてあるように黄色いストッキングと十字の靴下止めを身に付け、常に笑顔でいることを求められる。その結果マライアには「向こうで間抜けなマルヴォーリオが異教徒、まさに背教徒になってしまった」(Yond gull Malvolio is turn'd heathen, a very renegado . . .) (3.2.69–70)、また「本当に取りつかれて、気が狂ってしまったようで」(He [Malvolio] is sure possess'd, madam) (3.4.9) といわれてしまう。そしていよいよ偽の手紙に騙されたマルヴォーリオがオリヴィアの前に姿を現すと、オリヴィアも「あぁ、これは真夏の暑さにやられ気が狂ったんだわ」(Why, this is very midsummer madness) (3.4.56) と彼を狂人扱いし、トービーに彼を労わるよう頼み、自分はシザーリオのもとへと去って行く。オリヴィアの言葉に気分をよくしたマルヴォーリオを尻目にトービーは次のように話す。

さぁ、マルヴォーリオを暗い部屋に連れて行って縛り付けよう。姪はもうあいつが気違いだと信じている。我々は自分達の楽しみとマルヴォーリオが罪を償うためにやるんだ。我々の他ならぬこの娯楽が息切れで疲れ果て、我々があいつを哀れに思うようになるまで。

Come, we'll have him [Malvolio] in a dark room and bound. My niece is already in the belief that he's mad. We may carry it thus, for our pleasure and his penance, till our very pastime, tir'd out of breath, prompt us to have mercy on him. . . . (3.4.135–39)

狂人扱いされたマルヴォーリオは「暗い部屋」(a dark house) (3.4.135) に連れて行かれる。マルヴォーリオが、「恐ろしい暗闇」(hideous darkness) (4.2.30) に怯えながら、自分は気が狂っていないことを何度も訴える。その訴えを牧師に扮するフェステは聞き入れず、途中までこの場にいて二人のやりとりを聞いていたトービーは、右記の台詞にもあるように、この懲らしめを「私たちの楽しみ」(our pleasure) (3.4.137)や「娯楽」(our very pastime) (3.4.138)と呼ぶ。ここでもマルヴォーリオは、二幕五場において熊いじめが連想されるように、明確に娯楽の対象となる。加えて、マルヴォーリオを狂人とみなすことは、人間というよりはむしろ動物のように扱っている。エリカ・ファッジ (Erica Fudge)が「人間は自分が人間となるために動物を必要としている」と指摘するように、[28] トービーら、そして観客も、マルヴォーリオを娯楽の対象とすることで自らの優位性を主張する。ただし、二幕五場の熊いじめの時とは違い、ここにはトービーの慈悲が見える。

マルヴォーリオにお前の言葉を伝えろ、そして俺にお前がそいつをどう思うか教えてくれ。我々はこの悪さをそろそろ終わりにしなくてはならないからな。もし首尾よくそこから出られたら、彼は自分自身を取り戻せるだろう。というのは今や姪にひどく責められているので、この娯楽を安全に最後まで続けることが出来なくなった。すぐに俺の部屋まで来てくれよ。

To him [Malvolio] in thine own voice, and bring me word how thou find'st him. I would we were well rid of this knavery. If he may be conveniently deliver'd, I would he were, for I am now so far in offense with my niece that I cannot pursue with any safety this sport [t'] the upshot. Come by and by to my chamber.

Exit [with Maria] (4.2.66–71)

この台詞は、マルヴォーリオをこの暗い部屋に連れて行こうとする際の「我々があいつを哀れに思うようになる」(. . . prompt us to have mercy on him . . .) (3.4.139)という言葉とつながる。しかし、ベドラムにいる患者が、芝居や熊いじめと同様、娯楽の対象であったとするこれまでの研究に関して、ケネス・ジャクソン（Kenneth S. Jackson）は、十七世紀後半から狂人見物したとする記録はあったがそれ以前の記録は乏しく、一六〇〇年頃のベドラムの見世物は、どちらかといえば、患者のために資金を集める慈善事業《チャリティー》であり、劇中にベドラムが取り上げられる場合は、ベドラムの現状の周知と慈善《チャリティー》の呼び掛けであったと指摘している。(29) 前述したトービーの台詞には、これまでに見られなかったトービーのマルヴォーリオに対する気遣いが見え隠れする。それは狂人になったマルヴォーリオを初めて見たオリヴィアが自分の結婚持参金の半分を使ってでも以前のマルヴォーリオに戻って欲しいと訴えていることが、社会的状況を踏まえているのだとすれば、トービーのマルヴォーリオに対する対応の変化に納得がいく。トービーは気遣いを見せた直後退場するが、暗い部屋に閉じ込められたマルヴォーリオとフェステが扮する神父トーパスの掛け合いはしばらく続く。その後マルヴォーリオは最終幕まで舞台上から姿を消す。彼の不在は観客の笑いを引き出してきたこの娯楽が終わったことを示唆している。

四　終わりに——最終幕におけるマルヴォーリオ——

『十二夜』の最終幕、ヴァイオラの生き別れた兄セヴァスチャンが生きていたことにより、ヴァイオラとオーシーノ、オリヴィアとセヴァスチャンが結ばれる。加えて、姿は現さないが、フェビアンの話によるとトービーとマライアは結婚したという。様々な事件が解決し、いくつかの結婚がまとまり、大団円を迎え終わろうとする中、すっかり忘れ去られていたマルヴォーリオの存在が皮肉な形で思い出される。というのは、ヴァイオラを遭難直後助けた船長について話の中で、「船長は、マルヴォーリオの訴えにより、訴訟を起こされて、現在捕まっております。お嬢様のご家来の方に」（He[The captain] upon action / Is now in durance, at Malvolio's suit, / A gentleman, and follower of my lady's）（5.1.276–77）と大団円に水を差すかのようにマルヴォーリオの名が示される。再び登場した時も、マルヴォーリオはフェビアンにこれまでの真相を聞かされた上で、「我々が抱いていた頑固で無作法な性格」(Upon some stubborn and uncourteous parts / We had conceiv'd against him) (5.1.361–62) のせいで懲らしめを受け、それがトービーらにとっては結果的に「気晴らしの悪事《いたずら》とでもいいましょうか、それがどのようにして行われたかというと、復讐というよりは笑いを引き出すもの」(How with a sportful malice it was follow'd / May rather pluck on laughter than revenge, . . .) (5.1.365–66) とある種の遊びであったかのように語られる。これに対してマルヴォーリオは「お前たち、みんなまとめて復讐してやる」(I'll be reveng'd on the whole pack of you) (5.1.378) とこれまでの仕打ちに対する恨みを吐き捨て退場し、大団円から離れていく。思いやりを見せてくれたトービーも、結婚はしたもののこの場にはいない。最後にオーシーノがマルヴォーリオを気遣い、家来に追うように命じるが、それはマルヴォーリオの言い分で捕らえられた船長について聞くためである。誰もマルヴォーリオを顧みることはない。

この劇では一貫してマルヴォーリオいじめを娯楽とみなす傾向がある。マルヴォーリオを熊いじめの熊やベドラムの患者のように扱うことは、そのいじめが血なまぐさく残酷なものではなく、娯楽性が強いものであることを強調する。このことによりマルヴォーリオいじめは、ヴァイオラらが織り成すラブロマンスの主筋《メインプロット》に対する副筋《サブプロット》として観客を笑わせる喜劇的要素と位置づけられていることに加え、暗い部屋から解放されたマルヴォーリオが正常な人間に戻り現実を知った時、まだ夢見心地なヴァイオラとオーシーノ、セヴァスチャンとオリヴィアとは一線を画した存在であることを明確に示している。一見するとこれまでのマルヴォーリオいじめがマルヴォーリオにとってみれば悲劇的に見えるかもしれない。しかし、多くの観客はフェビアンの「気晴らしの悪事《いたずら》」(a sportful malice) (5.1.365)、「復讐というよりは笑いを引き出すもの」(May rather pluck on laughter than revenge, . . .) (5.1.366) という言葉を聞いて、そのいじめが復讐ではなく娯楽であったことを再認識し、最後にマルヴォーリオが誓った復讐心を一蹴し、幸せな雰囲気に包まれるヴァイオラらに満足して終幕を迎えることができる。ただし、不穏な空気は少なからず最終幕に残されている。喜劇の大団円が生み出す調和に入れないのはマルヴォーリオだけではない。遭難したセヴァスチャンを助けたアントーニオも以前犯した罪により最終場で捕らえられている。そして皆が退場した後、一人舞台に残ったフェステは「雨や風にさらされ、……毎日毎日降り続く」(the wind and the rain . . . / For the rain it raineth every day) (5.1.390, 92) と繰り返しながら、次のような唄で締める。

かなり昔の昔に、世界は始まった
へイ、ホー
これで全部だ、さぁ劇はおしまい
私らはあなたがたが満足するよう日々精進してまいります。

A great while ago the world begun,
[With] hey ho, etc.
But that's all one, our play is done,
And we'll strive to please you every day. (5.1.405–08)

観客には、この劇におけるロマンスや笑いの筋書き《プロット》に加えて、不穏な空気が流れる最終幕にも満足するよう求められる。マジョリー・ガーヴァー (Marjorie Garber) が指摘するように、最終幕においてマルヴォーリオのような喜劇から排除される人物の力やフェステの物悲しい唄はその後の悲劇に引き継がれる。(30) 喜劇で笑いの対象となったいじめを残酷と思うようになった時、その思いは悲劇へと受け継がれる。

註

（1）引用するシェイクスピア劇の本文、及び、幕・場・行表記は G. Blackemore Evans, et al., *The Riverside Shakespeare*, 2nd ed., (Boston: Houghton Mifflin Company, 1997) による。尚、日本語訳は筆者による。

（2）G. サルガードー、『エリザベス朝の裏社会』松村赳訳（1985, 東京：刀水書房 , 1997）288–90.

（3）*OED* によると、"The sport of setting dogs to attack a bear chained to a stake; ?c1475 Hunt. Hare 232 Sum sayd it was a beyr-beyyng" とある。[*The Oxford English Dictionary*, 2nd ed., CD-ROM ver. 3–1 (Oxford: Oxford University Press, 2002.)]
なお、日本では坪内逍遥が「くまいぢ（熊窘）め」という訳を当てた。[シェークスピア『ザ・シェークスピア――全戯曲（全原文＋全訳）全一冊――』坪内逍遥訳（東京：第三書館，1989）528, 537.]

（4）"baiting," *The Oxford English Dictionary*, 2nd ed., CD-ROM ver. 3–1. また、Edmund K. Chambers は少なくとも十二世紀からロンドンで熊いじめがあったとしている。[Edmund K. Chambers, *The Elizabethan Stage*, ii (Oxford: Clarendon Press, 1923) 449.]

（5）ベルント・ブルーナー、『熊――人類との共存の歴史――』伊達淳訳（東京：白水社，2007) 179.

（6）ブルーナー、141,181.

（7）ブルーナー、180. Christine Eccles, *The Rose Thretre* (London: Routledge, 1990) 230.

（8）Barbara Ravelhofer' "Beasts of Recreacion": Henslowe's White Bears,' *English Literary Renaissance* vol. 32 (Amherst: University of Massachusetts, 2002) 287.

（9）熊いじめに関する記述は、ブルーナー 180–01. Stephen Dickey, "Shakespeare Mastiff Comedy," *Shakespeare Quarterly* 42 (1991) 255–56 を参照。

（10）Dickey, 256–257, 259.

（11）Walter Greg, ed., *Henslowe Papers: Being Documents Supplementary to Henslowe's Dairy* (New York: AMS Press, 1975) 106.

（12）Chambers, 457–458. また、他の有名な熊の名前はブルーナー、180 を参照。

（13）Thomas Platter and Horatio Busino, *The Journals of two travellers in Elizabethan and Early Stuart England*, ed. Peter Razzell (London: Caliban Books, 1995) 31.

（14）Thomas Platter and Horatio Busino, 29–30.

（15）Andreas Höfele, *Stage, Stake, and Scaffold: Humans and Animals in Shakespeare's Theatre* (Oxford: Oxford University Press, 2011) 3–7.

（16）Höfele, 7–8.

（17）Andrew Gurr, *The Shakespearean Stage, 1574–1642*, 2nd ed. (Cambridge: Cambridge Univertisy Press, 1980) 11.

（18）Höfele, 9.

（19）G. Blackemore Evans, et al., plate 24. また、熊いじめを含めた動物いじめは当時宮廷でも行われた。[Chambers, 453.]

（20）Jason Scott-Warren, "When Theaters Were Bear-Gardens; or What's at Stake in the Comedy of Humors," *Shakespeare Quarterly* 54 (2003): 75–76.

（21）Elizabeth Story Donno ed., *Twelfth Night: The New Cambridge Shakespeare* (1985, Cambridge: Cambridge University Press, 2003) 112.

（22）野上素一編、『新伊語辞典』（東京：白水社、1981）536. Dickey, 274.

（23）Ann Blake, " 'Sportful Malice': Duping in the Comedies of Jonson and Shakespeare," *Jonson and Shakespeare*, ed. Ian Donaldson (Basingstoke: Macmillan, 1983) 121.

（24）Scott-Warren, 76–79.

（25）G. Blackemore Evans, et al., 1170 (*The Tragedy of Julius Caesar*), 1328 (*The Tragedy of King Lear*).

（26）*The Oxford English Dictionary*, 2nd ed., CD-ROM ver. 3–1 (Oxford: Oxford University Press, 2002.)

（27）Ravelhofer, 288.

（28）Erica Fudge, *Perceiving Animals: Human and Beasts in Early Modern English Culture* (Urbana and Chicago: University of Illinois Press, 2002) 4.

（29）Kenneth S. Jackson, *Separate Theaters: Bethlem* ("Bedlam") *Hospital and the Shakespearean Stage* (Newark: University of Delaware Press, 2005) 11–45.

（30）Marjorie Garber, *Shakespeare After All* (New York: Pantheon Book, 2004) 534–35.

魂の記憶装置
――ジョン・ダンの『魂の遍歴』とピタゴラス表象――

友田　奈津子

I

十七世紀始まりの年、ジョン・ダン (John Donne, 1572–1631) が著した『無窮に捧げる歌　一六〇一年八月一六日　魂の遍歴　風刺詩』は、初期近代、聖・俗の枠組みを超えた書物の広がりに対し、詩人が新奇な一冊の書物を綴ることを試みた作品である。[1] 書物の制作が筆写から印刷に移行する時期にあって、ダンは同時代の詩人と比べて、最も数多く作品が写された人物の一人として、手稿回覧文化で花開いた。[2]『魂の遍歴』もまた多くの読者を得たことが、残された手稿の数から伺える。けれども批評史の中においてみるとき、この作品を語る批評家たちの歯切れは悪く、一顧だにしないといった態度にしばしば出会う。ダンの伝記を著したボールドに言わせてみれば、この作品は「残念な」作品であり、エンプソンなどにいたっては「言うべきことは特に何もない」と、省みることとすらする必要のない、批評の対象ですらない作品とした。また詩集の編者グライアソンは、この作品に付した注釈の冒頭、この詩に「奇妙な」という形容辞を与え、「完全な失敗作である」という烙印を押したのである。[3] こうした批評家たちのこの作品に対する冷ややかな態度は、その後の批評に大きな影響を与えていくこととなる。同様のタイトルを持つ

『記念日の歌』の第二部である『二周忌の歌・魂の遍歴について』の高い評価に比べ、ともすれば、不当な評価を与え続けられているこの作品に対して、「無視された傑作」と見なしたケアリーは、この作品の持つ詳細な生物学的描写に、ダン一流の稀有な詩世界を見出し擁護に回った。(4)

ダンの作品の中でも毀誉褒貶の分かれる『魂の遍歴』は一見したところ、猥雑で疑似科学的な情報を雑多に詰め込んだ風刺詩にほかならない。本稿では、当時の書物の流通する状況に対して、ダンが示した書物観に注目し、詩人がいかなる書物を描こうとしたのかを、詩人が提示したピタゴラスという記号を元に考えてみたい。

II

ダンが筆写文化と活字文化が混在する時代に作品を生み出していったとき、その両方の文化を色濃く反映していたということに注意しなければならない。したがって、「書物」という言葉一つとっても、活字によって印刷され装丁された本とは限らない。歴史的に書物は、綴じられていようがいまいが、あらゆる紙葉に使われうるものであったが、エリザベス朝においては、劇の最終稿、公式文書を指すなど、権威付けされた書物を表すようになっていた。また一枚一枚で回覧されていたものが、次第に纏まった束で綴じられたものも書物と呼ばれていた。(5)ダン自身の書物に対する考えもまた、『ソングズ・アンド・ソネット』に納められている「別れ——本に寄せて」において、「恋人たちの間で交わされる無数の手書きの手紙」(十一—二)であると述べるなど、書物を手稿として捉えていることがわかる。しかし同時に、続く聯においては、「元素、あるいは世界の形相と同じくらい長く生きるこの本、この彫刻された墓」(十九—二十)と、硬質な墓石に刻みこまれた文字、すなわち活字によって描かれた本を思わせる記述の中に、印刷された書物の永続性への憧憬を滲ませる。十六世紀から十七世紀において、数多の手稿の写しが取られたダンではあるが、現存するものも多ければ失われたものも多い。(6) こうした筆写／活字文化が混在する状況の中で、ダンは書物に拘泥し、考察を進める。

書物の出版については、ダン自身が自分の作品の活字での出版はよしとしていなかったことが知られており、『魂の遍歴』も書き上げられた時点では、上梓される意図はなかった。けれどもダンがたとえ手稿本の形態であったとしても、この作品を特別な書物として体裁を持って編纂された本として、世に広く読まれることを意識して製作したことがうかがい知れる周到な前書きを用意する。

「ほかの人々は、建物の玄関や入り口に紋章を飾るが、私は私の絵を飾る」(一) と切り出す書簡を、ダンは『魂の遍歴』に付ける。親しい友人やパトロンたちに向けて多くの韻文、散文の手紙をしたためた彼は、手紙を通して自らの思想を語ることの出来た手紙の名手であったが、今回この書簡に明確なあて先はない。詩人はこの本を手に取ることになるであろう不特定の読者に宛て、書簡を書く。この書簡は序文として読者に対し、どのような作品なのか、ということを伝える解説文となっている。

> 当然、新しい著者に出会ったとき、私も疑いを持ち、すぐには良い、とは言わない。咎め、査定する。このような自由は、私をいかなることより苦しめる。どれほど私の書いたものが、ほかの人のものより劣るのかと。私は多くを咎め、非難する。そしてこの自由は他の人以上に私を疲弊させる。けれども私は私自身に対して非難をしないことで欺くつもりはない、なぜなら、非難することを愛しているからだ。あるいは、人々に反論を許さないで非難する、といった不当なことをするつもりもない。彼らが私に与えてくれるのと同じくらい与える限り、彼らは私の非難を許さねばならない。(五―十二)

「著者」が作品を発表した際、読者に与えられた「自由」――すなわち、著者にとっては、批評され、非難されることに対する不安の源――が述べられているこの箇所は、読まれるということに対する詩人の過敏さを示すだけではなく、自身もほかの著者に「咎め、査定」し、批判を加えるということからも、彼が書物と読者との関係を十分に熟知したうえで、自分の作品をどのようなものとして考えていたかを知るのに興味深い。批判的な眼差しをもつ読者を迎え入れる本書は、冒頭、「建物」と比喩され、詩人は客を我が家に迎えるように読者を彼の作品へ導き入れていく。けれども、ここでほかの人々がその「扉」に紋章を掲げるのに対して、自分の肖像画を置くというのは、死に装束に身を包んだ像を眺めながら死んでいったダンらしいナルシストの台詞だが、ただそれだけではない。口絵として自画像を置き、「著者」としての権利を社会的に知らしめる作品を作るという、書物制作の意図が明らかにされる。自分の書物の著作権を世に知らしめるこの行為の中に、ダンの作品出版への思いが見え隠れする。

さらに詩人はこの書簡において、「謝辞を捧げる対象がいない」、と謙遜と大いなる自負とのない交ぜになった口調で、あえてこの作品の出自となる書物を明らかにしない。当時の慣習を考えるならば、様々な関係性を提示することによって、作品に権威を持たせるはずの謝辞をあえて誰にも示さないことによって、[7]この作品を自分の宝、自分のみのものだとする彼は、この作品がいかなる古典や、それまであった作品にも依拠することのないまったく新しい作品であると宣言する。あくまで自分のオリジナルであると、読者に自らの本の独自性を大仰に強調し、著者である自己に権威をもたせる。また同時に、この作品がこれまで書かれたことも読まれたこともないまったく新しい作品であるという点において、読者は今まで体験したことのない読書経験を与えられることを著者によって約束される。

詩人は、『魂の遍歴』がいかなる書物をも凌駕する作品であると嘯く。作品の最初と最後の聯において、聖書の登場人物、セトが言及されている。アダムとエバの息子であるセトは天文学を修めた人物とされ、その功績を留める記念碑との比較の中に本作品を位置づけ、当時流通していた書物、とりわけ天文学の分野における書物に対峙することを表明する。

時代は、書物の活字出版の移行により、ギリシャ・ラテン語の古文献とともに科学書が世間に溢れだし、新たな知の文化圏を生み始めていた。この状況に対し、相互に批判することを許すダンの読書は、自然科学という知識体系の祖を形成することとなるコペルニクス、ガリレオらの出版物に及ぶこととなる。ダンの『イグナチウスの秘密会議』（一六一一年）は、近代科学を牽引していた科学者たち、そしてイエズス会を中心とした神学者たちの書物に、余白部分に彼らの著した書物のタイトルを開陳しながら批評していく風刺作品である。「私の小さな遊び心あふれる彷徨える魂」が読書を行うこの書物が、[8]天文学者ケプラーの目に留まる。「この小さな作品の写本が、『イグナチウスの秘密会議』という題名の付けられた不遜な風刺の著者の手に落ちたと思われる。というのも彼はまさに初めに、名指しで私を攻撃しているからだ」とケプラーは、ダンの読書による非難に応酬する。[9]月面への旅を描いた文学的、科学的作品『夢』は、ケプラーに「致命的な痛手」を与えた。ケプラーはダンを槍玉にあげ、書物が引き起こす批評の恐ろしさを切実に訴える。一六〇六年に出されたケプラーの『白鳥座について』をダンが揶揄し、さらにケプラーがダンを攻撃するといった、ダン、ケプラー二人の丁々発止の書物上でのやり取りは、当時の交通・出版事情を考えれば、作品がかなり広汎に流通していたことを示す。[10]手稿が書き写され、回し読みされ、たちまちのうちに海を越えて伝播していたのだ。そして批評し合う二人がそれぞれの書物の中で展開する互いの著作に対する言及は、当時の人々の読書共同体の広がりと関心の共有を如実に物語る。

こうした書物に付与された性質は、著者に新たな仕掛けを要求する。読まれ批判されることへの危険性をはらみながら、なおも自作品のオリジナリティを強調するダンが、この書物の根底を支えるものとして打ち出すのは、「ピタゴラスの教義」（二七）である。ダンがこの作品の詩神とするピタゴラスとは、どのような存在であったのか。一方ケプラーもまた、ダンへの異議を唱える直前、詩人たちに対する風刺詩をピタゴラスに向けて謳う。ケプラーは、彼ら科学者を象徴する存在としてピタゴラスの名を挙げるのだ。ダンが「ピタゴラスの教義」にインスピレーションを得て、作品を制作したことをケプラーが知っていたかどうかの明確な証拠はない。けれども彼ら相互の読書を鑑みると、ダンを批判する際、ピタゴラスとの連想が働いているのは示唆的である。ダンのみならず、熱心なピタゴラス主義者であったケプラーらによって、初期近代、再びその意義を求められ、ピタゴラスは登場する。[11]

ピタゴラスは紀元前六世紀ごろに古代ギリシャで活躍し、数学の祖であるばかりでなく、哲学、天文学に通じ、宗教的学校を設立するなど、西洋哲学・科学が発展する上で重大な役割を演じた。けれども近代科学の原動力になったギリシャの哲人の一人であるピタゴラスは、彼自身の手による書物を一冊も残していない。ルネサンスの読者の誰もピタゴラス自身の書物を読むことは不可能だったのだ。[12] けれども、当時の文人たちに大きな影響を与えたオウィディウスの『変身物語』のピタゴラスは、我々読者に向けて霊魂論について語りかける。

万物は流転するが、死ぬものは何もない。魂はあちらこちらを彷徨い、気に入った体に住みつく。獣から人間の体に、あるいは人間の魂が獣に移り住みつくが、滅びることはないのだ。やわらかい蝋に新しい意匠で型を押すことが出来、元の姿のままではなく、いつも同じ形を保つことは出来ないが、それでもなお、それ自体は変わることない。そのように私はその魂が同じ物であり、種種多様なものの中に入ると言えるのだ。私は今大海に漕ぎ出す準備をし、風に向けて帆を張ろうとしている。私にさらに先に続けさせてほしい。この世に変わらないもの

などない。万物は流転し、そして移ろいやすいものとして存在している。(13)

『変身物語』は、英国においてカクストンによっていち早く一四八〇年には出版され、一五六七年にゴールディングによって再翻訳されるや、エリザベス朝イングランドの思想・芸術に多大なる影響をもたらしたことで知られている。(14)そしてこのオウィディウスの『変身物語』の最後の巻を飾るピタゴラスのスピーチは、ピタゴラスという存在が当時の人々に広く流布する発信源になっていく。(15)

ピタゴラスがもたらしたとされる霊魂観（霊魂不滅と輪廻転生の思想）は、始めキリスト教の教父たちによってキリスト教の教義と相容れない異教の教えとして退けられたが、その後ピタゴラスの名前にカリスマ性が結びつき、新プラトン主義を経て、初期近代の人々にも知られることとなった。ダンもまたこうした「ピタゴラスの教義」に基づき、「一つの魂を人間から人間へ、人から獣へ、分け隔てすることなく植物にも運ぶ」（八―九）と、ピタゴラスの輪廻転生説をなぞる。ダンの抒情詩や宗教詩の中において、魂と肉体との関係は、肉体という牢獄に魂が閉じ込められていることを嘆く、というものが大半を占めているけれども、『魂の遍歴』においては、肉体に閉じ込められながらも、決して獄中の囚われ人としてその処遇を嘆くのではない魂の活動的な姿が描き出されることとなる。魂は自由に肉体間を移動し、ときには機械仕掛けのように出来ている肉体の「手と舌、そして顔を動かす」（六二）動力として存在する。

さらに詩人は、「記憶は魂の書記である」というアリストテレスの文言を思わせる魂固有の特性を、書簡の中で述べる。


この魂はメロンに宿っていたときには動けなかったが、記憶をとどめているので、どんなみだらな宴に供されていたか、私に今語ることが出来る。そしてクモだった時は語ることはできないが、記憶をとどめているので、地位を得るために誰が毒を使ったのかを私に今語ることが出来る。いかに肉体が魂の機能を弱めても、魂の記憶力は魂固有の機能であり、それを私は大真面目にあなた方に伝えたいのだ。魂の誕生から、関わったすべての道程、エバが食べた林檎であった時から彼に宿るまでを。その者の生涯についてはこの本の最後で見出すこととなるであろう。（三三―四六）

二度繰りかえされる「記憶」、そして「記憶力」という語が示すように、ダンは魂が経験したことをつぶさに記憶するということを、もっとも重要な特性として定義する。そしてこの魂の「記憶する」という新たな魂の特性に対し、魂がその旅路の中で宿った身体を通して見たすべての経験を記憶させることによって、ダンは、ただ魂を様々なものの中を通過させるだけでなく、魂を一種の記憶装置とする。そしてさらに、その情報を蓄積することによってこの作品を「語る」というように、この作品の語り手としての役割を与える。「記憶」とともに繰り返される「語る」という魂の性質は、この魂が経験する旅において、魂が記憶を頼りに記述していくその語り口にこそ、その面白さがあることを浮き上がらせている。「この本」という言葉で閉じられる書簡に誘われて、こうした融通無碍な魂の移動を可能にする「ピタゴラスの教義」を手掛かりに、魂によって綴られる書物を見ていこう。

Ⅳ

「私は不滅の魂の遍歴を謳う」（一）という冒頭の一節を皮切りに、輪廻転生をしていく魂の行程が現在形で描写されることにより、詩人の眼前に魂の見る光景が広がる。

しかし、私の一生が長く、良きものであるなら、

どれほどこの海が広大で、荒れてくるうとも
無駄である。私は波や泡を乗り切って
寂しい孤独な道行を生き生きとした魂により
私の暗く重い詩を明るく軽く詠う。
多くの海峡、国々を私は彷徨うが
楽園を出発し、故郷へ向かう。
旅はそこで始まり、この地で終わる。
そこで帆を上げ、この地でたたみ、錨を
テムズに下ろす、チグリス、ユーフラテスで引き揚げたものを。（五一―六〇）

詩人としての矜持を示すこの詩行において、「私」＝「魂」は、「この世がその年老いた夕暮れに至るまで生まれたての朝から、男らしい昼を通って、私は描く」（五―六）と、歴史をたどる旅をこの詩は謳いあげるとする。さらにここで述べられる歴史を描く書物は「楽園」という言葉から、聖書の世界を軸にしたものであることが示される。魂は罪の源であり、かつ知識の源であり、人間に原罪を与えることとなる林檎に宿る。恋人参、すずめ、何種類かの魚、鯨、ねずみ、象、狼、といった「不実、乱暴、虚偽、情欲、罪悪」（五〇八）といった罪をその身体が表象する動物へと転生し、そして最終的にアダムとエバの娘でカインの妹であり、妻でもあったテメクのところにたどり着く。罪と知識が相互に絡み合いながら敷衍していくこの書物を詩人は、「煉瓦や石でできたセトの柱」（九）、すなわち天文学を修めたセトとの連想から、科学関連の出版物と、「聖書を除いてはいかなる本にも負けない」（一〇）と、本作品に比肩する書物のジャンルを規定する。この書物を聖書との比較によって描くことを示唆する詩人は、異教徒であるピタゴラスの教えによって構成される世界に、キリスト教を近接させることを表明する。

聖書との類比は、詩人が示すノアの箱舟と魂の比較により、詩人がいかなる聖書の題材に取材し、どのように聖書的テーマを自らの作品の構想の中で展開するかを提示している。

また聖なるヤヌスよ、あなたの至高の船には、
教会、あらゆる王侯たちが乗っている。
それは全人類の泳ぐ学校であり、無償の病院であり、
鳥や獣たちの檻であり動物園である。その子宮の中に、運命は
我々と我々のもっとも身近な子孫たちを孕ませたのである。
(そこからこの万象を満たすすべてのものが派生する)
しかし立派に責任を果たしたけれども、あなたは水に浮く公園に
それほど多くのものは乗せなかったのだ、
天の火花である魂が動かし形作ったほどの多くのものほどには。(二一―三十)

詩人が述べるように、世界中のあらゆるものを検分し、その知識を集積する魂に匹敵するものといえば、当然「聖なるヤヌス」の、すなわちノアの箱舟となるだろう。[16] あらゆる鳥や獣たちを搭載するノアの箱舟は、さらに「学校」「病院」「動物園」「公園」という様々な別称を重ね合わせられることによって、あらゆる公共の施設を兼ね備えることとなる。この世のすべてが搭載され、この船はまさに全世界の縮図となる。知識を学び獲得する学校であるとされるノアの箱舟と比較される魂もまた、ノアの箱舟を比喩する「学校」であり「動物園」であるといった性質を兼ね備えることとなる。同時にこのようなノアの箱舟の描写は、東西の珍品を収集したトラデスカントの驚異博物館が後にノアの箱舟と呼ばれていたことを思い起こさせる。[17] 初期の博物館としてのノアの箱舟のイメージは、当時の人々に共通のものであり、詩人もま

たこのノアの箱船に同様の発想を持つ。ここでダンは魂が旅する諸形態の身体を知識の学習場所とし、そこで魂が収集した獲得された博物誌的旅の情報を、この『魂の遍歴』という書物の中で披瀝していく。世界中を縦横無尽に旅することにより、ノアの泳ぐ学校にも劣らないいかなる多彩な知識を閲覧することとなるのか。まず、魂が宿る様々な形態がいかに描かれているかを見ていこう。魂は今、「自然の偉大な傑作である像」の巨体の中にいる。眠りについたこの体内に一匹のねずみが入っていく。

その鼻の中をまるでギャラリーを歩くように、このねずみが
歩いてきて、そしてこの広大な家の各部屋を観察していた
そして魂の寝室である脳のところまで来ると
そこで命の糸を噛み切ったのである。街全体が土台から崩れ落ちるように
この殺された動物は崩れ落ちたのである。（三九一―六）

さまざまな生物の身体を描写し、その中に罪の性質のありようを書き込むことにより、その内容により深い理解を促していく図像的な構造を持つ本作品がこのシーンで描くのは、「嫉妬に駆られた」（三九六）小さなねずみが象をも倒すという「嫉妬」の罪についての寓話である。ここで自然の傑作とされる象の身体は、「寝室」「広大な屋敷」さまざまな「部屋」、そして「ギャラリー」と呼ばれ、建築物に喩えられる。象の垂れ下がった鼻から入り込んだねずみは、自由にこの建物の中を歩き回まわることが可能となる。こうした建築を思わせる空間描写の中で、最初に提示される「ギャラリー」は、この場所がいかなる場所であるのか、ということを鮮明に浮き上がらせてみせる。今では画廊の意味で使われることの多いギャラリーはまず、運動不足を補うため屋敷に設置された歩くための場所だった。また当時、人々に集めたコレクションを見せる博物館といった性質を持っていた。このギャラリーを象の身体に重ね合わせ、穏やかに眠

る象の夢で彩られたこの空間は、その心象風景で読者の目を引きつける。さしあたって、ねずみは博物館を訪れる観客であり、この内部をくまなく動き回りながら「観察」していく様子は、私たち読者に魂と同じ視点で身体を鑑賞することを促す。

詩人はこのように、肉体の内部に奥深くはいりこめる唯一の手段である魂によって、本来ならば見ることの出来ない身体への旅という経験を、視覚的なものへと転化させる。詩人が発明した体内を見渡す魂は、さらに詳細に、生命の誕生の瞬間までをも読者に見せる。

魂はあまりにも活発な臓器から逃げ出し
小川に来た。そこではメスの魚の砂のような卵が
オスのジェリー状の精液と交配していたのであった
すれ違いざまに泳いでいたところ出会い、二匹は触れ合ったのであった。
これらの小さな体の一つが非常に相応しいと思い、
この魂は形相を与え、そして魂が作った鰭のオールで
漕ぎ出すことが可能となったのだった。
そのうろこはまだ羊皮紙のようであり、
魚であったかも知れないが名前はまだなかった。(二二一―二〇)

旅の象徴的な身体を持つ魚は、何度もその身体を上書きされ、輪廻転生を重ねていく。最終的に行きつく鯨については、その鯨学ともいえるほどの博物学的知識により、詩人の語りが増大することとなる魚の誕生のプロセスは特異な言説を用いたものである。魚らしきものが誕生するその瞬間について、メスの「砂のような卵」とオスの「ジェリー」といったものが交配して卵をかえす、というように、その様子を詩人

は、海にもぐるか水槽を見つめるかして観察する生物学者のような視点で語ってみせるのである。羊皮紙に似た肌ざわりを持つ魚の生態についての語りは、さらには魚が呼吸する原理についてのページを繰る。魚が呼吸する原理について、実験器具の用語を用いつつ、真偽も定かではない魚の生態を、詩人は詳細に叙述する。

網を通り抜けて、この魚は水の道を泳ぎ続けた。
この魚が呼吸をし、空気を吸い込むために
ときおり宙に飛び上がるのか、空気を水中に求めるのか
粉砕機か蒸留器のように作用する器官で水を薄めるか空気のようにするかは、信仰は
気にしない……(二六二―七八)

生命の進化の語る過程において、当然行き当たるべき一つの問題に直面する。つまり、ここにはまったく「信仰」の問題が触れられていないのだ。「水を薄めるか空気のようにするかは、信仰は気にしない」("to make the water thinne, and aire like faith/ Cares not")は不思議な一節である。この詩行の句読点については、グライアソンも首をかしげるところだが、魚の呼吸の構造についての科学的な疑問について思索するその同じ詩行に、「信仰」、と詩人は続けていく。この引用のように、and の前にある版と faith の前にある版があるのだが、[18]「空気のような」という形容詞は「信仰」にかかるのか、という疑問を引き起こす。あるいはたとえ、直接修辞することはなくともその残像が、この詩行に「科学」と「信仰」という問題がこの議論の背後にあるという疑問を浮き上がらせる。けれども詩人は、この問題を置き去りにしてきたことを払拭するかのように、詩行を跨ぎ、さらりと「気にしない」と続けてみせる。信仰についてのこうした詩行の組み立てのなかで、今まで信仰の問題を忘れ、魂の歩みを見てきた読者に、進化の問題を語る科

学的言説と宗教との間にある危険な問題が、この展開の背後に存在していることを喚起する。それと同時に、詩人は信仰と科学の問題に対するこうした言及をしておきながらも、「信仰は／気にしない」と、あざとくもすり抜けていく。こうした危険性をはらむ魂の遍歴において、とうとう人間の誕生、その瞬間が語られることとなる。

アダムとエバが血を混ぜて、今や、
化学の定温の炎のように、その穏やかな子宮が
温め、形相を与えたのだ。そして一部分は
スポンジのような肝臓となり、まるで高い山の頂の
豊富な水路のように、それは体のあらゆる部分に
生命を守る水分をたっぷりと与えるのだ。
硬くなった器官が厚みをもった心臓となった。
そのせわしない炉が精気を与えているのだ。

また別の部分は感覚の泉となり
より柔らかく、十分に武装された、ものを感じる脳になった。そこから
私たちの肉体を結び合わせる神経の糸が伸びて、端でしっかりと結び合わされた。
魂は肉体を、肉体は魂を待ち受けていたのだが
今や両者は結ばれた。しかもありとあらゆる過去の姿をしていたときの性質は
持ち続けており、魂は不実、
乱暴、虚偽、情欲、罪悪などを知っていたので
女性になった。テメクに今、魂はなったのだ。

そのものはカインの妹であり妻であり、カインは最初に地を耕したものであった。（四九三―五一〇）

魂の前の住み家である猿が転生を目指すことになった人間の子宮の内部が、「化学の定温の炎のように」と、実験器具のように比喩される。象の表象を通じて見たように、体内を見渡す視点を手に入れ、魚の受精を観察する経験してきた詩人には、人間の生命の誕生を描く際、神の似姿を型押しするというような聖書的説明は見られない。「化学」という言葉が示すように、どこまでも生化学者の経験的な語りによって描写され、それぞれの部位が形成されるさまを語るときの詩人の口調は、まるで外科手術を行っているような映像を詩行から浮き上がらせる。こうした行程は、「暖める」と「スポンジのような」「硬くなって」という単語によって、においや温度、感触などその質感までも伝えてみせる。胎児の中に、次第に出来上がっていく臓器について語るとき、詩人の用いる「山の頂の豊富な水路のように」といった比喩に見られるように、私たち読者が外界で実際経験できる感触を持ち込むことにより、この胎児の体内の様子までをも鮮明に実感することが可能となる。

けれども「魂の寝室」（三九三）であり、「ものを感じる脳」が生成され、「魂」と「肉体」が結びついたその瞬間、魂の語りは停止する。ここで肉体にしっかりと接続される魂が、様々な形態の中で体験してきた「記憶」をすべて蓄積する魂であることに注目したい。つまり動植物から人間に至るまでの様々な変容を博物誌的、科学的観察によって検分してきた魂が、知識のデータベースとして人間の中に埋め込まれるのだ。

魂と肉体の接続という終着の最後に、一つの事実を読者は思い起こさせられる。この魂が行き着いたのが「乱暴、虚偽、情欲、罪悪」を凝縮する、魂が旅の最中集積してきた罪をすべて包含するテメクであるという事実である。つまり、いままで披歴されてきた博物誌的知識は、禁じられた知識の木の実から始まった、あくまでも罪の産物だという事実なのである。魂が獲得してきた知識を罪とする詩人の本来意図していたのが、魂の堕落した結果を語ることであったのか、と思いをめぐらす読者に、最後の聯において、

「この沈うつな書物が気に入るにしろ気に入らないにしろ」(五一四―五)と再び詩人は呼びかける。さまざまな知識と罪を閲覧し、記憶し、考える脳を与えられた読者に、詩人とともにあらためて、「驚異に目を瞠ってほしい」(五一三)と求める。詩人がここで読者に提示するのは、聖書の登場人物、カインとセトである。「ありとあらゆる罪をその記憶に刻み込まれているテメクの夫カインが「呪われしカイン」(五一六)と呼ばれるのは、弟殺しを犯したという聖書的解釈からみても当然のことと思われる。しかし、ここで詩人が瞠目するのは、「祝福されしセト」であろう。カインとの対比で言及されるセトが今や、「なぜ私たちを天文学で悩ませるのであろうか」(五一七)、とケプラーら天文学を始めとする自然科学を称揚する存在にほかならないことを、詩人は喝破する。

詩人はこの作品において博物誌的書物を作り上げてきた。魂は植物から、魚、鯨、象、狼、猿、そして人間を旅する中で、読み進める読者に、ケアリーの言葉を借りるならば、まるで「移動動物園」のような動物の行進を見せる。[19] また詩人が科学的、医学的な表現を使って、当時の最先端の、錬金術なのか化学なのかの境界線もあやしい、けれども読むものの好奇心を刺激する情報をこの作品の中に敷衍していく、さらにその内部の感触までをも語りえるダンの詩行は、単に科学的な着想を駆使するという枠組み超え、豊かな詩人の想像力をこの外連味溢れる空間に凝縮することに成功している。

ピタゴラスは、その後詩人の作品の中、説教においてたびたび言及されることとなる。[20]

異端は以下のような主張をする。アダムのまさにその魂が長い回遊によって、そして霊魂転生によってパウロの中に最終的に入ったのだと。そしてだからこそパウロはアダムと(その最も大切な部分である魂において)同じ人間だと主張するのだ。そしてその意味において、文字通り彼は全人類の第一の罪びととなったのだ。なぜなら彼は最初の人間アダムなのだから。けれどもこれは異端の妄想に過ぎない、ピタゴラスの泡のように実態のないものなのだ。(I 三一一六)

ダンが聖職に入った後、一六一八年に説教台にあがったとき、ピタゴラスの説は異端者の妄想、「ピタゴラスの泡」として退けられる。実際このような輪廻転生の考えというのはキリスト教の教義においては疑いもなく、異端であり、ピタゴラスもまた妄言を吐く異端者でしかない。けれどもこの異端のピタゴラスの教義を、詩人は逆手にとって、「異端」に対する批難の道具としてここで用いている。つまり、ピタゴラス表象は、その霊魂転生説によって、アダムとパウロの間に直接的系譜を主張する「異端」、すなわちカトリックへの風刺として活用されるのだ。若いころに書き上げた『魂の遍歴』の中で読者に知的遊戯を提供したピタゴラスは、教理問答の手段ともなり、ダンの語りの「批評」の対象となっていく。

　信仰と科学とが協働し近代の幕を開けようとした時代、それに応える書物が出版という形を取り巻に溢れ出したとき、ダンのピタゴラスの書物を巡る遍歴がどのような様相を見せるか確認しておこう。

8. Pythagoras Judaeo-Chiristianus, Numerum 99 et 66 verso folio esseeundem, per super-seraphicum Jo: Picum.(21)

ダンの著書の中でもおそらく『宮廷人の図書館』ほど異色の作品はない。全編ラテン語で書かれたこの書物は、扉に「売り物ではない」と記した三四篇の書物を図書館に収めたとする架空の図書館の蔵書目録である。架空の図書館といえば、神学書や法律書などが、滑稽なタイトルを付けられて風刺対象とされたラブレーの『パンタグリュエル』第七章の「サン・ヴィクトール図書館」を思い出すが、ダンもまたこの図書目録に聖俗の混在した作品を列挙する。これらの書物を所蔵する図書館は、もちろんどこにも存在しない。つまり架空の、実際に存在しない書物を集めた本がこの「図書館」なのだ。その中に、ジョン・ピクス、すなわちルネサンスの文人ピコ・デラ・ミランドラによるピタゴラスの書物をダンは配架する。この本は異端であるはずのピタゴラスを「ユダヤーキリスト教徒」と表示することにより、キリスト教化するギリシャの哲人という当時のピタゴラス受容の有様を示すとともに、「冊子を上下にしていてもわかるように、66番と99番という数字を配す」といった人を食ったような表現により、このピタゴラス表象をパロディ化してみせる。知の「権威」を求めて読書する人々に向かって、「完全に新しい」書物の目録を、風刺を込めて詩人は提供する（四二）。詩人はこの架空の「図書館」において、書物が出版され「権威」となるその瑞境期、新奇な書物を求め読書する人々を嗤う。聖書と近代科学の融合をも可能にするダンのピタゴラスの書物は、当時の書物市場の活況を換骨奪胎して幻想の書庫に眠る。

V

ダンが用いた「ピタゴラスの教義」は、その本来の輪廻転生という枠組みを援用しながら、あらたな時代の台頭を、読み進める読者にも経験させることのできるものだった。詩人のこの恐れのない、さまざまな分野に広がる博物学的知を追い求める好奇心が、いかなる書物をも凌駕する自負を詩人に与えた。

けれどもダンの書物史を概観すると、『魂の遍歴』は、詩人ダンと聖職者ダンにとって、異なった意味を持つこととなる。先ほどまで見てきたピタゴラスの霊魂論を用いた作品を生み出した詩人は聖職に入る前、一六一四年に友人に宛てて書いた手紙の中で、自分の作品を出版する計画を述べ、書物編纂の準備までしていたことが知られている。[22]けれどもこの出版の計画は聖職者になることを選んだ時点で完全に消滅する。「ダンは非常に後悔し、彼のすべての詩を破壊しようとしている」、というのはベン・ジョンソンがドラモンドに語った言葉である。[23]この発言は、ダンが聖職者になったとき、自分の詩を若気の至りとして、恥じていたことを示すためにしばしば引用される箇所として知られる。この発言の前には、『魂の遍歴』を読んだ後、ダンの描いた魂がたどり着く先が、カルヴァンであろうという推測をした上で、この作品は結局未完のままで終わってしまったと、ジョンソンがこの作品に強い関心を寄せている談話が伝えられている。同時代人の関心を引き、「破壊しようとしている」と言及されたダンのすべての詩とはおもに、『魂の遍歴』が念頭に置かれていたことが考えられる。

破壊の対象とまでされた『魂の遍歴』は、しかし、詩人のその後の作品の中で引用される参照文献としての役割を果たすことになる。『魂の遍歴』という「書物」は実際の意味において、生前出版されることはなかった。拡張していく書物の世界を横目で見ながら詩人は、「魂」によって語られ、描かれる書物という着想を、ほかの作品において用いる。諧謔に充ちた作品からおよそ十年後、一人の少女の身体が、「図書館」が所蔵する全書物を包含する書物して読まれる。

そこでは、お前は(いかなるほかの学校ではなく)、もしかすると、
彼女のように学識豊かになれるのである。
彼女は図書館にあるすべての書物をすっかり読んだのだった、
家にいながら彼女の思考の中で……(三〇一—四)

『二周忌の歌・魂の遍歴について』において、詩人は亡くなった少女に捧げた溢れんばかりの称賛の詩句を、詩人は彼女を巡る魂の遍歴という視点で書きあげてみせた。『魂の遍歴』の自然科学の言説と戯れ、かつ誹謗する語りとは、もちろん追悼詩という場である限り、性質において全く異なるものである。けれども、ほとんど知りもしない少女について、理想的な女性像を描くという手法によって、最大の賛辞を込めて語る際、詩人が思い浮かべるのは、若い時に構想した遍歴する魂が身体を書物として読む行為であった。ありとあらゆる知を、読書によってその身に携えた少女は「最良で、最も価値のある本」(三二〇)となり、彼女を読む者は「彼女より劣る新版にすぎない」(三〇九)といった書物の比喩によって表され

る。人々の模範となる少女、そしてその少女の記憶を自らに刷りこむ人々が共に書物という存在に比せられる。人間を書物との連想で語る詩人の、実際に手に取れるのではない、魂がその遍歴の中で読む書物という経験が『魂の遍歴』によって提供された。

『魂の遍歴』が出版されたのは、彼の死後、一六三三年のことである。このダン最初の詩作集の冒頭には、『魂の遍歴』が置かれている。出版され、不特定多数の読者の目に最初に飛び込んでくる本作品が、著者ジョン・ダンの書物への扉を開いた。魂とその記憶が紡いだ物語は、魂の外付けの記憶装置である硬質な書物の中に自由な遍歴を終え、新たな書物史を始める。

注

（1）ダンの詩作品の引用に関しては、すべて *The Poems of John Donne*, 2 vols., ed. Herbert J. C. Grierson (Oxford: Oxford University Press, 1912) による。また『無窮に捧げる歌　一六〇一年八月十六日　魂の遍歴　風刺詩』は、本稿では以後『魂の遍歴』と略記。

（2）Peter Beal, *Index of English Literary Manuscript vol. 1 1450–1624* (London: Mansell, 1980–1997) 245.

（3）R. C. Bald, *John Donne: A Life* (Oxford: Clarendon Press, 1970) 123. William Empson, *Donne and the New Philosophy*, ed. John Haffenden (New York: Cambridge University Press, 1993) 150. Herbert J. C. Grierson II. 218.

（4）John Carey. *John Donne: Life, Mind, and Art* (Oxford; New York: Oxford University Press, 1990) 149.

（5）Peter Beal, *A Dictionary of English Manuscript Terminology 1450–2000* (Oxford: Oxford University Press, 2008) 43–4 参照。

（6）Arthur F. Marotti, *Manuscript, Print, and the English Renaissance Lyric* (Ithaca: Cornell University Press, 1995) 147–59

の「損なわれゆくダン」と題された項目に、詳しくダンの手稿が失われた、あるいは加筆されたなど、何らかの破損を受けた様子が考察されている。

（7）Kevin Sharpe, *Reading Revolutions: The Politics of Reading in Early Modern England* (New Haven, CT : Yale University Press, 2000) 27–34は、十六世紀において「著者」(author) が「権威づける」(authorized) と同じ意味合いを持って「著者」が王やパトロンの庇護のもと、彼らによって権威づけされていたのに対して、活字文化の隆盛と時を同じくして著者たちが、出版に権威を持つ様を論じている。

（8）John Donne, *Ignatius His Conclave*, ed. T.S. Healey, S.J. (Oxford: Oxford University Press, 1969) 5.

（9）Johannes Kepler, *Kepler's Somnium: The Dream, or Posthumous World on Lunara Astronomy*, trans. Edward Rosen (Madison, Milwaukee and London: The University of Wisconsin Press, 1967) 38–9.

（10）ケプラーとダンとの関係については、Marjory H. Nicolson, "Kepler, the Somnium, and John Donne" in *Journal of the History of Ideas*, Vol. 1, No. 3 (Jun., 1940) 259–280参照。一六三四年に死後出版された『夢』は、一六一〇年頃手稿が広く回覧されるようになった。この論文の中でダンがケプラーを知るようになったのは、天文学者ハリオットを通してであり、『夢』の手稿も彼を通じて手に入れていたであろうと述べている。『イグナチウスの秘密会議』を著す前にダンがケプラーの手稿を手に入れていたとするニコルソンと (Nicolson 273–5)、事前に読むことはなかったとする『夢』の英訳をしたローゼンの主張がある (Rosen 212–3)。いずれにせよ、ダンとケプラーの間には互いの書物を通しての交流があったことが伺える。

（11）Charles H. Kahn, *Pythagoras and the Pythagoreans: A Brief History* (Indianapolis: Hackett Publishing Company, 2001) 167参照のこと。

（12）当時の霊魂論については，ヨアン・P・クリアーノ／桂芳樹訳『霊魂離脱とグノーシス』（東京：岩波書店、二〇〇九）が書物なきピタゴラスの霊魂論が、歴史的にどのように学究されていったかを知るのに有効である。またピタゴラスの影響を踏まえつつ実際『魂の遍歴』がどのような霊魂論を受容して描かれているかについては、ダンの蔵書を踏まえつつRamie Targoff, *John Donne, Body and Soul* (Chicago : University of Chicago Press, 2008) 6–16が考察している。

（13）Ovid. *The Metamorphoses of Ovid*, trans. Mary M. Innes (Harmondsworth: Penguin Books, 1955) 339.

（14）Raphael Lyne, *Ovid's Changing Worlds: English Metamorphoses, 1567–1632* (Oxford; Tokyo: Oxford University Press, 2001) は、一六世紀から十七世紀にかけてオウィディウス翻訳がスペンサー、ドレイトンらイングランドの文人たち浸透

していき、その過程でピタゴラスが受容された様子を論じる。

（15）「輪廻転生」(metempsychosis) の初出はクリストファー・マーローの『フォースタス博士』(Sc. XIX, 175) である (*OED*)。様々な階層の観客が入り乱れ聞き入る場において、ピタゴラスに呼びかけることを許したことからも、ピタゴラスの霊魂論が当時のあらゆる階層の観客にも知られたものであることが推察される。

（16）洪水の前後を見ることができたとするノアとの類似により、ヤヌスがノアと同一視される。「異なった顔を持つヤヌス」（『イグナチウスの秘密会議』五）とあるように、ヤヌスは異なる面を統合する象徴として描かれる。

（17）Paula Findlen, *Possessing Nature: Museums, Collecting, and Scientific Culture in Early Modern Italy* (London: University of California Press, 1996) はルネサンス後期の博物館について、広範な情報を与えてくれる。

（18）1633年版のダンの詩集に従がって編纂されたチャンバーズ版、そしてこの個所に異議を唱えるグライソン版以外、ミルゲイト版、ケアリー版、スミス版、ロビンズ版などほとんどの版が faith の前に読点を入れ校訂を行っている。

（19）Carey, *John Donne: Life, Mind, and Art* 155.

（20）説教の引用は、John Donne, *The Sermons of John Donne*. 10 vols., eds. George R. Potter and Evelyn M. Simpson (Berkeley; Los Angeles: University of California Press, 1953–1962) による。

（21）John Donne, *The Courtier's Library*, ed. Evelyn M. Simpson, trans. Percy Simpson (The Nonesuch Press, 1930).

（22）John Donne, *Letters to Severall Persons of Honour (1651)* (Hildesheim: Olms, 1974) 196–7.

（23）*Ben Jonson's Conversations with William Drummond of Hawthornden* (London: Blakie, 1923) 12–3.

ミルトン『政治権力論』
——護民官制を終わらせるために——

小林　七実

序

『信仰者集団の諸理由の内にある政治権力について——地上のどのような権力も信仰の理由において強制することは法に反することを示す——』[1]（一六五九年二月、以下『政治権力論』と略す）は、当時の外務長官ジョン・ミルトンによって議会に宛てられる。前護民官オリバー・クロムウェル（以下クロムウェル）による解散から一年、後継者リチャード・クロムウェル（以下リチャード）によって一月二十七日に招集された。

『政治権力論』は護民官制を継続し、法と武力で信仰を統制する当議会に訴える。

私たちの信仰と実践は、私達が理解でき恐らくそのように理解されている限りではあるが、神の意思と私たちの内なる聖霊によっている。私たちは人の法より先にこれらに従わなければならない。いたるところで私たちに命じる神のことばだけでなく、理性の命がそのように告げている。「神よりもあなた方に耳を傾けることが、神の前において正しいかどうか、あなた方が判断する」使徒言行録四章十九節。この明白な内なる説得により、宗教を信じ実践するために、どのような地上の外なる力で、いかなる人も罰せられたり苦しめられたりされるべきではない。(*CPW* 7.242)

先ず注目すべきは人の法を超えたものがあるという指摘である。それは神の意思と聖霊であり、それによる信仰である。これらを完全に理解できる人はいない。このような不十分な人が作る法で信仰のために他者を罰してはならない。これが『政治権力論』の基盤になっている。

聖書引用部の「あなた方」は古代ユダヤ最高権力機関（議員、長老、律法学者からなる議会）を指す。『政治権力論』があなた方と呼びかけ「判断」を求めるのは第二護民官リチャードの最初の議会である。父クロムウェルの就任から約五年、人々の信仰生活は護民官の意向に従うよう義務づけられる。それを定めた法が「謙虚な請願と助言」(*The Humble Petition and Advice*)（一六五七年）である。『政治権力論』は議会の開催に際し「地上の外なる力」であるこの法を廃止するよう訴える。

一

当議会とはどのようなものか。一ヶ月単位で急変するイギリス史上最も不安定なこの時期ゆえ略述する。

一六五十年九月すべての信仰者にとって画期的な出来事がおこる。前年、残余議会は王制、上院の廃止を定め、イングランド共和国の誕生を宣言した。そして翌年九月「寛容法」(*Act Repealing Several Clauses in Statutes Imposing Penalties for not Coming to Church*) を実施する。歴代の国王により制定された宗教に関する法が撤廃される。他国への亡命者を含め共和国とその領土内のすべての人が信仰のために罰せられ苦しめられることを禁じた。礼拝出欠も、祈る場所や方法も、聖書について語り公表することも、信仰者にゆだねられた。[2] 約一世紀にわたる宗教弾圧が終わる。この法は寛容に関する法の礎と評価される。[3]

国王を統治者とする国定教会制度は、国の最高権力によって選ばれた議員と聖職者の宗教会議により、教義と礼拝式の統一、宗教税の徴収、聖職者の任命と禄の配布、集会や出版の許可などを定める宗教政策である。一六四三年に国王から議会の多数派に権力が移されると、長老派議員たちは「厳粛同盟」(*The Solemn League and Covenant*)を採決し、監督派による制度を廃止する。そして長老派を中心に議員三十名と聖職者百二十一名によるウェストミンスター宗教会議を設け、新しい長老派国定教会制度をはじめる。

宗教会議が作成した「ウェストミンスター信仰告白」(*The Humble Advice of the Assembly of Divines, Now by Authority of Parliament fitting at Westminster, Concerning a Confession of Faith: With the Quotations and Texts of Scripture annexed*)(一六四七年)には、神がその栄光のために国の統治者を剣で武装させ、善人の奨励と悪人の処罰を命じているとある。[4] 一六四八年五月に議決された「冒涜と異端の懲罰のための法令」(*An Ordinance for the punishing of Blasphemies and Heresies*)により、定められた教義に従わない印刷物は焼かれ、異端者は極刑を含む罰を受ける。監督派に入れ替わり長老派による迫害が行われる。

一六四八年十二月六日、トマス・プライド率いる軍が国王との妥協をはかる長老派議員を逮捕並びに追放する。その後の残余議会による「寛容法」で長老派の制度は廃止された。しかし、クロムウェルはダンバーとウースターで共和国軍を勝利に導くと、自派国定教会制度の設立に動き始める。彼の従軍牧師ジョン・オーウェンを中心に独立派聖職者が「十五の提案」(*15 Proposals for the Furtherance and Propagation of the Gospel*)(一六五二年二月)を残余議会に提出する。これを検討するために作られた四十名と一四名の二委員会からなる「福音普及委員会」(Committee for the Propagation of the Gospel) にクロムウェルも属す。実際にはこの委員会のもとで集会や出版に関する規制が始まる。

そして一六五三年四月、軍を率いるクロムウェルにより残余議会は解散に追い込まれてしまう。提出された宣言には、「この議会は……神並びに神の民と全国民が期待した目的に決して答えようとしなかった。そのことが当軍にはもっとも明らかになった」[5]と表される。クロムウェルと軍の不満である。彼は六月に軍議会の数名を個人的に召集する。[6]この間、ジョン・ランバートを中心とした軍司令官たちによる新政権樹立に向けた法整備が進む。

同年十二月十六日、国務会議 (the council) は「統治章典」(*The Instrument of Government*) を公布する。これにより共和国の最高権力は「一名と議会に召集された人々」に与えられ、「その称号は護民官」と定められる。[7]議会召集は三年に一度、閉会時には護民官と国務会議が国政を行う。クロムウェルは終身護民官ならびに常任議長に就任する。護民官の後継者は国務会議の選挙で選ばれる。国務会議の定員二十一名中の十五名が「統治章典」で定められており、議会は除名できない。無選挙で指名された国務会議代議員の半数がランバートを含む軍人である。その定足数は護民官と代議員の合議で決められる。死亡等による欠員の補充は、議会が推薦する六名から国務会議が二名を選び、最終一名を護民官が選ぶ。クロムウェルと軍の意向を強く反映した護民官制が始まる。[8]

信仰生活について、「統治章典」三十五条に次のように記される。

キリスト教は、聖書に含まれているように、これら国民の公的宣言として提案され推奨されるものとする。ゆえにできる限りただちに、疑念や議論により左右されることなく、現在よりも確かに、有能だが貧窮する教師たちの奨励と扶養のため、人々に教えるため、誤信 (error) とこれにより正統な教義に反するすべての発見と反証のため、法的規定が作られなければならない。そしてそのような規定が作られるまで、現在の管理は取り去られたり非難されたりすべきではない。[9]

翌年クロムウェルは予てより準備してきた宗教政策を打ち出す。オックスフォード大学学長であるクロムウェルの推薦で副学長に就任したオーウェンが教育方針並びに聖職者養成の責を担う。「十五の提案」をもとに聖職者選定委員会(Triers)(一六五四年三月)と聖職・教職者罷免委員会(Ejectors)(一六五四年四月)が設けられる。委員に属する聖職者と議員は、クロムウェルと議会によって選ばれ、オーウェンがその中心におかれる。

独立派、長老派、洗礼派の議員と聖職者の三十八名で構成される聖職者選定委員会は禄を受ける全国の聖職者の任命を行う。ロンドンに集められた候補者を定足数五名で認定する。却下の場合には九名以上の委員の同意を要する。遠方の地方では委員会の推薦者による選定が行われる。この目的はこれによる新制度を候補者が受け入れるか否かを確認することにある。[10]

聖職・教職者罷免委員会は地方委員会として組織される。政府が指名した十五名から三十名の議員及びジェントリーと八名から十名の聖職者でなり、委員会の大半が非聖職者である。現職の聖職者と教職者の思想とふるまいを精査し罷免の権限をもつ。「正統な教義に反する」ふるまいには監督派「祈祷書」(*The Book of Common Prayer*)の使用も含まれた。二名の証人の宣誓あるいは一通の陳述書をもとに、委員会の判断で免職が決められる。[11] 後にクロムウェルより配属された十二管区の各軍司令官が罷免委員会の活動を調べ報告する役目を担う。[12]

クロムウェル派国定教会制度の設立である。「統治章典」三十七条に「イエス・キリストにより神を信仰すると告白するもの」には教義や実践の違いを認めるとある。[13] 多宗派からなるこの制度は、多様な教義や礼拝方法を許した寛容の実例としてしばしば評価される。[14] 果たして監督派や長老派の制度と異なる自由な信仰生活が守られたのか。

二

一六五四年九月護民官就任後の最初の議会が開かれる。「統治章典」が議題である。署名を迫られ拒否した議員たちが退席させられた後、護民官の権限や法規をめぐる詳細な議論が続けられた。第一次議会は認める宗派と除外する宗派を話し合うため、オーウェンを筆頭に保守的独立派と穏健な長老派聖職者一四人の委員会を設ける。[15]

同年十二月、ソッツィーニ派の反三位一体論者ジョン・ビドルについて議会で話し合われる。既に一六五二年の福音普及委員会でソッツィーニ派の『ラコビアン教義書』が異端の嫌疑にかけられていた。ビドルは一六四四年以降、長老派が議会多数派であった頃、その教義と著書のために度々投獄され焚書処分を受けたが、「寛容法」以降は執筆活動とソッツィーニ派の小さな集会で説教を行う平穏な日々を過ごしていた。一六五四年に出版された彼の書が迫害の契機となる。政治批判や暴動と一切関わりないビドルの著書数冊が問題にされる。彼は「統治章典」の規定に反しないと告発を否定し、またもし有罪となれば自分に留まらず全非国教徒の迫害に波及すると訴える。[16] 洗礼派も彼の弁護に動く。しかし翌年一月十五日彼の書は焼かれ、彼を異端罪で罰する議案が提出される。一月二十二日、クロムウェルは議会を強制解散させる。ほどなく国務会議は出版の自由を縮小する法を制定した。多数の洗礼派、第五王国派のパンフレットや著者が告発され、彼らに信仰の自由を容認すべきでないと判断された。[17] 五月ビドルは一時的に釈放されるが、七月再逮捕、十月五日長期の拘禁刑に処される。[18]

一六五六年夏、多額の軍事費に対応するためクロムウェルは議会を召集する。彼は王党派や共和派の議席をできる限り減らすよう軍司令官に手紙を出す。各軍司令官が二十以上の議席を担当する選挙活動が行われた。残余議会の議員達の多くが落選、十二名の軍司令官は全員当選を果たすが、クロムウェル支持者の議席は伸び悩む。四百名の当選者から百名以上が除され、[19] その他十数名が投獄される。七月二十九日議会出席者は百七名である。
この第二次議会ではクエーカー派の指導者ジェームズ・ネイラーの冒涜罪について論じられた。十二月六日、議会は直に彼を取り調べる。宗教税の支払いを拒むクエーカー派の増大が心配された。保守長老派は彼だけでなく他の異端者にも極刑を認めるよう訴える。十二月十六日、九十六票対八十二票で彼は極刑をまぬがれ、[20] 代わりに厳しい体罰に処される。舌を焼かれ鞭打ち後、さらし台にさらされ独房に監禁された。釈放されるのは一六五九年九月のことである。[21]
ビドルとネイラーの扱いについて、背後で議会と軍に働きかけたのはクロムウェルである。[22] ネイラーの刑が執行された後、彼は二つの議案に同意している。放浪禁止と主日礼拝の監視を強化する法はクエーカー派に新たな圧力をかける。[23] こうした中、宗教活動を束縛する手段で、政治体制を固めようという動きが議会におこる。[24]
一六五七年一月、軍司令官による約一年の管区軍事支配への不満と軍資のための重税に対する強い反感に推された議会は、この両者の廃止を議決する。地方政治の混乱を恐れた議会はサー・チャールズ・パックの提案を受け入れる。クロムウェルに王冠を授け、軍ではなく議会の意向を取り入れた法の作成である。三月クロムウェルの王位授与が議決される。
対して、ランバートを含む国務会議の半数以上が抗し、オーウェンも異議を示す。さらに軍司令官の配下百名の将校の署名が彼の王位への道をはばむ。聖職者選定委員会の継続と聖職・教職者罷免委員会の拡大が決定された後、王位の授与を除くパックの請願書が議会に提出され、クロムウェルはこれを受け入れる。同年六月、請願書に若干の修正を加えた「謙虚な請願と助言」が議会で承認される。
この法は議員が差し出す請願の体裁を取り、護民官に「陛下」と呼びかけ称える。「神が極めて高くあなたを、そして軍のふさわしい将校と兵士を用いられてきた（大義に対するその忠実を、私たちとすべての善人が常に認め公正な評価をおいています）。ゆえにまた神はあなたと彼らを用いられるでしょう、私達が人でありまたキリスト者である自由を定め保証することにおいて。」[25]同法により、二つの特権を護民官に与える代わりに国務会議の力を弱め、議会はそれ自体の力を拡大させる。定員二十一名の国務会議の定足数は七名、指名と除名は議会の承認を要するよう変更される。

主に二つの権利が護民官に与えられる。第一に、後継者の選出である。「陛下は、その在世中に、御自身の死後ただちにあなたに続く人を、国民の統治機関の中から、喜んで指名し公表されるでしょう」[26]と、任命権が与えられる。

第二に、一院制の議会が二院制に変えられる。「陛下は以下のことに同意されるでしょう、他方の議院には誰も召集され投票されない、そのような方法は不可能ではないが、前条項［四条］で示された有資格に従い資格を与えられ、そのような人が陛下によって任命され、この議院［後の下院］によって承認される」[27]とある。この他方の議院（以下上院）議員は終身で四十から七十名内（定足数二十一名）、死または合法的免職による欠員の補充には「陛下とその後継者による」任命が必要とされた。両院議員の有資格として異端宗派であってはならないことが記される。

三

信仰生活について、「謙虚な請願と助言」は「統治章典」より厳密である。護民官の力と寛容の規準が具体的に記された点が前法と大きく異なる。事実上王にあたる絶対的な権力体制を柱にした彼の権限ははるかに強大である。

十条　神の栄光と主イエス・キリストの福音の普及に対する陛下の熱意から、陛下はこれら国民における聖職を喜んで奨励されてきた。私たちは真剣に強く望んでいます、彼らとその宗教会議を公にののしり、あるいは神への祈りや礼拝において彼らを妨害するようなものが、神の不名誉、善人の憤慨(scandal)、治安妨害に対し、法に従い罰せられることを。また法が不備である場合に、陛下がその点について作られる法に承認されることを。[28]

「陛下」が「喜んで奨励されてきた」のは国定教会制度による聖職者の任命と罷免である。違反者を罰する法の制定は護民官一人の手中にある。彼による信仰告白の承認は、法において次のような意味を持つ。

十一条　真のプロテスタントキリスト教は、他の何ものでもなく、旧約並びに新約聖書において含まれるように、国民の公的宣言として提案され推奨される。また信仰告白は、陛下と議会によって同意されるべきもので、聖書の規則と正統な理由に従い、断言され、提案され、国民の全てに勧められる。また誰も前述のように同意された信仰告白を、侮辱的な発言や文書によって、悪意をもって傲慢にののしりあるいは非難する(reproach)ことは許されずまた黙認されない。[29]

続いて同条は、信仰の自由に条件を設ける。三位一体論と旧約新約聖書を神のことばと信じる宗派には教義や礼拝方法等の実践の違いを認める。しかし、その一方で次のように制限する。「この自由は教皇派、監督派のほか、キリストの告白のもとで、ひどい冒涜(brasphemies)を出版する、あるいはみだらなこと(licentiousness)や神を汚すこと(profaneness)を実践し推奨するものには施されない。[30]」

法の議決後、寛容の条件を定めた規制に他宗派や軍から数千の抗議の署名が届く。一六五八年二月軍の動揺と混乱を恐れたクロムウェルは強引に議会を解散させる。同年四月には委員会の行き過ぎた厳格さに対する告発がある。ノーフォークのみで二十三名の聖職者が罷免委員会によって職を解かれ、ウォーウィックシャーでは国定教会の礼拝を欠席した教区民に欠席毎の罰金が課される。[31] クロムウェル派の国定教会は先の長老派よりも厳しく他宗派を圧迫する体制を整えた。

前者の三位一体論の規定で既にビドルとネイラーを含むソッツィーニ派やクエーカー派が除外される。後者の制限について、『政治権力論』は次のように反論する。

暴力の前置きとして、次のことはお決まりの口実である。もろい信仰は寛容されるべきであるが、それによって生み出される憤慨 (scandals) は必ず罰せられるべきである。神を汚す (prophane) みだらな (licentious) 人々はもろい信仰に自由を与えるどんな法の権利によっても信仰の神聖な義務の実践を怠るよう奨励されてはならない。そしてその仕掛けによって、どんな統治者にもないキリストとキリストの福音のみが与える権利をもつその自由を、少しずつ取り上げようという気が強くある人々にとって、これから先その道は容易に開いた状態にある。もっともこの種の与え方は、一方の手で与え、もう一方の手で取り上げるというものである、これは与えることではなくだますことである。(*CPW* 7.267)

「これから先」とは、一六五七年「謙虚な請願と助言」の議決以降を指す。批判の対象はこの法の十条と十一条にある。前者の条件で異端を免れたものを後者の枠組みで束縛する。信仰において二重の選別を課す法である。「ひどい冒涜」、「みだらなこと」、「神を汚すこと」と判断するのは護民官と議会である。

一六五八年六月クロムウェルは代表聖職者による信仰告白作成の予備会議を認めた。また同年九月二九日サボイでの宗教会議招集の手紙を自派聖職者たちに送るよう指示を出していた。ところが九月三日、本人の死によりすべてがリチャードに託される。

クロムウェルの布告そのまま、会衆派教会と他宗派代表二百名の聖職者によるサボイ宗教会議が開かれる。しかし実際の信仰告白作成作業はオーウェンを中心とする数名の独立派聖職者のみで行われる。提出された「会衆派教会において認められ実施される信仰規則の宣言」(以下「サボイ宣言」)(*A Declaration of the Faith and Order Owned and practiced in the Congregational Churches in England*) が十月リチャードによって承認される。

護民官が招集する宗教会議と同意した信仰告白が整う。賛同する長老派や他宗派と和合しつつ独立派の結束を強めるクロムウェル派の宗教制度が「サボイ宣言」で示される。宣言は、「ウェストミンスター信仰告白」全三十三章のうち五箇所を独立派の「口実」にあわせて変更したものである。ウェストミンスター宗教会議で彼らが強く反論した部分の福音普及、信仰自由、国家統治者、結婚、教会に関する章を修正する。[32]「サボイ宣言」はクロムウェル派国定教会確立の宣言書である。

これに対して、『政治権力論』は次のように述べる。

まことの聖職と聖霊の力は次のように考える人々の内にはない。彼らは……世界の果てまで同じ神聖な存在と擁護で支えられ、よりたやすくは一名のキリスト教徒統治者の防護的援助のもとのみで、規定され決定されない限り、福音が持すことも継続することもできないと考える。彼らが国家、法、あるいは国定教会によってと呼ぶように。また彼らは、教会自体ましてや国家が、私たちの盲目的服従 (obedience implicit) に宗教上の微小な一点も決めたり押しつけたりできず、私たちの自由な信仰の検討に託し示すしかできないことが分からないのだ。彼らが宗教において国家を教会より高く置き、はなはだしい矛盾で、自ら定める請願 (thir settling petition) において、私たちの妄信 (implicit beleef) というあの命令を国家に与えるつもりでないならば。彼らは自ら定めた信仰告白 (thir settled confession) で国と教会の両者にその妄信を否定している。(*CPW* 7.257–8)

「自ら定める請願」とは「謙虚な請願と助言」を指している。同法の下、護民官と議会が認めた「信仰告白」が「サボイ宣言」である。その二十一章「キリスト者の自由と信仰の自由について」には次のようにある。

神のみが信仰の主であり、神のことばに反するあるいは含まれないあらゆることにおいて、神は人の教義と戒律から信仰を自由にされている。ゆえにそのような教義を信じたり、信仰を離れてそのような命令に従ったりすることは、信仰のまことの自由に背くことである。また盲目的信仰 (an implicit faith) や絶対的で盲目的な服従 (an absolute and blind obedience) を命じることは信仰の自由と理性とを滅ぼすことである。[33]

これに反し二十四章「国家統治者について」には「国家統治者は堕落した精神と行いを有する人がみだらに (licentiously) 冒涜 (blasphemy) や誤信 (errors) を出版し漏らさないよう配慮するよう義務づけられる」[34]とある。これら二箇所は長老派の信仰告白ではなく会衆派により作成され同意されたものである。護民官承認の信仰告白は自由を尊重する一方で国家に統制を義務づける。この「はなはだしい矛盾」の内に、サボイ宗教会議は国家統治者による信仰生活の支配を認める。結果、独立派は各個教会自治の自由という自派の原理を事実上放棄する。[35] 長老派の制度と異なるのは、最高権限を一名の護民官とし信仰における独裁を認める点である。

『政治権力論』は現政権が行っているプロテスタント諸宗派への圧政を厳しく批判する。「どれくらいの数の迫害、投獄、追放、罰金、鞭打ち、そして流血に、信仰の強制者たちが、教皇派ではなくプロテスタント信徒たちが責任を問われなければならないか！」(*CPW* 7. 253)。聖書を持ち出して強制する法に対して、聖書による反証をおこなう。「いかなる人も宗教会議も法廷も教会と呼ばれるものであっても他者の信仰に対して聖書の意味を決して判断できない」(*CPW* 7. 248) と論破する。ゆえに冒涜、異端、誤信、分派と名づけて信仰者を断罪することが一様に否定される。

誤信と思われる人もその判断者と等しく異端者ではない (*CPW* 7. 248)。信仰における判断の過ちにおいて人は同等である。異端 (heresy) をギリシャ語源から思想の選びや学派の意味にとり、「長老派も独立派も非難なく (without reproach) 異端と呼ばれるだろう」(*CPW* 7. 247) という。護民官と議会が同意した信仰告白を非難してはならないと定めた十一条を揶揄する。

一方で教皇派に対する自由な信仰活動を認めない点では十一条と一致する。ロジャー・ウィリアムズやサー・ヘンリー・ヴェインらの寛容論がすべての信仰者を対象にするのと異なる。[36] だがそれは異端や誤信のためではなく信仰とみなさないためである。教皇派は「外国の武力」で援護される政治権力であり、自国の政治権力によって容認されない（*CPW* 7. 254）。『政治権力論』における寛容とは他者の信仰の選びを自分のものと等しく尊重することである。それは人間の判断をはるかに超えるものに結びつく信仰者それぞれの選びのためである。

四

一六五三年十二月以降五年間にクロムウェルが召集した議会は二回にすぎない。しかしながら、そこで議決された二つの法は、信仰生活を統治する国家の力が徐々に強められていることを示す。一六五八年九月四日、オリバーの死の翌日、法に守られてリチャードが後継者になる。

『政治権力論』が訴えるこの議会に上院六三名が列席する。新護民官就任の下、「謙虚な請願と助言」の議決が第一の議題である。議会下院にはクロムウェル派百名と長老派を中心とした約三百の新出者に加え、残余議会の約五十名が復帰する。ミルトンを推薦した元国務会議議長のジョン・ブラッドショー、友人であり熱心な寛容論者ヴェインが含まれる。[37] クロムウェル統治後半の宗教弾圧に対する軍の嫌悪がヴェインへの支持に向かい、彼をリチャードの強力な論敵とする。[38] クロムウェルによって投獄された第五王国派のジョン・ポートマンと、裁判もなく禁固刑に処された軍司令官リチャード・オヴァートンを釈放するのは当議会である。[39]

『政治権力論』は保守的傾向を強める長老派を標的に書かれたと指摘されている。[40] 新護民官による議会開催に、序文にも本文中にもその称号は一度も表れない。彼の就任を賞賛する多数のパンフレットとも対照的である。[41]『政治権力論』は「謙虚な請願と助言」冒頭にある護民官武力による信仰の支配を明白に否定する。「宗教の決定において、統治者とその武力に残された場はない、神聖なものと信仰実践のどちらにおいても、私達が何を信じるか命じることによって（自分が行うことも他者に与えることも、どちらも人の力のうちにはない）」（*CPW* 7.271）とある。論文の目的は、現在の寛容なるものを評価したり、それを抑制する勢力を批判したりすることではない。

同年四月、共和派の異論を無視し、議会は宗教規制を強めるため断食令を出す。冒涜、誤信、分派への処罰怠慢に神の許しを請い弾圧を誓う声明である。法が定める国定教会への統一を推奨、全聖職者に信仰告白と国定教会への同意を義務づける決定を下す。[42]この決議が諸宗派からなる軍の激しい反感をかう。リチャードは二十一日に議会解散に追い込まれる。議会がリチャードの護民官就任と二院制を承認した二月十四日と十九日[43]から約二ヵ月後、「謙虚な請願と助言」が廃止され護民官制は終わる。

『政治権力論』の公示は二月十四日のことである。[44]結論は次のように示される。「信仰の合意は、各教会の内で説得力のある霊的な手段により、個々の教会にのみ属している。そしてその教会の保護のみが政治権力者に属している」（*CPW* 7.271）。

表題には *Civil Power in Ecclesiastical causes* とある。すべてのものが信仰者の当代にあって、信仰と信条の選びは各自の内で必ずなされなければならない。信仰者のこの選びが「信仰者集団の諸理由」（*Ecclesiastical causes*）であり、これに基づくものが本来の教会である。信仰者の代表である議会も当然信仰における選びの自由の中にある。自派とその信仰者を善とし、他派を悪と定めて罰する暴力の中に権力があってはならない。「地上の外なる権力」によって個人の内なる信仰が否定され罰せられてきた。繰り返し行われる信仰生活の統制ではなく、諸派の教会による自治権を保護することこそが政治の役目である。

「議員諸氏が権力を有している間に、次のことは重要であろう。別の権力の下で自分の信仰が尊重されなければならないように、他者の信仰を尊重すること。信仰に対するあらゆる法は、すべての信仰に対する暴力の内にあると考えること。ゆえにいずれかの道が諸氏自らに返るだろう」(*CPW* 7. 239–40)。現在における信教自由の保障という政治原則を述べている。政治と宗教の分離の先駆である。ここに『政治権力論』の今日的意義がある。

＊本稿は日本ミルトン協会第五回研究会（二〇一〇年十二月四日）における発表に加筆修正を加えたものである。

注

（1）John Milton, "*A Treatise of Civil power in Ecclesiastical causes: shewing that it is not lawfull for any power on earth to compel in matters of Religion*," by Don M. Wolfe, general ed., *The Complete Prose Works of John Milton*, 8 vols. (New Haven: Yale UP, 1953–82) vol.7. 238–272. 以下 *CPW* と略記する。当代では教会とは国定教会であり、これにより承認された宗派教義が信仰の理由である。ミルトンのこの論考は国定教会制度に対する痛烈な批判である。Ecclesiastical causes とは、議会と国定教会の代表者からなる宗教会議により異端や分派と定められた信仰者を含む全ての信仰理由を指す。Ecclesiastical を信仰者集団とし、causes を諸理由と訳す。

（2）Samuel Rawson Gardiner, ed., *The Constitutional Documents of the Puritan Revolution 1625–1660* (Oxford: Clarendon P, 1906) 391–394.

（3）W. K. Jordan, *The Development of Religious Toleration in England: From the Convention of the Long Parliament to the Restoration, 1640-1660*, vol. 3 (Gloucester: Peter Smith, 1965) 138.

（4）Philip Schaff, *The Creeds of Christendom: The Evangelical Protestant Creeds*, vol. 3 (New York: Cosimo Classics, 2007) 652.

(5) Gardiner 401.

(6) Gardiner 405.

(7) Gardiner 405.　以下「統治章典」に関する詳細内容は Gardiner 405–417.

(8) Barry Coward, *The Stuart Age: A History of England 1603–1714* (London: Longman, 1980) 226.

(9) Gardiner 416.

(10) Jordan 156–7.

(11) Jordan 158–9.

(12) Ronald H. Fritze and William B. Robinson, *Historical Dictionary of Stuart England, 1603–1689* (Westport: Greenwood P, 1996) 527–9.

(13) Gardiner 416.

(14) Ole Peter Grell, Jonathan I. Israel and Nicholas Tyacke, ed., *From Persecution to Toleration: The Glorious Revolution and Religion in England* (Oxford: Clarendon P, 1991) 30–31. Coward 228–229.

(15) Jordan 164.

(16) Blair Worden, “Toleration and the Cromwellian Protectorate,” *Studies in Church History* 21 (1984) 203–205, 215–222.

(17) Jordan 205.

(18) Jordan 207. Worden 222.

(19) Christopher Durston, *Cromwell’s Major-generals: Godly Government during the English Revolution* (Manchester: Manchester UP, 2001) 187–202.

(20) Jordan 234.

(21) David Loewenstein, “The War against Heresy in Milton’s England,” *Milton Studies* 47 (2008) 203.

(22) Worden 222, 226.

(23) Worden 226.

(24) Jordan 246–7.

(25) Gardiner 448.　国務会議についての詳細は「謙虚な請願と助言」八条、Gardiner 453.

(26) Gardiner 448–9.

（27）Gardiner 452.　他方議院（the other House）についての詳細は「謙虚な請願と助言」五条。
（28）Gardiner 454.
（29）Gardiner 454.　以下、「謙虚な請願と助言」十一条については、Gardiner 454–5.
（30）Gardiner 455.
（31）Jordan 252.
（32）Schaff 719–723.
（33）Schaff 719.
（34）Schaff 720.
（35）Jordan 435–6.
（36）John Coffey, "Puritanism and Liberty Revisited: The Case for Toleration in the English Revolution," *The Historical Journal* 41 (1998) 969.
（37）David Masson, *The Life of John Milton: Narrated in Connextion with the Political, Ecclesiastical and Literary History of His Time*, 7vols. (Gloucester: Peter Smith, 1965) vol. 5. 429–431.
（38）A. H. Woolrych, "The Good Old Cause and the Fall of the Protectorate," *Cambridge Historical Journal* 13 (1957) 151.
（39）Woolrych 138, 142–3.
（40）Barbara Kiefer Lewalski, ed. "The Political and Religious Tracts of 1659–1660," *The Prose of John Milton: Selected and Edited from the Original Texts with Introductions, Notes, Translations, and Accounts of All of His Major Prose Writings*, by J. Max Patrick, general ed., (New York: New York UP, 1968) 444.
（41）Barbara Kiefer Lewalski, "Milton: Political Beliefs and Polemical Methods, 1659–60," *PMLA* 74 (1959) 192.
（42）Woolrych 148.
（43）Masson 5.432–3. Woolrych 139.
（44）*CPW* 7.236.

ヘリックのカントリー・ハウス・ポエム

古河　美喜子

はじめに

ヘリック（Robert Herrick, 1591–1674）が田園について謳った詩に関し、石井正之助氏は『ロバート・ヘリック研究』の中で、次のような大まかな位置づけをしている。

古典的な牧人の物語、すなわちフィリップ・シドニーの『アルカディア』（*The Arcadia*, 1590）やエドマンド・スペンサーの『羊飼いの暦』（*The Shepheardes Calender*, 1579）から、さらに写実的なイギリス化された田園牧歌であるフィニアス・フレッチャー（Phineas Fletcher, 1582–1650）の『紫の島』（*The Purple Island*）へと変わり、やがてはクーパー（WilliamCowper, 1731–1800）やトムソン（James Tomson, 1700–48）によるイギリス田園風物詩となる、その過程の途中に現れたものである。そして、これらいくつかの異なる面を併せ持つ田園詩である。[1]

またロストビック（Maren-Sofie Røstvig）女史によれば、田園風景がイギリス文学の中で大きな比重を占めるようになるのは、「一六三〇年以後のこと」であるという。[2] 一六三〇年以来の田園趣味、田舎礼賛や王党派の現実逃避にも似た宮廷から地方（小さな世界）への想いは、同じ頃、住み慣れたロンドンを離れ南西部のデヴォンシア (Devonshire) に司祭 (vicar) の職を得て赴任する[3]この詩人の心情と見事に同調している。

ここでは、こうしたヘリックの田園詩の特徴について、従来の伝統的テーマ（ラテン牧歌文学）や当時流行したカントリー・ハウス・ポエムというジャンルを踏まえながら、若干の例をひき、ヘリックの田園趣味に隠された政治性に関して考察を加えてみたいと思う。

一　田園趣味（パストラリズム）の系譜

ピューリタンがその勢力を拡大するにつれて、王党派詩人には追われるものの立場から秩序だった小さな世界への逃避の思いが強くなっていく。そして、ついに彼らは外部との交渉を絶って孤独な生活を営み、田舎暮らしの幸福に満足を見出すようになる。もはや宮廷の没落は間近に迫った感があった。王党派の雰囲気の中に逃避の風潮ともいうべき田園趣味が復活するのである。

王党派の詩人たちは一般的に言って、自分たちのつくった作品を公表することにあまり熱心ではなかった。それは宮廷を核とする精神的密室の中で、その作品が人生の憂さを紛らす芸のすさびであったことと関係がある。拠り所とする宮廷勢力が一歩一歩後退を余儀なくされ、しかも心の鬱憤を外へ向けて発散することのできなかった没落階級の詩人たちにとって、「私的な」生き方以外に何が考えられたであろうか。ヘリックが『ヘスペリディーズ』(*Hesperides*, 1648) を生前に出版したのは、むしろ例外に属する出来事といっても良く、しかも、国王への肩入れを公然と示す作品を含むような詩集を敢えて世に問うことは、相当の勇気と覚悟を必要とするものであったに違いない。このように、国王に忠誠を尽くそうとするヘリックは多くの王党派詩人が貴族階級の出であったのに対し、職人の子としてロンドンに生まれている。しかし、貴族の出でもなく、ピューリタニズムの時代にありながら王党派に属していたことには、彼の家系的要因が実は多少影響しているようだ。

ここでヘリック家の一族の系譜を辿ってみると、(4) 九世紀頃、海を越えて移ってきたスウェーデン王が、ヘリック一族の祖先である、とマーティン版ヘリック詩集の序論やチュートによる伝記に記されている。(5) またヘリックの父であるウィリアム (William) はエリザベス一世、ジェイムズ一世の寵を得た金銀細工師であり、一六〇五年に Sir の称号を与えられた人物であった。ジェイムズ一世が息子のヘンリー王子を伴って鹿狩りをした際、ウィリアムは王のために色々立ち働き、馬に乗らずに居ながらにして鹿を射ることの出来るキングズスタンド (King's Stand) を作ったという。そして、その後、イングランドからウェールズにまで、ヘリック一家の所有する領地は及んだといわれている。つまり、王家に縁のある家柄だったことも、彼をロイヤリストにした遠因といえるのかも知れない。

以下、ヘリックのいわゆる牧歌、或いは田園詩と呼ばれるジャンルの作品を読み解くことを通し、ヘリックが理想とした世界について探り、美しい田園風景やそこで繰り広げられる習俗の描写がこの詩人にとっては某かの政治的意図を持つものであったことについて考えてみようと思う。

冒頭で触れたように、一六三〇年デヴォンシアのディーン・プライア (Dean Prior) での教区牧師を拝命し、華やかな宮廷生活から一転して片田舎に赴くこととなったヘリックは徐々に田舎の良さを見出し、地方の自然の美しさや習慣・風俗を詩の題材とするようになる。ロンドンでの都会暮らしでは得られないデヴォンシアにおける満ち足りた暮らしは、この詩人に詩作上も大きな影響を与えただろう。今回取り上げている献上詩における田舎生活の豊かな描写は、ヘリック自身の趣味や関心に繋がるものともいえる。

牧歌 (pastoral) は、テオクリトス (Theocritus, c. 310–250 B.C.) やウェルギリウス (Virgil, 70–19 B.C.) にその起源を負うとされている。(6) このようにギリシャ古典文学から影響を受けた牧歌《パストラル》が広く人気を博していたルネサンス期イギリス文学において、ヘリックの田園詩はより厳密に言えば、牧歌《パストラル》とは異なるむしろ農耕詩 (georgic) 的な要素を持っていたと考えられる。(7) というのも、ヘリック作品「最後の収穫車《とりいれぐるま》、或いは収穫の搬入、ライト・オナラブル・ミルドメイ、ウェストモアランド伯に」("The Hock-Cart, or Harvest Home: To the Right Honourable, Mildmay, Earle of Westmorland") に描かれるように、詩中に登場してくる人物は羊飼いではなく、領地で働く農夫たちであるからである。こうした古典の影響、農耕詩《ジョージック》的要素に関して、アラステア・ファウラー (Alastair Fowler) は、カントリー・ハウス・ポエム群のトピックは全て農耕詩《ジョージック》のトピックに重なるものとし、その例として、四季のサイクル、豊富な農産物、黄金時代との関連づけによる領地の理想化、贅沢の放棄、パンやシルバヌスといった神々の登場、狩猟、道徳的美徳を挙げている。そして、カントリー・ハウス・ポエムの真の価値は農耕詩《ジョージック》的要素にあるとしている。(8)

また、十七世紀前半のイギリスで、牧歌の伝統を受けて、後に、「カントリー・ハウス・ポエム」(9) と呼ばれることになるジャンルが生まれ、この時代、何人かの詩人がカントリー・ハウス・ポエムを書いている。カントリー・ハウス・ポエムは、G・R・ヒバード (G. R. Hibbard) が「十七世紀のカントリー・ハウス・ポエム」("The Country House Poem of the Seventeenth Century," 1956) においてその存在を指摘して以来、代表的なものとしてはW・A・マクラン (W. A. McClung) の『イギリス・ルネサンス詩におけるカントリーハウス』(*The Country House in the English Renaissance Poetry*, 1977) などの研究を経て、ファウラーによって、アンソロジー『カントリー・ハウス・ポエム』(*The Country House Poem*, 1994) に纏められるに至った小ジャンルである。カントリー・ハウス・ポエムというジャンルは十七世紀に流行するが、とくにピューリタンによる台頭や時代の推移の中で、古き良きものが失われてゆく哀しみや焦燥に駆られがちであった王党派の詩人たちにとっては、恰好の詩的表現の場となったことであろう。まさに十七世紀という時代は、この新しいジャンルの誕生を促す必然性を内在していたのである。カントリー・ハウスにおいて讃えられる貴族や上流階級の田園の大邸宅は、秩序の回復を願う詩人にとっては、「理想の社会秩序の記号」[10]として役割を果たしたものと思われる。

この時代、何人かの詩人がカントリー・ハウス・ポエムを書いており、ベン・ジョンソンの「ペンズハーストの館に寄せて」('To Penshurst')が代表としてよく挙げられる。ヘリックもその影響を受けていると思われる。

二　ジョンソンの「ペンズハーストの館に寄せて」

カントリー・ハウスとは貴族が自分の領地に建てた屋敷であるが、このペンズハースト屋敷はケント州にあり、一五五二年以降、シドニー家の所有物であったとされている。当時の屋敷の所有者はサー・フィリップ・シドニーの弟ロバート・シドニー(Robert Sidney, 1563–1626)であった。

また「ペンズハースト屋敷に寄せて」は、題名が示すように、屋敷そのものに呼びかけるという体裁をとっている。

Thou art not, Penshurst, built to envious show,
　Of touch, or marble; nor canst boast a row
Of polish'd pillars, or a roofe of gold　('To Penshurst,' 93, 1–3)

ペンズハーストよ、あなたは玄武岩《げんぶがん》や大理石で
見る者を羨ましがらせるために建てられたものではなく、
磨かれた柱の列や金の屋根を自慢することもできない。(「ペンズハーストの館に寄せて」)

館の主の慎ましく清廉な生活が象徴されるようなペンズハースト屋敷の様子が先ず描かれている。当時のシドニー家の家計の逼迫など、川崎寿彦氏の『薔薇をして語らしめよ』で述べられているものであるが、いずれジョンソンはここに贅沢を慎むカントリー・ハウスという理想空間を見出したようである。[11]
また圓月勝博氏は、スティーブン・オーゲルの論を援用して、ジョンソンの宮廷仮面劇における王の中心性や権力構造を、この「ペンズハーストの館に寄せて」というカントリー・ハウス・ポエムの中にみてとっている。[12] それは例えばカントリー・ハウスにある「散歩道」が「気晴らし（スポーツ）」という非実用的目的と同時に「健康」という実用的目的といかなる矛盾もなく共存していて、時折、そこで行われる狩りなども、国王の一大事の際にいつでも馳せ参じることができるように、「健康」を整えておくための軍事的訓練でもあったというものである。

Thou hast thy walkes for health, as well as sport:
　Thy Mount, to which the Dryades doe resort,
Where Pan, & Bacchus their high feasts have made,
　Beneath the broad beech, and the chest-nut shade（'To Penshurst,' 93, 9–12）

あなたには、遊びのためにも、健康にもよい散歩道がある。
　あなたの山は、山の精が休み場所に使うし、
パンやバッカスもそこを絶好の宴の場としてきた。
　葉を広げたブナの木の下や、クルミの木陰に。（「ペンズハーストの館に寄せて」）

さらには「ペンズハースト屋敷に寄せて」の後半への国王の登場を例に取り、王権の存在についても指

摘している。つまり、讃えるべき領主の背後にいる国の統治者である国王への敬意をも作品の中に盛り込むことは、まさに王党派の作家たちの果たすべき仕事であり、カントリー・ハウス・ポエムの性質上、国王称賛という形に自然と繋がってゆくものと考えられるというのである。

That found King James, when hunting late, this way,
With his brave sonne, the Prince, they saw thy fires
Shine bright on every harth. . . . ('To Penshurst,' 95, 76–78)

そこにはジェイムズ国王が訪れたことがあった。そのとき
颯爽たるご子息である王子を連れて狩りをなさりながら、
全ての暖炉にあなたの火が明るく輝いているのをお二人でご覧になったのである。

「ペンズハースト屋敷に寄せて」の中に描かれた理想的な伝統社会の秩序の背後に、王権という視点があるという指摘は、このジョンソンの詩がイギリスのカントリー・ハウスポエムの原点であり、その源流とされる意義をより深くしていると思われる。こうして、十七世紀という激動の時代の中で、ジョンソンが築き上げた王党派詩人の美学や伝統は、ベンの一派であるカルーやヘリックに、さらにはマーヴェル、そしてポープらによって受け継がれ、変化していくのである。

三　ヘリックのカントリー・ハウス・ポエム

ジェイムズ一世も、チャールズ一世も郷紳《ジェントリー》階級をロンドンから領地に戻るよう推奨した。しかしここには「チューダーおよびスチュアート両王朝の不変の政治的イデオロギー」[13]があった。というのも、十六世紀以降、ロンドンでの都市生活の楽しさや魅力にひかれ、田舎暮らしに退屈さを感じ始めた領主らの不在地主化が生じたためである。[14] 経済基盤の揺らぎが国王の危惧を引き起こし、布告に至ったのであった。田舎での生活の礼賛は、統治者にとって重要な政治的目的があったのである。こうした中で、ロイヤリストであるヘリックにとっては、「サー・ルイス・ペンバートンに捧げる讃えの歌」('A Panegerick to Sir Lewis Pemberton')のような献上詩における、パトロンの描き方は重要であっただろう。王に荷担し封建制を守ることこそがその務めであり、国王に忠実で徳のある領主としてサー・ルイス・ペンバートン(Sir Lewis Pemberton)を描写することで、詩の中で教え諭すといった政治的な効果を狙ったのである。舞台はノーサンプトンシア(Northamptonshire)、ラシュデン(Rushden)にペンバートンが所有していたカントリー・ハウスである。家は古いもので、ペンバートン家の長い歴史を暗示している。

ヘリックの「サー・ルイス・ペンバートンに捧げる讃えの歌」は、前出のジョンソンの「ペンズハースト屋敷に寄せて」に比べると、屋敷の外の敷地には触れないものの、もてなしの場面の描写が詳しく、屋敷の持ち主であるペンバートンのホスピタリティー、すなわち歓待の精神を描くことに作品の重点が置かれている。[15] 施しや慈善活動は上流階級の責務であり、嗜みであった。

The wholsome savour of thy mighty Chines
　Invites to supper him who dines,
Where laden spits, warp't with large Ribbs of Beefe,

Not represent, but give reliefe
To the lanke-Stranger, and the sowre Swain;
Where both may feed, and come againe:
For no black-bearded Virgil from thy doore
Beats with a button'd-staffe the poore:
But from thy warm-love-hatching gates each may
Take friendly morsels, and there (‘A Panegerick to Sir Lewis Pemberton,’ 146, 7–16)

あなたの大きな背骨肉の健康的な香りが
　食事をとる者に夕食を促します
そこでは大きな牛の肋肉でたわんだ肉の焼き串が
　痩せた訪問者や不機嫌な田舎者に対して
ただ示すだけではなく実際に救済を与えています。
　そこでは肉のご馳走が与えられ、繰り返し施されるのです。
というのも、黒髭を生やした門番・ウェルギリウスがあなたの戸口から
　貧しい者たちを尖った杖で殴るのではなく
そこでは人々があなたの温かい愛の門から
　好意あるご馳走を受け取るのですから。（「サー・ルイス・ペンバートンに捧げる讃えの歌」）

七―八行目で描写される「食材の香気が漂う心地よい空間」は、十行目に示されるように「救済を与える場所」であり、食事をとる者に対しての館の主人の親切なもてなし・様子が細かく述べられると共に讃えられている。[16]

また、次に取り上げる「最後の収穫車《とりいれぐるま》、或いは収穫の搬入、ライト・オナラブル・ミルドメイ、ウェストモアランド伯に」は題名の通り、秋の収穫の喜びと興奮の時を描写したものである。尚、ウェストモアランド卿ミルドメイ・フェイン（Mildmay Fane, Earl of Westmorland, 1601–1666）とは政治家・伯爵・詩人・詩人のパトロンという複数の顔を持った人物で、国王に仕える影響力の大きな王党派として、また財力と理解力のあるパトロンとして、ヘリックと親交を結んでいたという。[17]

この作品の制作年代はポラード版へリック詩集の注によると一六二八年以降のものであり、[18] 舞台はフェインが好んだ館があるアプソープ（Apethorpe）であるという。[19] ヘリック自身も領主であるフェインと共に祝宴の席に登場し、農夫たちと収穫完了祝いの酒宴（"Harvest Home"）に参加している。

Come Sons of Summer, by whose toile,
We are the Lords of Wine and Oile:
By whose tough labours, and rough hands,
We rip up first, then reap our lands.

('The Hock-cart, or Harvest-home: To the Right Honourable, Mildmay, Earle of Westmorland,' 101, 1–4)

さあ、夏の子たち。精を出して働けば
我々はワインやオリーブ油に事欠かない主（あるじ）となる。
厳しい労働、荒れた手で
先ずは種を蒔き、そのあと作物を刈入れるのだ。

（「最後の収穫車、或いは収穫の搬入、ライト・オナラブル・ミルドメイ、ウェストモアランド伯に」）

先ず詩の冒頭であるが、リーア・マーカス (Leah Marcus) は「ワイン」と「オリーブ油」といったことばから、ヘリックの描く世界がローマの田園にあると指摘している。[20]

There's that, which drowns all care, stout Beere;
Which freely drink to your Lords health,
Then to the Plough, (the Common-wealth)
Next to your Flailes, your Fanes, your Fatts;
Then to the Maids, with Wheaten Hats:
To the rough Sickle, and crookt Sythe,
Drink frollick boyes, till all be blythe. ('The Hock-cart, or Harvest-home,' 101–02, 37–43)

心配事は全て飲んで流してしまう
領主の健康を祈って祝杯をあげ自由に飲み交わす黒ビール、
畑にも乾杯を（我々の共通の富）
次に殻竿、唐箕、大樽にも杯をあげる
それから娘たちに、小麦の帽子も一緒に
粗野な鎌にも、また自在鉤にも祝いの杯を
陽気な諸君、飲もう、浮き浮きした気分になるまで（「最後の収穫車《とりいれぐるま》」）

賑やかな祝宴の中で言及される「乾杯」の様子について、マーカスは「最後の収穫車」という詩は、『ヘスペリディーズ』の他の詩において、このような乾杯の習慣がもたらす「祝祭の魔法」(the festival "magic") を解き明かす際に引かれるべき作品であると述べている。[21]『ヘスペリディーズ』における祝祭や遊びとは、単に労働にとって代わるものではなく、労働に対し活力を与え促進させるものであると指摘している。このような祝祭や遊びの機能は、支配者階級が農夫たちを支配する時に利用価値のあるものであった。

And, you must know, your Lords word's true,
Feed him ye must, whose food fils you.
And that this pleasure is like raine,
Not sent ye for to drowne your paine,
But for to make it spring againe. ('The Hock-cart, or Harvest-home,' 102, 51–55)

お前たちは知っておかねばならない、領主様の言葉が正しいことを
あのお方に収穫物を献上すれば、
その食料はお前たちを満たすということを。
さずかる喜びは雨のよう。
お前たちの苦労を洗い流すためにあるのではなく
ふたたび芽生えさせるためにあるのだということを。(「最後の収穫車《とりいれぐるま》」)

従って詩の最後は「芽吹きの季節にまたふたたび働いてもらう」ということを念頭にした祝いの宴であることが強調されている。詩の欠かすことのできないメッセージ、「階級というものが確かに存在している」(22)点が、ヘリックの田園詩の特徴として挙げられる。

おわりに

ヘリックの田園詩においては、田舎の大邸宅を讃えるカントリーハウス・ポエムに顕著なように、牧歌というよりも、農耕詩的要素が見られる。つまり、労働の意義を評価するという点で、教訓的内容となっているといえる。ヘリックの楽園の原型や象徴ともいえる理想世界即ち田園を描いたカントリーハウス・ポエムは牧歌世界としての心地よい場所というより、国王を中心とする階級の館、農耕詩的世界として展開されるものである。そして、このように考えると、カントリーハウス・ポエムにおける政治的機能を、ヘリックの田園生活やその賛美の背後に確認することが出来るのではないだろうか。ウェルギリウスから引き継いだ「黄金時代の再来」を王党派詩人として信じ、願いながら、長閑な田園風景の中に秩序ある世界の再生という公的な問題を織り込んだのである。

＊本稿は二〇一二年七月二一日に行われた十七世紀英文学会東北支部例会での発表原稿に加筆修正を施したものである。

注

（1）石井『ロバート・ヘリック研究』一七九頁.
（2）Røstvig 23.
（3）Chute 201.
（4）石井「ヘリック家一族の系譜を辿って」四三〇頁．この記事の中に、ヘリック家の系譜を辿った C. Russel, *Portrait of*

Beaumanor (Leicester: Woodhouse, 1988) の紹介もある。

（5）ヘリック一族がスカンジナビアに縁を持つ家系であり、一〇六六年に征服王ウィリアムの侵入の折、軍隊を集めて対抗した指揮者エリック・ザ・フォレスター (Erick the Forester) の末裔であるといった伝記について、マーティン版ヘリック詩集の序論に記載がなされている。L. C. Martin xi. ハーバートと共にヘリックの伝記本である Chute, *Two Gentle Men* にもエリックとその子孫トマス・エリック (Thomas Eyrick) に関する記述がある。

（6）石井『英詩の諸相——様式と展開——』二二五—一六八における牧歌・田園詩・自然詩の章が、ルネサンス期から現代までのこのジャンルの歴史的展開を要領よく纏めており、「牧歌の起源は遠く古代のギリシャに遡り、羊飼いの理想郷アルカディア (Arcadia) を舞台に、長閑な愛と歌の世界が繰り広げられる形」と解説している。ヨーロッパの牧歌《パストラル》の伝統についてはRosenmeyer, *The Green Cabinet* を参照。「テオクリトスは最初の田園詩人といえるか、若しそうならばその著作を形成したものは如何なるものだったのか」という問い (Rosenmeyer 29) から発して十二の章を展開し、第四章の「閑暇」(otim) 論において、羊飼いの生活や「心地良い場所」(*locus amoenus*) を取り上げ、ヘリックの言説は、テオクリトスのものとは違うと指摘している。Rosenmeyer 88. ヘレニズム時代の詩人テオクリトスの作品を祖型とし継承しながらも、ウェルギリウスが境地を開いた文学形式がヘリックの田園詩に直接的に影響を及ぼしていると考えられる。

（7）牧歌《パストラル》と農耕詩《ジョージック》の違いについては、高野美千代氏の「ヘリックの田園詩考察」二六六—六七頁における論考が理解の大きな助けとなると共に以下の知見を得た。「①牧歌《パストラル》はエリザベス期において特に主要な文学ジャンルとなり、例としてサー・フィリップ・シドニーの『アルカディア』、エドモンド・スペンサーの『牧人の暦』がその代表的な作品として挙げられる。②牧歌《パストラル》の舞台は田園であって、羊飼いがパイプを吹いたり木陰で小川のせせらぎを聞きながら休息したりする平和な光景が描かれる。すなわち牧歌《パストラル》は理想的な田園を描いているということができる。一方、農耕詩《ジョージック》は①古代ギリシャ・ローマの農事暦、農業の実践について叙述するもので、ウェルギリウスの『農耕詩』(*Georgics*) やヘシオドスの『仕事と日』からの系譜を引く。②牧歌《パストラル》と違って仕事あるいは労働に関する教訓的要素が大いに感じられ、強調される点は労働の意義、労働のもたらす充足感である。ヘリックの田園詩のモデルとして考えられるのは、彼の師であるベン・ジョンソンを通してかなり影響を受けたと思われるウェルギリウスの『農耕詩』である。」また小川正廣訳『ウェルギリウス牧歌／農耕詩』巻末の解説が、詩人の生涯とそれぞれのジャンルについて、更には後世への影響に関して、詳細且つ豊富な知識を与えてくれる。

（8）Fowler, “Country House Poem: The Politics of Genre” 4–5, 12.

（9）カントリー・ハウス・ポエムとは、イギリス詩におけるジャンルの一つであるが、ファウラーの『カントリー・ハウス・ポエム』序論において「単に貴族の邸宅を歌うものではなく、「所有地の詩」(estate poems) である」(Fowler, *The County House Poem* 1) と指摘するように、所有者の財力を誇示する側面を持っている。ジルアードはこれを『英国のカントリー・ハウス』冒頭で、「権力の館」(power houses) と表現しているが、十七世紀イギリスで、このカントリー・ハウス・ポエムがとりわけ王党派の作家たち（ベン・ジョンソン、ロバート・ヘリック、トマス・カルー、アンドルー・マーヴェルの名がファウラーの前掲書では先ず挙げられる）の間で流行するのは、ピューリタンとの権力闘争で劣勢を極める中で地方や田舎に理想的空間を求める心情の高まりと呼応したものといえる。Girouard 1.（邦訳は、森静子・ヒューズ訳、一四頁）。

（10）川崎『森のイングランド』一七二頁.

（11）川崎『薔薇をして語らしめよ』五六—五七頁.

（12）圓月、一〇二—一〇三頁. Cf. Stephen Orgel, *The Illusion of Power: Political Theater in the English Renaissance* (U of Califolnia P, 1975)

（13）川崎『薔薇をして語らしめよ』八一頁.

（14）Girouard 5–6.（邦訳は、森静子・ヒューズ訳、二二—二四頁）.

（15）川崎『薔薇をして語らしめよ』七七、八〇頁、川崎『庭のイングランド』一〇〇頁.

（16）Heal 113. ヘリックのクリスマス詩に見られる料理の豊富さ、またホスピタリティーはあたたかな食事の施しと固く結びついていると指摘する。

（17）高野「17世紀イギリス詩人としての Mildmay Fane」八五頁.

（18）Pollard 283.

（19）高野「17世紀イギリス詩人としての Mildmay Fane」八六頁.

（20）Marcus 147–48. 原資料は David M. *Bergeron, English Civic Pageantry 1558–1642* (London: Edward Arnold, 1971) 103.

（21）Marcus 147.

（22）高野「ヘリックの田園詩考察」二七九頁.

参照文献

Primary Sources

Herrick, Robert. *The Poetical Works of Robert Herrick*. Ed. L.C.Martin. Oxford: Clarendon P, 1956.

Jonson, Ben. *The Poems Works by Ben Jonson*. Eds. C.H. Herford Percy and Evelyne. Volume VIII. Oxford: Clarendon P, 1965

Secondary Sources

Chute, Marchette. *Two Gentle Men: The Lives of George Herbert and Robert Herrick*. London: Secker & Warburg, 1960.

Fowler, Alastair. "Country House Poems: The Politics of a Genre." *The Seventeenth Century*, vol. I, No. 1 (1986).

—— *The Country House Poem: A Cabinet of Seventeenth-Century Estate Poems and Related Items*, Edinburgh: Edinburgh UP, 1994.

Girouard, Mark. *Life in the English Country House: A Social and Architectural History*. New Haven: Yale UP, 1978.（マーク・ジルアード著『英国のカントリー・ハウス―貴族の生活と建築の歴史』［上・下］、森静子・ヒューズ訳、住まいの図書館出版局、一九八九年）.

Heal, Felicity. *Hospitality in Early Modern England*. Oxford: Clarendon P, 1990.

Hibbard, G. R. "The Country House Poems of the Seventeenth-Century." *Journal of the Warburg and Courtauld Institutes*, 14 (1956): 159–74.

Marcus, Leah Sinanoglou. *The Politics of Mirth: Jonson, Herrick, Milton, Marvell, and the Defense of Old Holiday Pastimes*. Chicago and London: Chicago UP, 1986.

McClung, William A. *The Country House in English Renaissance Poetry*. Berkeley: U of California P, 1977.

Pollard, Alfred, ed. *The Hesperides & Noble Numbers*. London: Lawrence & Bullen, 1891.

Rosenmeyer, Thomas G. *The Green Cabinet: Theocritus and the European Pastoral Lyric*. Berkeley, U of California P, 1969.

Røstvig, Maren-Sofie. *The Happy Man: Studies in the Metamorphose of a Classical Ideal 1600–1700*. Olso: Norwegian UP, 1962.

石井正之助『英詩の諸相――様式と展開――』大修館書店、一九八四年.

――「ヘリック家一族の系譜を辿って」『英語青年』第一三五巻第九号（一九八九年）：四二九―三〇頁.

――『ロバート・ヘリック研究』研究社、一九八七年.
圓月勝博「ベン・ジョンソンからミルトンまで」『講座 英米文学史 第2巻 詩 II』(大修館書店、二〇〇一年. 八三―一一八頁.
小川正廣訳『ウェルギリウス 牧歌/農耕詩』京都大学学術出版会、二〇〇四年.
川崎寿彦『庭のイングランド 風景の記号学と英国近代史』名古屋大学出版会、一九八三年.
――『薔薇をして語らしめよ:空間表象の文学』名古屋大学出版会、一九九一年.
――『森のイングランド:ロビン・フッドからレディ・チャタレーまで』平凡社、一九八七年.
高野美千代「17世紀イギリス詩人としての Mildmay Fane」『山梨県立女子短期大学紀要』第三五号(二〇〇二年):八五―九二頁.
――「ヘリックの田園詩考察」『英文学思潮』第六六巻(一九九三年):二六三―八二頁.

ヘンリー・ヴォーンとマグダラのマリヤ
——聖人の体液の医学——

松本　舞

序

ヘンリー・ヴォーン（Henry Vaughan 1621–1695）の「聖マグダラのマリヤ」（'St. Mary Magdalen'）と題された詩は、マグダラのマリヤを「いとしい、美しき聖人よ！」（'Dear beauteous Saint!', l. 1）と称賛することで始まり、パリサイ人に重ねられた清教徒を、「自分自身を聖人とする者たちは、聖人ではないのだ。」（'Who Saint themselves, they are no *Saints*', l. 72）と批判する形で終わる。(1) マグダラのもたらした涙の奇跡は、リチャード・クラショー（Richard Crashaw 1613–1649）によって、上昇する水のイメージとして描かれ、一種の涙の文学として議論を誘ってきた。その聖人性如何を問う際にも、改悛や信仰心、娼婦としての罪の有無が議論されることが多い。ヴォーンの詩は、ジョージ・ハーバート（George Herbert 1593–1633）の「マグダラのマリア」（'Mary Magdalene'）と題された詩に契機を得ていると思われる。(2) しかしながら、パリサイ人の聖人性を問う形でこの詩を終わらせるのは、ヴォーン特有の表現であり、次のような終結部は、極めて異例でもある。

Go Leper, go; wash till thy flesh
Comes like a childes, spotless and fresh;
He is still leprous, that still paints:
Who Saint themselves, they are no *Saints*. ('St. Mary Magdalen', ll. 69–72)

去れ、らい病患者よ、去れ。君の肉体を洗うがよい。
幼子の、汚点なき肉体のようになるまで
依然として塗りたくる者は、依然としてらい病にかかったまま。
自分自身を聖人とする者たちは、聖人ではないのだ。

ここでは、パリサイ人に重ねられた清教徒が「らい病」にかかっていることが描き出されている。[3] マリヤの改悛は「技」('Art!') という語で何度も賛美され、その聖人性は確固たるものとされる。その一方で、パリサイ人に暗示された清教徒の聖人性への批判が、「らい病」という疾患の描写を伴って試みられている。マリヤの聖人性の議論は、清教徒の聖人性の議論へと置き換えられているのではないだろうか。

また、他の詩人たちのマリヤ描写とは異なる点として、ヴォーンの詩の中では、マリヤを罪人と下したパリサイ人への非難が詩のなかに織り込まれている点が挙げられる。詩人は、パリサイ人の「審判」('judge') が不当であることを次のように批判する。

Self-boasting *Pharisee*! how blinde
A Judge wert thou, and how unkinde?
It was impossible, that thou
Who wert all false, should'st true grief know;

Is't just to judge her faithful tears
By that foul rheum thy false eye wears? (ll. 61–66)

自身を自負するパリサイ人よ！　なんと盲目的な
審判だったのだろうか、そしてなんと薄情なことか！
不可能だったのだ、おまえが
まったくの偽りであるおまえが、まことの悲しみを知ることなど。
彼女の信仰深い泪を裁くなど正当なことであろうか
おまえの偽りの目が帯びていた、あの偽りの目やにによって

ここで示されている、'rheum' とは、一義的には涙を意味する。だが、パリサイ人が盲目状態に陥っていること、もしくは、マリヤの「信仰深い泪」('faithful tears') と対比させられていることから、目を視えなくさせる粘液質をも意図する。[4] この対比は、清教徒に対するヴォーンの攻撃をより一層強めるものである。改悛によって、真の聖人となったマリヤと、マリヤに対して「罪人」との判断を下したパリサイ人。その真なる聖人性の議論を、ヴォーンは、眼からの蒸留物の比較により試みようとしている。ここで体液が特定されているのは、当時の医学理論に起因する。

ヴォーンは、ヘンリッヒ・ノリウス (Heinrich Nollius) のヘルメス医学書、*Hermetic Physick* (1655) を英訳し、出版しており、ヘルメス医学に関する知識を備えていた。[5]

医学に対する知識は、宗教戦争後のヴォーンに、清教徒を一種の病として攻撃することを可能にさせたと考えられる。一六五〇年から一六六〇年にかけて、パラケルススの医学書が盛んに英訳され、特に、王党派を保持した医師たちによって支持された。[6] また、ロバート・バートン (Robert Burton) や、アンドレス・ラウレンティス (Andreas Lurentius) などの医学者により、'rheum' という粘液質とメランコリーの関

係が明らかにされ、体液とその毒性が再解釈された。王党派の医師たちは、清教徒の熱狂主義を一種のメランコリーとして位置付け、その要因を'rheum'という体液に見出し、清教徒批判に利用していた。[7] このような医学的見地からヴォーンの表現を捉えなおすと、パリサイ人に重ねられた清教徒に対するヴォーンの批判の真相が見えてくる。

　さらに、ヴォーンの詩で注目すべきは、バルム剤としてのキリストの血がマリヤの泪を生じさせた描写になっている点である。

Thy curious vanities and rare;
Odorous ointments kept with care,
And dearly bought, (when thou didst see
They could not cure, nor comfort thee,)
Like a wise, early Penitent
Thou sadly didst to him present,
Whose interceding, meek and calm
Blood, is the world's all-healing *Balm*.
This, this Divine Restorative
Call'd forth thy tears [.] (ll. 33–42)

極上の虚栄の品々や、たぐいまれな、
芳しい香油、それはあなたが大事にしていたもの
そして、丁寧にとっておいたもの、（それらの品々は
癒すことも、あなた自身を慰めることもできないとあなたが分かった時）

一人の、昔の賢明な改悛者のように
あなたは彼に対して差し出したのだ
その仲裁する、柔和で静かな
血こそが、世界の、あらゆるものを癒すバルム剤である。
これが、この神聖な回復薬が、
あなたの泪を生じせしめたのだ。

贅沢品としての香油は、薬剤の力を持ちえないことをマリヤが認識した点をヴォーンは主張する。マリヤの改悛は、キリストの血を介することで、娼婦が内包する罪悪が薬へと変化する、一種の医学なのである。ヴォーンのこのような捉え方には、毒を変貌させ、第五元素という秘薬を取り出す、パラケルスス医学が関係している。

ハッチンソン (F.E. Hutchinson) が論じているように、医学用語を詩のなかに織り込むのは、形而上派詩人たちの伝統であり、ヴォーンもそれに準じていると考えられてきた。(8) しかし、従来の指摘においては、詩人が医学思想を用いることによって、何を試みたのかは明らかにされていない。また、マリヤの「泪の技」('art of tears') がパリサイ人の眼を覆う粘液質と対比的に描かれている点も見過ごされている。本論では、「聖マグダラのマリヤ」が収録されている、『火花散る火打石』(*Silex Scintillans*, 1650, 1655) と散文作品『オリブ山』(*The Mount of Olieves*, 1652) での表現を手掛かりに、清教徒の聖人性に対する批判がどのように行われているか、さらにヴォーンが医学に何を求めているかを確認し、ヴォーンが医学表現に含ませた意図を明らかにする。

一　聖人性の問題と宗教的堕落

娼婦時代のマリヤが持つ数々の品、たとえば、かつて美を確認していた「鏡」（'glass' l. 7）や、「高価な香油」（'rich, this Pistic Nard', l. 21）、もしくは、「虚栄の品々」（'curious vanities', l. 33）には、清教徒の歪んだプライドや虚栄心、さらには、「繁栄」の概念が投影されている。

清教徒が唱えた熱狂主義や、過激なまでの信仰は、ヴォーンの言葉を借りれば、「この頃の、敬虔さの塗装された、欺くための見せかけ（'the painted and illuding appearance of it [piety] in *these our times*）」にすぎない。(9) ローマ・カトリック教徒的な装飾を排除したはずの清教徒を'paint'という語で表現する、ヴォーンの意図が、ここに隠されている。娼婦マリヤの幻影は、「偽装」行為と結び付けられ、清教徒の宗教的堕落を表象しうる題材であったことが考えられる。

「聖マグダラのマリヤ」の詩の中では、「自分自身を自負する」様子や、「自らを聖人と呼ぶ」行為によって、パリサイ人と清教徒が重ねられて描き出されている。この表現は、儀式や手続きを踏まず、聖霊の力をもってして自らを「聖徒」と称した、急進的な清教徒たちに対する批判となっている。(10) 例えば、「白い日曜日」（'White Sunday'）と題された詩の中で、ヴォーンは、清教徒たちが「自負」する行為の愚かさを次のように揶揄する。

> [. . .] some boast that fire each day,
> And on Christs coat pin all their shreds;
> Not sparing openly to say,
> His candle shines upon their heads[.]（'White Sunday', ll. 13–16）

中には、日ごとあの火を自慢し、
キリストさまの下着に自らの切れ端をみな、ピンで留め、
公然と言って憚らない者たちもいます、
キリストの灯火が自分たちの頭の上に輝いていると。

'White Sunday' とは、聖霊降臨祭であり、その題名自体が反清教徒の立場を示すものになっている。[11] この詩の中でヴォーンは、キリストの再降臨を待ち望む一方で、清教徒たちが羊の装いをしたオオカミを装っていることを主張し、偽預言者の出現に対する警戒を示している。

王党派のヴォーンを取り囲む状況は、「キリスト誕生祭」('The Nativity. Written in the year 1656') の中で暗闇として描かれる。[12] 更に、そこに存在する光が偽りであることがつぎのような叫びと共に非難される。

[. . .] what light is that doth stream,
And drop here in a gilded beam? ('The Nativity. Written in the year 1656', ll. 31–2)

いったい、どんな光が流れるというのか、
そして、いったいどんな雫がおちるというのか、この、金メッキされた光のなかで

ヴォーンは、一連の詩群において、清教徒が罪を隠す様子を 'gild' という単語を用いながら表現している ('gild rank poyson', 'Idle Verse', 11) が、ここでは、光線が金メッキされているという。この 'gilded beam' こそ、清教徒たちが自負する「新しい光」('New Light') の正体である。

「聖マグダラのマリヤ」の中では、清教徒に重ねられたパリサイ人が「らい病」疾患にかかっていることが描かれているが、これは、「金から取り出される治療薬がらい病治療に効果がある」('the Quintessence of Gold [. . .] radically takes away all the signs of the Leprosie, and so renews the body, even as Honey and Wax are mundified and purged from their Comb.') という医学理論を逆説的に利用したものとなっている。(13) 清教徒が行った、祭壇の破壊や「金の汚染」('[. . .] gold were all / Polluted through their fall,' 'The Shepherds', ll. 23–4)、さらには金をメッキして表面を取り繕う行為は、謂わば、偽の錬金術師の行為であり、病的な疾患を誘導する。そのような理由で、彼らが自負する「聖人性」(Saint) も、「新しい光」(New Light) も単なる偽装工作にすぎないのである。

二　汚染された宗教

清教徒たちの熱狂主義は、らい病疾患以外にも、様々な疾患として描かれている。ヴォーンは、「熱狂」が、聖なる本に「滲み」を付け、人々が盲目状態に陥っていると揶揄する。

Most modern books are blots on thee,
Their doctrine chaff and windy fits:
Darken'd along, as their scribes be,
With those foul storms, when they were writ;
　While the mans zeal lays out and blends
　Onely self-worship and self-ends.（'The Agreement', ll. 25–30)

最近の本のほとんどは、あなたの上に滲みをつけている
彼らの教義は、枯葉で嵐のような発作。その著者がそうであるように、

それらが書かれた瞬間に、これらの偽りの嵐によって
暗くさせられているのだ。
　人間の熱狂があなたを解釈し、混ぜ合わせているのだ、
　ただの自己崇拝と利己的な目的だけを。

神が持っている、真の聖書が「すぐに効く癒しの葉」('the present healing leaves,' 'The Agreement,' l. 20) であるのと対照的に、近年の「本」は、「嵐のような発作」にすぎない。清教徒による誤った聖書解釈は、一種の病を引き起こすのである。

　この疾患の原因について、ヴォーンは、「宗教」の毒水を挙げている。清教徒の毒された教義は、地下を掘り進める水に喩えられることで、その盲目性がより強調される。

[. . .] in her [Religion's] long, and hidden Course
Passing through the Earths darke veines,
Growes still from better unto worse,
And both her taste, and colour staines,
. . . .
And unawares doth often seize
On veines of *Sulphur* under ground.

[Religion is]so poison'd, breaks forth in some Clime,
And at first sight doth many please,
But drunk, is puddle, or meere slime

And 'stead of Phisick, a disease[.]（'Religion', ll. 33–36, 39–44）

その長い、そして隠された道のりは、
地中の暗い水脈を通り抜けながら、
絶えず、より良きものからより悪しきものへと変わり
そしてその味と色の両方を汚し、損ない、
……………………………………………
そして気づいていないのだ、それらがしばしば捉えていることを
地下の硫黄の鉱脈を。

そのように（宗教は）毒を混ぜられて、とある地域へと噴出する。
それは、一見して、多くの人を喜ばせる。
しかし、飲まれると、泥水で、ヘドロにすぎぬ。
それは、薬になるかわりに、ある病気になってしまう。

地中をゆく毒水は、大地をも汚染する。ここでは、新しい宗教の毒の成分が「硫黄」であると、ヴォーンは主張している。清教徒の教義は、一見して、人々を喜ばせる湧水のように見えるが、実際は「薬」にはなり得ずに、「病」になってしまう。この毒水は循環し、マクロコスモスにおいて 'mist'（'The Agreement', l. 3）や 'smoke'（'The Shower', l. 12）となり、自然を汚染する。一方で、ミクロコスモスのレベルでは、それを飲む人たち、即ち清教徒たちの体内を循環し、'rheum'（'St. Mary Magdalen', l. 66）や 'phlegm'（'The Proffer', l. 44）となって、病を引き起こす。聖なる水ではなく、毒がまぶされた水もまた循環するという思想はヴォーン特有のものである。(14) 聖なる祈りが、水の循環のイメージに喩えられる点については、これ

までに多く議論されてきたが、本論では、毒水の循環について考察することにより、ヴォーンの描く病の描写について検証することを試みる。

三　体液疾患とメランコリー

パリサイ人の眼を覆う粘液質が 'rheum' と限定されている理由は、十七世紀の医学理論を探ることで明らかになる。例えば、ティモシー・ブライト (Timothy Bright) は、メランコリー気質の人間の体内で、毒性の蒸気が凝縮すると 'rheum' という粘液の過多が起こると考えている。[15] そして、特に、'rheum' と 'phlegm' という体液は、メランコリーを誘引する物質として特定された。このような理論は、清教徒的メランコリーを攻撃する王党派の人々に利用されるようになった。ヴォーンと同様、王党派の医師、メリック・カソーボン (Meric Casaubon) は、清教徒の熱狂 ('zeal') を批判し、その原因を 'melancholic vapour' という体内物質に起因すると結論付けている。[16]

ヴォーンもまた、これらの医学理論に従っているが、特に、自らの党派的立場をはっきりと主張し、共和制 ('Commonwealth') への金銭抵抗を試みる際に、具体的な体液の描写を行っている。例えば、「申し出」('The Proffer') と題された詩は、宗教戦争後、共和制の人々が持ちかけてきた誘惑に抵抗する詩人の叫びが表されている。[17] 詩人は、共和制の敵を、騒音の激しい、毒性の生き物として描き、追い払おうとする (1–4 行)。更に、「僕は、自分のものがたりを満たすつもりはない／お前の共和制の栄光によって」('I'll not stuff my story / With your Commonwealth and glory', ll. 35–6) と叫び、清教徒の手先となって王党派の地盤をうまく管理するように誘惑する提案に抵抗する。彼は自分自身に次のようにいう。

Spit out their phlegm
And fill thy brest with home[.] (ll. 44–45)

彼らの痰液を吐き出せ
お前の胸を点の故郷でいっぱいにしろ。

ここでの 'Spit out their phlegm' という句は、ハーバートの 'Spit out thy phlegm, and fill thy breast with glory' ('The Church-Porch', l. 92) を受けている。ハーバートは、'phlegm' という体液を、中世医学での冷淡、無気力等、粘液的性質の原因となる体液として描き、病んだ 'England' (l. 91) に対しての治療を試みている。一方で、'thy phlegm' から 'their phlegm' へ変更したヴォーンの表現は、詩人に誘惑をもたらす清教徒側の人々の存在の姿を想像させることになる。ヴォーンの医学表現は、体液作用や血の効果を利用したものであり、ハーバートの表現と比較すると、共和制に対する抵抗を含有するものとしてより戦略的に用いられている。(18)

このようなヴォーンの意図は、ジョン・ミルトン (John Milton 1608–1674) の表現と比較することで、より明らかになる。『失楽園』(*Paradise Lost*, 1674) 第十一巻で、堕落後のアダムは、霊的な膜を眼に覆われた状態であるが、その膜は次のように取り除かれる。

[. . .] to nobler sights
Michael from Adam's eyes the film removed
Which that false Fruit that promised clearer sight
Had bred; then purged with euphrasy and rue
The visual nerve, for he had much to see;

And from the Well of Life three drops instilled. (ll. 411–6)

より高貴な視界を見せようと
ミカエルはアダムの目から膜を取り除いた
それは、よりはっきりとした視界を約束させた、偽りの木の実から
生じたものであった。そして、コゴメグサとヘンルーダをもってして
彼の眼の神経を清めた。なぜなら彼はもっと視るべきものがあったからだ、
そして生命の木から三滴の水滴をたらした。

ミカエルがアダムに与えた、「いのちの木」('Well of Life', l. 416) からの「三滴」('three drops', l. 416) はヴォーンが見いだした、「膏薬」('eye-salve') と同じように、解毒 ('purge') という機能を持つ。そのために、アダムの眼を覆っていた、霊的な膜 ('film') が落ち、アダムの眼は開ける。ここでアダムの眼を覆っている物質は「木の実の毒によって生じたもの」として描かれている。だが、その毒の成分は詳細に示されていない。「聖マグダラのマリヤ」の中で、盲人の眼を覆う物質が 'rheum' と表現されているのはヴォーン特有の表現であり、清教徒のメランコリーを批判する詩人の意図が隠されている。敷衍すれば、ヴォーンが体液を特定した描写を行うとき、その背後には、メランコリー理論を利用した、清教徒批判が隠されているのである。

四　ヴォーンとパラケルスス医学

ヴォーンが用いる医学表現の中でも、特に、毒から薬へと変化させるパラケルススの医術は、宗教戦争後のヴォーンにとって重要な役割を果たしたと考えられる。「最後の審判」(‘Day of Judgement’)と題された詩の中で、ヴォーンは、「十字架」(‘crosses’)を懇願するが、自身に降りかかる困難や苦悩は最終的に健康をもたらすものとして描写されている。

Give me, O give me crosses here,
　Still more afflictions lend,
That pill, though bitter, is most dear
　That brings health in the end[.]（‘Day of Judgement’, ll. 33–6）

お与えください、ああお与えください、ここに十字架を。
　もっと多くの苦悩を与えてください、
あの薬、それは苦いけれども、
　最後には健康をもたらすのです。

ヴォーンが十字架を求めるのは、十字架には解毒（‘purge’）という機能が付加されるためである。[19]「苦悩」(‘Affliction’)と題された詩の中で、病や苦難からは薬剤が取り出されることをヴォーンは主張する。

Sickness is wholesome, and crosses are but curbs
　To check the mule, unruly man,

They are heaven's husbandry, the famous fan
　Purging the floor which chaff disturbs.（'Affliction', ll. 17–20)

病は健康に良い、そして十字架はただの留め轡にすぎない
　ロバ、そして野蛮な人間を抑制するためのもの、
それら（十字架）は、天の農作業、あの有名な箕
　もみ殻が乱した床に下剤をかけるもの。

ここでの which の先行詞を 'fan' でとると、「打ち場を清めるべく麦をふるい分け、／もみがらをかき乱し吹き飛ばす、あのよく知られた箕」という意味になる（吉中、196頁）。また、which の先行詞を 'floor' でとると、「もみ殻がかき乱した床」を「あのよく知られた箕が清める」という意味になる。ラドラムは、このヴォーンの表現が *OED* で引用されていることを指摘し、'disturb' という語の意味を「医学的に乱れた状態を起こすこと」('To throw into a state of physical agitation, commotion, or disorder', *OED* 1. b) と指摘している (p. 575)。この意味でヴォーンの表現を解釈し直すと、もみ殻に暗示される罪が、床としての世界の体内循環をかき乱し、医学的に蝕んでいる、というニュアンスが付加される。加えて、神の箕が行う 'purge' という行為には、「ふるい分ける」という聖書での意味に、「毒を除去する」もしくは「下剤をかける」という医学効果が追加されるのである。ヴォーン自身も、「有名な」('famous') と述べているように、この神の「箕」のモチーフは、他の詩的表現にも多く取り入れられ、様々なイメージで展開されている。この表現は、マタイ伝第三章、第十一、十二節の表現に準じたものである。聖書の中では、洗礼者ヨハネが、「水」でバプテスマを授けている。だが、ヨハネは、じきにやってくるキリストが、「聖霊と火」によって洗礼を授けることを予言する。また、キリストは、「箕を手に持って打ち場の麦をふるい分け」

るという。またそれと同時に、キリストによる審判は、罪に満ちているであろう「床」、即ちこの世を清掃すること、そして、罪人という「もみ殻」を焼きつくすことが予言される。聖書での「箕」は、正しき者と、悔い改めが必要な者を「ふるい分ける」機能を持つものとして描かれている。ヴォーンは、聖書のエピソードを利用しながら、穀物の中に包まれている薬を取り出す道具として、「かの有名な天の箕」(‘heaven’s husbandry, the famous fan’) を医学理論の文脈で捉え直している。[20] 神が行う「分離」(‘purging’) は、罪人と善人をふるい分けるだけでなく、毒と薬の選別を行い、解毒の効果をもつ。そしてこの行為は、毒から薬を取り出すパラケルススの毒因論として定義される。

[Affliction is] Pils that change
Thy sick Accessions into setled health,
This is the great Elixir that turns gall
To wine [.] (‘Affliction’, ll.2–5)

（苦悩は）薬である、
おまえの病の状態から、安定した健康へと変化させる薬、
これは偉大なるエリクシルだ、胆汁から
ワインへと変化させるもの

ここで詩人が求めている「ワイン」には、霊的な効用だけでなく、「ワインはそれ自身、大いなる第五元素を含有する」(‘Wine contains in itself a great Quintessence’) との、薬のニュアンスも含まれるだろう。[21]「エリクシル」即ち錬金術によって取り出される第五元素は、神の絶対的な力として詩的表現の中にも多

く取り入れられてきたが、ここでヴォーンは、次のような理論を強く意識しているようである。

[. . .] the reason why Quintessence[= Elixir] cureth all deseases, is [. . .] because of its implanted property, its great cleannesse and purity whereby it doth in a wonderful manner, alter and change the body into clennesse.[22]

第五元素がすべての病を治癒する理由、それは備え付けられた特質、その偉大なる純粋さと純度、すばらしき手段によってそれは体内を清潔なものへと変化させることである。

「苦悩」は、罪を悔い改め、鞭打たれる「十字架」であると同時に、薬剤としての十字架ともなり、やがては、すべての病を治癒する「エリクシル」へと変貌するのである。

十字架や苦悩を自ら受けようと試みる詩人の心は、『火花散る火打石』の初版に付されたエンブレム(図1)を想起させる。このエンブレムは、神の手が握る雷に打たれ、血と涙を流す、罪深き詩人の心を表すと考えられてきたが、これを錬金術思想の文脈で解釈することが可能である。[23] そして、「あなたの、全てを孵化させる血」('Some drops of thy all-quickning blood, 'The Dedication', l. 4) は、第五元素としての血であると読み替えることができる。この医学的な血こそが、キリストの血を「バルム剤」へと、更には、マリヤの泪を医薬として変化させる力を持つ。敷衍すれば、ヴォーンが得ようとしている血と泪は、錬金術から取り出される第五元素であり、それが一種の「技」('Art') として描かれるのである。

図1
Engraved title page of *Silex Scintillans* (1650)

五　マリヤの「技」と第五元素

「聖マグダラのマリヤ」の詩の中でマリヤの改悛は、「技」('Art', l. 47, 49, 51, 57) として繰り返し賛美され、マリヤの眼は、「罪人の、ふしだらな眼」から、「信仰深い、嘆きの眼」へと、変化し、その際に発せられる光は「暗がりをさまようものたちの眼を開く」と描かれる (57–60行)。ここでヴォーンは、第五元素としてのマリヤの泪に、以下のような効用を想定しているようである。

[. . .] a spot or film is took off from the Eye, wherewith it was darkend afore, even so doth the Quintessence mundifie [= cleanse, purify] the Life in man[.][24]

斑点や膜が眼から取り除かれれば、それが以前に暗くさせられていようとも、……第五元素が人間の中の精気を洗浄するのである。

マリヤの泪は、第五元素であるが故に、人間の中にはびこる悪を浄化させる。その効果は、罪を取り除くだけでなく、実際に盲人の眼を覆う膜を取り払うのである。

さらに注目すべきは、ヴォーンが次のような攻撃性を見せていることである。

Learn *Marys* art of tears, and then
Say, *You have got the day from men.* ('St. Mary Magdalen', ll. 47–8)

マリヤの泪の技を学ばれよ、そして
言うがいい、あなたは人々から勝利を得た、と。

改悛したマリヤの記憶は永遠に残る」('whose memory must last', l. 51)とヴォーンは主張する。その永続性は、最後の審判の火に対しても効力を発揮する(52–56 行)。ラドラムは、'*day*' の意を「勝利を得る」('win the victory', *OED sb* 10)の意で解釈をし、マリヤの憂いの泪は、永遠の命を得た('Mary's tears of pensive have won her eternal life')ことを指摘している。[25] ここでヴォーンが意図しているのは、単に、永遠の命を勝ち得たことにとどまらず、マリヤの泪が、第五元素となりうることである。パラケルスス医学における最終目標は、永遠の生命を得るという第五元素を探求することであった。[26] 換言すれば、マリヤの「人間に対する勝利」即ち、「永遠の命を得る」という行為は、この第五元素の獲得として読み替えることができる。

マリヤが真の聖人になったことは、真の泪を得るという医術によって証明される。そしてその泪は、時に、開眼の作用をもつ薬として描写される。ヴォーンは、『オリブ山』の中で、改悛の際の祈りについて説き、自らの眼を見開こうと、次のように懇願する。

> [. . .] anoint my Eyes with Eye-salve, that I may know and see how wretched, and miserable, and poore, and blinde, and naked I am, and may be zealous therefore and repent! (pp. 47–51)
>
> 私の目に、その眼の薬をぬってください、どれほどに私が卑劣で、みじめで、いやしく、盲目で、どんなに無防備であるか、それが分かるように、そして、熱心になり、そうすることで悔い改めることができますように。

自身の盲目性を認識し、真に悔い改める為には、‘eye-salve’という「塗り薬」が必要である。その薬は、マグダラのマリヤが得た第五元素であり、「真の泪」である。そしてその泪は盲人の眼を癒す効果をもつ。

> [. . .] with true tears wash off your mire.
> Tears and these flames will soon grow kind,
> And mix an eye-salve for the blind.
> Tears cleanse and supple without fail,
> And fire will purge your callous veil. (‘Vain wits and eyes’, ll. 4–8)

まことの泪をもってして、あなたの泥を溶かすがよい。
泪とこの火はすぐにとけあって、
盲人のための塗り薬を調合する。
泪は誤ることなく、あなたを洗い清め、従順にし、
炎は、あなたの硬い膜を清める。

真の泪と信仰の炎は、「盲人のための塗り薬」を調合するとヴォーンは考えている。この詩は、『火花散る火打石』の第二版が出版された際に、詩集の冒頭に掲載され、消失したエンブレムの代替であると考えることができる。エンブレムで描かれている血と泪は、錬金術における第五元素であり、ヴォーンは自らが錬金術を受けることで、医薬を取り出そうとする。

[. . .] thou [God]
Dost still renew, and purge and heal:
Thy care and love, which joyntly flow
New Cordials, new *Cathartics* deal. ('The Agreement', ll.55–8)

……あなたは
絶えず再生し、浄化し、癒してくださいます。
あなたの気遣いと愛、それは共同して
新しい強壮剤を注ぎ、新しいカタルシスを分け与えてくださいます。

キリストの血は、一種の「強壮剤」であり、マリヤの泪は、一種の「カタルシス」である。ここで 'New' という単語が付加されているのも、精神的錬金術に準じた、新たな医薬、というニュアンスを込めているのだろう。ヴォーンは、清教徒革命で流された「血」と「泪」を、単に糾弾に用いるのではなく、それぞれを錬金術的な薬剤としているのである。

結

十七世紀のおわり、終末論が鳴り響く世界のなかで、ミルトンは、世界が罪によって病的状態に陥っていることを腫瘍のイメージを用いながら描き、救世主キリストが再降臨するまでは、悪性と良性の両方の腫瘍を含みながら、世界が続いていくことを示している (*Paradise Lost*, Book 12, ll. 537–551)。そして、この堕落した世界は、救世主キリストの出現により、「滅ぼされ」('dissolve') ることで「浄化され、清められる」('purg'd and refin'd')。[27] 罪悪がはびこった世界は、すべてを破壊することによってしか浄化されないという理論が暗示されている。一方で、ヴォーンは、最後の審判を受ける準備を整えながら、十字架の上のキリスト及び改悛後のマリヤという「真の聖人」の体液を第五元素として取り出すことで、病的社会を浄化し、治癒しようと願った。

マグダラのマリヤは、第五元素の「浄化」機能によって、真の「聖人」となる。ジョージ・ハーバートは、悔い改めたマグダラが、キリストの足をぬぐいながら、自らの罪をも洗い流したことを、「キリストおひとりを洗うことで、二人ともを洗った」('in washing one [Christ], she washed both [Christ and herself]' 'Marie Magdalene', l. 19) と描いているが、ヴォーンは第五元素の解毒作用という医学的論拠を加えながら、マリヤの改悛を証明している。ハーバートが 'Marie Magdalene' と題したのに対し、ヴォーンが 'St.'

を付け加え、'St. Mary Magdalen' と題しているのも、ヴォーンがマグダラのマリヤを確固たる「聖人」と崇めていることを意味する。医学物質という絶対的な証拠により、マリヤの聖人性を示し、清教徒の偽善的聖人性の批判を試みたのである。

＊本稿は、第八二回英文学会全国大会（於　神戸大学）及び、十七世紀英文学会関西支部　第一八二回例会（於　大阪ＹＭＣＡ）での口頭発表を加筆、修正したものである。

註

（1）ヴォーンの詩は、Henry Vaughan, *Silex Scintillans* (London, 1650, 1655) を定本として用いる。また、注釈に関しては、これに加えて *The Works of Henry Vaughan*, ed. L. C. Martin, 2nd ed. (Oxford: Clarendon, 1957)、*The Complete Poems*, ed. Alan Rudrum (Harmondsworth: Penguin, 1977) を参考にし、以下、それぞれ、*Works*、*CP* と記載する。尚、本稿において、文献中の long 's' 表記はすべて現代英語表記にて引用し、出版社不明の文献に関しては出版年のみを記載する。

（2）ヴォーンのマリヤ描写については、West, pp. 100–4 を参照。

（3）*CP*, pp. 618–9 ヴォーンと医学の関係については、Calhoun, pp. 101–130 を参照。

（4）吉中、三四二頁。形而上派詩人たちと医学の関係については、Hutchinson, p. 182 を参照。

（5）ヴォーンと医学の関係については、Calhoun, pp.101–130 を参照。

（6）パラケルススリバイバルについては Rattansi を参照。

（7）清教徒的メランコリーと医学理論については松本 (2009) 474–477 頁を参照。

（8）形而上派詩人たちと医学の関係については、Hutchinson, p. 182 を参照。

（9）*The Mount Olivees*, p. 106

（10）West, pp. 149–50 を参照。

（11）*CP*, pp. 592–3、吉中 281 頁を参照。
（12）この詩は『復活せしタレイア』(*Thalia Redivivia*, 1678) の中に収録されているが、クロムウェルの護民官体制時代に書かれている。'The Nativity. Written in the year 1656' と錬金術の解釈については、松本 (2011) 395 頁を参照。
（13）Paracelsus (1661) p. 43
（14）ヴォーンは、'Isaacs Marriage' と題された詩の中で、聖なる祈りが循環する様子もまた、描いている。清教徒の堕落した宗教から発生する毒が循環する様子は、これらの祈りの正当性と対照的なものといえる。ヴォーンが描く水の循環について Dickson, pp. 274–5 を参照。
（15）Bright, pp. 182–3 を参照。
（16）B. A. p. 151 を参照。'rheum' の医学療法については、Cary, 28–32 を参照。
（17）Post (1982) pp. 182–5 を参照。
（18）松本 (2009) 467–478 頁参照。四体液のバランスを正常にたもつことで健康を得ようとするガレノス医学と比較した場合、パラケルスス医学においては、各体液と病状が密接に関係することが指摘され、ヴォーンもその理論に準じていると考えることができる。パラケルスス医学における体液と疾患の因果関係については、Adams (1596) p. 27 参照。'rheum' の治療法は、Cary, pp. 28–32 を参照。
（19）十字架の医学については、松本 (2011) 7–8 頁を参照。
（20）ヴォーンは、ヘンリー・ノリウスのいうところの「分離」の概念に準じている。Nollius, p. 50, p. 99 参照。
（21）Paracelsus (1661) p. 36 参照。
（22）Paracelsus (1661) p. 37 参照。
（23）エンブレムの解釈については、Dickson, pp. 124–9 を参照。
（24）Paracelsus (1661) p. 37　*CP*, p. 618 参照。
（25）*CP*, p. 618 参照。
（26）パラケルスス医学における第五元素の概念については、Paracelsus, (1661) pp. 25–49 'Of the Quintessense' の項を参照。
（27）リンデンは、ここでのミルトンの表現が錬金術に準じた表現になっていることを指摘している。Linden, p. 257 を参照。

参考文献

B. A. *The Sick-mans Rare Jewel* (London, 1674)

Bright, Timothy. *A Treatise of Melancholy* (London, 1586)

Burton, Robert. *The Anatomy of Melancholy* (Oxford, 1621)

Calhoun, Thomas O. *Henry Vaughan, the Achievement of Silex Scintillans* (New Jersey: Associated U P, 1981)

Casaubon, Meric. *A Treatise Concerning Enthusiasme* (London, 1655)

Cary, Walter. *A Brief Treatise, for Many Disease* (London, 1609)

Davies, Steive. *Henry Vaughan* (Brudgend: Poetry Wales P, 1995)

Debus, Allen, G. *The English Paracelsians*. (Oldbourne, London, 1965)

Dickson, D, R. *The Fountain of Living Waters: The Typology of the Waters of Life in Herbert, Vaughan, and Traherne* (Colombia: U of Missouri P, 1987)

Digkny Kenelem. *Choice and Experimented Receipts in Physick and Chrurgery as Also Cordial and Distilled Waters and Spirits, Perfumes, and Other Curiosities* (London, 1675)

Donne, John. T*he Poems of John Donne*. Ed. A. J. Simth (Harmondsworth: Penguin, 1996)

The Holy Bible: Kings James Version (Oxford, OUP, 1996)

Herbert, George. *The Works of George Herbert*. Ed. Hutchinson (Oxford: OUP, 1941)

Holmes, Elizabeth. *Henry Vaughan and the Hermetic Philosophy* (Oxford: Blackwell, 1932)

Husain, Itart. *The Mystical Element in the Metaphysical Poets of the Seventeenth Century* (London, 1948)

Hutchinson, F. E. *Henry Vaughan* (Oxford: Clarendon, 1947)

Linden, S. J. *Darke Hierogliphicks: Alchemy in English Literature from Chaucer to the Restoration* (Lexington: Kentucky UP, 1996)

Lurentius, Andreas, *A Discoverse of the Preservation of the Sight: of Melancholike Diseases of Rhuemes, and of Old Age*. Ed. Richard Svrphlet (London, 1599)

McColley, Diane Kelsey. 'Water, Wood, and Stone: The Living Earth in Poems of Vaughan and Milton.' *Of Paradise and Light*. Ed.

Dickson, D, R. (Newark: U of Delaware P, 2004)

Milton, John. *Paradise Lost*. Ed. Alastair Fowler (London: Longman, 2006)

Nollius Heinrich. *Hermetic Physick: Englished by Henry Uaughan, Gent.* (London, 1655)

Paracelsus, Theophrastus. *The Secrets of Physick and Philosophy* (London, 1633)

——. *The Occult Causes of Disease. Being a Compendium of the Teachings Laid Down in His "Volumen Paramirum"*. Translated by R. Turner (London, 1655)

——. *Paracelsus of the Supreme Mysteries Nature*. Ed. R. Turner (London, 1655)

——. *Philosophy to the Athenians*. Translated by H. Pinnel (London, 1657)

——. *Paracelsus his Aurora & Treasure of the Philosophers . . . Faithfully Englished And published by W.D.* (London, 1659)

——. *Paracelsus His Archidoxes Comprised in Ten Books. Faithfully and Plainly Englished, and Published by J.H. Oxon.* (London, 1660)

Pettet, E. C. *Of Paradise and Light* (Cambridge: Cambridge UP, 1960)

Post, Jonathan. *The Unfolding Vision*. (Princeton: Princeton UP, 1982)

——. 'Civil War Cleavage: More Force than Fashion in Vaughan's *Silex Scintillans*.' *Of Paradise and Light*. Ed. D. R. Dickson. (Newark: U of Delaware P, 2004) pp.25–49.

Rattansi, P. M. 'Paracelsus and the Puritan Revolution' *Ambix II*, 1963.

Sena, John. F. 'Melancholic Madness and the Puritans', *Harvard Theological Review*, 66. 1973. 293–309.

Simmonds, J. D. *Masques of God* (Pittsburgh: U of Pittsburgh, 1972)

Vaughan, Henry. *Silex Scintillans, or, Sacred Poems and Priuate Eiaculations by Henry Vaughan*. (London, 1650)

——. *Mount of Olieves: Or Solitary Devotions*. (London, 1652)

——. *The Works of Henry Vaughan*. Ed. L.C. Martin (Oxford: Clarendon, 1957)

——. *The Complete Poems*. Ed. Alan Rudrum (Harmondsworth: Penguin, 1977)

Vaughan, Thomas. *Lumen de Lumine, or, A New Magicall Light Discovered and Communicated to the World by Eugenius Philalethes* (London, 1651)

——. *Magia Adamica: or The Antiquity of Magic* (London, 1656)

松本 舞「清教徒的メランコリーへの処方箋」（『英文学研究　支部統合号第Ⅱ号』日本英文学会、2009年）467–478頁
──「ヘンリ・ヴォーンと賢者の石」（『英文学研究　支部統合号第Ⅳ号』日本英文学会、2011年）393–400頁
──「神の錬金術と十字架の医学──ヘンリー・ヴォーンの『火花散る火打ち石』(*Silex Scintillans*)をめぐって」(*PHOENIX*, No 71、広島大学英文学会、2011年）1-9頁
吉中孝志訳『ヘンリー・ヴォーン詩集』（広島大学出版会、2006年）

子どもと殉教者伝

齊藤　美和

I　殉教者伝とその背景

今日も書店の児童書コーナーや初等教育機関の図書室の定番である「偉人伝」は、古くから児童教育の役割を担う代表的な文学ジャンルであった。子どもたちの模範として居並ぶその顔ぶれは、まさにその国、その時代の世相を映し出す鏡である。

近代イングランドにおいて、殉教者の伝記は「偉人伝」の核であった。プロテスタント側におびただしい数の殉教者を出したメアリ一世の治世が幕を閉じると、ジョン・フォックスの『殉教者列伝』(John Foxe, *The Acts and Monuments* [1563][1] 以下『列伝』と略す）が出版され、殉教者の受難と栄光を語り伝えた。成人・子どもを問わず、キリスト教徒はこうした殉教者伝を信仰の糧とし、殉教者の言動を様々な場面で想起しては、それを人生の指針とした。殉教者伝が教えるのは、信仰を貫くこと、苦難に耐える堅固な忍耐、そして肉体の死に備えることである。殉教者と改宗を迫る迫害者とのあいだのやり取りは、真の信仰とは何かを語り、迫害者によって加えられる拷問は、残虐であればあるほどキリスト教徒に求められる忍耐力がいかほどのものかを示し、恍惚として神の名を唱えながら処刑台で息を引き取る彼らの壮絶な最期は、読者に *ars moriendi* の具体的実践例を提供した。

アウグスティヌスは『神の国』において「その神はわたしたちが神に助けを求め、彼ら殉教者たちの記憶を新たにすることによって、そうした同じような栄誉の冠と勝利を得るべく、彼ら殉教者たちをまねるようにとわたしたちを鼓舞するのである」[2]と語っている。キリスト教において、殉教者説話は過去の信仰の戦士たちの単なる記録というだけではなく、これから戦いに赴く信徒たちの精神の訓練を促すためのものであり、それは教化文学の初期の形態であった。シュナイダー(Carl Schneider)はその起源がすでにヘレニズム影響下にあった後期ユダヤ教の『第四マカバイ記』その他の殉教者物語にみられると指摘する。[3]

中世においては、実際に異端者として処刑された殉教者はその数を減らした。しかしながら、古代ローマ帝国におけるキリスト教徒大迫害期と近代宗教改革のあいだにおいても、殉教に対する崇拝と希求の念は人々の心から薄らぐことはなかったと思われる。キリストの受難の観想などを通じて、殉教者をキリスト教徒の模範とする考え方は、中世にしっかりと根を下ろしていた。それは「放棄されたわけではなく、その姿形を変えただけ」[4]であった。肉体的死を前提とせず、信仰のために忍耐強く苦難を耐え忍ぶ「精神的」あるいは「白い」殉教の実践が説かれ、それは、「実際、もし人間の救いにとって耐え忍ぶにまさって益のあるものがあったならば、必ずやキリストは言葉と模範でもって、それを示されたであろう」[5]と語るトマス・ア・ケンピスの『キリストにならいて』のような手引書となって結実したのである。

クルティウス(E. R. Curtius)は、キリスト教民間信仰の原動力となった二つの源泉として、殉教者崇拝と聖人崇拝を挙げ、文学的には前者が受難録を、後者が聖人伝を生んだとし、[6]両者は互いに混じり合いながら発達するのであるが、近代の殉教者伝もまた、*passio* と *vita* が混淆したジャンルであり、殉教録・聖人伝のトポスと手紙や日記、裁判記録などの事実に基づく記述が混在しているのが普通である。伝記というジャンルを語る際に常に意識されるのは事実と虚構の問題であるが、殉教者伝は事実よりも宗教的真実に重きを置く聖人伝の伝統から、記述の正確さは概して度外視され、特に一六、一七世紀のイングランドにおいては、宗教的・政治的対立を背景にしたプロパガンダとしての性質が顕著である。エリザベス一世の治世下でプロテスタント国家としての道を歩み始めたイングランドにおいて、フォックスの『列伝』がナショナリズムの形成に一役買ったことは明らかである。[7] メアリの治世に亡命の憂き目に遭い、今だカトリックの脅威冷めやらぬテューダー朝を生きたフォックスにとっては、殉教者の物語が歴史の彼方に霞む「伝説」などであったはずはなく、このことが彼の語りを『黄金伝説』の著者ヤコブス・デ・ウォラギネのそれとは異なるものにしている。[8]『列伝』はエリザベス女王の即位を殉教の歴史の流れのなかで捉え、聖書や歴史に女王の治世が神意であることの予兆を確認することで、国内外の女王に対抗する勢力を迫害者として糾弾し、個々の雑多な殉教者の伝説的逸話を一つの統一された国家の歴史へと収斂させて、分裂に陥りかねない正統性の多元性を一元化したといえよう。

殉教が至極身近な出来事であった時代には、それは大衆によって目撃されるものであり、また血によって受け継がれるものであった。ジョン・ダンは、『自殺論』(John Donne, *Biathanatos*, 1647) の序論のなかで、自らに自殺願望があることを告白し、「幼少の頃から、抑圧と受難の宗教を信仰し、死を蔑むことを常として殉教を想像してはそこに心を致している人と共に生き、交わってきたからか」[9] と、自殺に傾きがちな自身の心的傾向にはカトリック殉教者の家系に生まれたことが影響しているのではないかと自己分析を展開する。一方、ジョージ・フォックスのようなクエーカー教徒もまた、『日記』(George Fox, *The Journal*, 1694) における冒頭の自伝的記述のなかで、母方の家系に殉教者を出していることを誇りをもって告げる。[10]「殉教」が事実上廃止され、もはや歴史の彼方に退いてからも、過去の殉教者たちはイングランドがカトリック勢力の脅威に晒されるたびに、鮮やかに復活してきた。[11] 揺るぎない信仰をかざし、歓喜のうちに炎に包まれる殉教者たちの物語を、後世の人々は戦慄と興奮、そして憧れをもって読んだ。二〇世紀初頭になっても、『列伝』の「ぞっとするような殉教者の版画」に恐怖と興奮を覚え、自分はこうした殉教者の一人の末裔なのではないか、という妄想に捕われた少年もいた。[12] 殉教者の家系に生まれる栄誉に浴していない者も、また殉教が遠い過去の歴史となって以降も、人々は物心がつくかつかぬかのうちに殉教者の物語に親しんでいた。殉教者伝はナショナリズムの形成（後にはその高揚）のための単なるプロパガンダではない。それは人々の精神の奥深いところに影響を与え続けた。

II　子どもと殉教者伝

近代においては児童書というジャンルが現代のように確立していなかったため、大人と子どもの読む書物を区別する境界線は曖昧であった。フォックスによる『列伝』は、むろん子ども向けに書かれたわけではないが、近代社会において子どもに適した教育書と見做され、聖書と並んで広く読まれるに至ったことについては、多くの児童文学史家が論じている。[13]『列伝』は一五六三年の英訳版出版以来何度も版を重ね、多くの教区教会には聖書とともにこれが備えられ、牧師は説教でしばしばその一節を引用したため、信徒にとっては至極身近な書となった。また、子どもたちは教会だけではなく、家庭においても『列伝』に親しんでいたと思われる。プロテスタントの家庭においては、日曜には家族が広間に集い、一家の主人が家族や使用人たちを前に聖書からの一節を読み聞かせるという慣習があったが、聖書以外にも『列伝』がこのような場で用いられたことは、ある女性の一五九九年九月の日記からも知れる。[14]とはいえ、『列伝』を児童書としてまともに論じた研究はまれであり、児童文学の揺籃期についての議論のなかで軽く触れられるにとどまっている。スローン（William Sloane）の言うように、「フォックスの書は、その定義を強引に拡大解釈することによってのみ、児童書と呼ぶことができよう」[15]というのが、一般的な見方であろう。しかしながら、児童書と見做すかどうかは別として、実際に子どもたちが『列伝』に様々な形で親しんでいたという事実を重く見るならば、それが若い読者の精神形成に与えた影響、そして近代の児童書に与えた影響の大きさは、強調してもし過ぎることはないと思われる。

（1）児童推薦図書としての『殉教者列伝』

殉教者の物語が教化文学の祖と見做されてきたことについては前に述べたが、フォックスもまた、自らの仕事のねらいが「教化」にあることを明らかにしている。『列伝』の効用を論じた序論において、彼は書の目的が殉教者の顕彰のみならず宗教的教導にあると述べる。いわく、それは「単に読むためではなく、倣うため」の書であり、我々の時代の殉教者は「後世の人々の生活を矯正したその成果」を考えてみても、原始教会の殉教者たちにいささかも劣るところはない（*TAMO* 1563: 15–16）。さらに、カトリック信者たちに向かい語りかけた序論（"To the Persecutors of Gods truth, commonlye called *Papistes*"）において、「世界のいたるところで大学や学校がそなたたちに対抗し、若者がそこで徹底して教育されるならば、とてもそなたたちのかなう相手ではなくなるであろう」（*TAMO* 1563: 14）と語気を強めて宣告するフォックスは、カトリック勢力の拡大阻止に若者の教育がいかに重要かを認識しており、『列伝』の出版がその一翼を担うはずであるという自負が感じられるのである。

フォックスが、当初ラテン語で著わした『列伝』を、亡命先であるバーゼルから帰国したのちに英語に翻訳して出版したのは、読者層を広く一般大衆に広げるためであったが、版画や欄外注などにおいて工夫を凝らした結果、若年層にも親しみやすいスタイルとなった。特に、吹き出しのついた版画が文字の読めない幼子の心を捉え、視覚的効果でもって彼らの想像力に訴えかけたであろうことは想像に難くない。ウッデン（Warren W. Wooden）は、こうした工夫が結果的に『列伝』の読者を子どもにも押し広げる一因となったばかりではなく、そもそもフォックスが「若年層をも、主たる読者として想定していた」ことを論証しようと試みる。[16] フォックス自身がどの程度、読者として子どもたちを念頭に置いていたかについては議論の余地があろうが、大人がこれを子どもに読ませるに適した書であると考えたことは疑いようがない。事実、近代イングランドにおいて、『列伝』はプロテスタントの子どもたちの必読書であった。[17]たとえば、一五七九年にはトーマス・ソルター（Thomas Salter）が読み書きを覚えたばかりの子どもに低俗なバラッド本などを与えて感化するような親に疑問を呈し、子どもには聖書や『列伝』、子どもの手本となるような信心深く徳の高い人物の伝記といった、「教導と魂の健康」のために書かれた書を読ませるべきであるとする。[18]児童書の先駆けとして必ずそのタイトルが挙がる一七世紀の Thomas White, *A Little Book for Little Children*（1702）もまた異口同音に、『列伝』をバラッドと対比させつつ徳育に相応しい書として子どもたちに薦める（17–18）。子どもの教育にあたる親たちへの指南書ともいうべき『貧者のための家庭書』（*The Poor Man's Family Book*, 1674）や『家庭信仰問答』（*The Catechizing of Families*, 1683）などを著したリチャード・バクスター（Richard Baxter）は家庭教育を重要視し、ピューリタン牧師として青少年をキリスト者としての正しい人生に導くために『青年への勧告』（*Compassionate Counsel to All Young Men*, 1681）を出版して若者の教化を図る。その第八章において彼は青少年に一〇項の信仰の指針を示すが、その第五の指針では、神の法を真に知るために読むべき書についてこう語る。「何か有益な歴史、特に模範となる人物の伝記やそうした人物の生涯を明らかにする追悼説教を読むことは、役立つはずである。」[19]続いてバクスターは具体的に推薦書のタイトルを挙げていくが、そのなかにはサミュエル・クラーク（Samuel Clark）やトーマス・ビアード（Thomas Beard）の著作と並んで、やはり『列伝』が示される。このように、一七世紀においてすでに『列伝』は児童推薦図書としての地位を確立していたが、それは後世になっても不動であったようだ。プロテスタントのあいだでは一六、一七世紀からすでに、子どもの「魂の健康」のためにと特に貧しい子どもや優良な生徒に賞品として書物、特に聖書や教義問答集を与えることが好まれたが、その慣習が定着したヴィクトリア朝も末の一九〇〇年に、ある日曜学校で出席率の良い学生に褒美として『列伝』が与えられたという記録が残っている。「なんという不朽の持ちの良さか」とは、ダートン (F. J. Harvey Darton) が思わず漏らした感想であるが、『列伝』は出版以来、子どもが親しむに相応しい良書として評価され続けてきたわけである。[20]

そもそも、『列伝』が主たる読者として子どもを想定していたとウッデンが考える根拠の一つは、そこに登場する幼子の存在である。模範となるべき幼き殉教者たちとして、大迫害期の処女殉教者ユーラリアや七歳のロマネスをはじめ、イングランドのジョン・ローレンスやウエールズの漁師ローリンズ・ホワイトらの物語が、『列伝』には含まれる。興味深いことには、『列伝』にはこうした手本とすべき幼き殉教者とは逆の、忌まわしき子どもの例も提示されており、キリスト教の教えを説いた教師に暴行を加えて殺害する生徒の逸話や、親のプロテスタント信仰をカトリック側権力者に密告する子どもの伝記が語られる。教室で神を冒涜した一二歳のデニス・ベンフィールドという少女については、欄外注において、こうした不敬な子どもには天罰が下ることが告げられ（"Blasphemy punished"）、彼女が教訓（"lesson"）として幼い読者に示されていることが明らかにされる（「それゆえすべての少年少女たちよ、この卑劣で愚かな娘を教訓とせよ」）。[21] このように倣うべき敬虔な子どもと戒められるべき不敬な子どもを提示した『列伝』は、一七世紀児童書のベストセラーともいうべき James Janeway, *A Token for Children* (1671; 1672) の誕生を促したのではないかと考えられる。ハント (Peter Hunt) はジェインウェイが前述の *Little Book for Little Children* に着想を得たのではないかと指摘するが、[22] この書もまた推薦書として『列伝』を読むよう子どもに勧めていることから、当時の類似書の根底に『列伝』があったことがうかがわれるのである。さらに直接的な『列伝』の影響がみられる箇所としては、手本とすべき少年少女のひとりとして、〈実例八〉にジョン・サドロウという「『列伝』を読むことに熱中するあまり、食事もそこそこに書に向かう」(Boston,1771: 49) 少年が紹介されるのである。*Token for Children* が実例として示す子どもたちは、殉教ではないものの、例外なくみな幼くして命を落とす。ピューリタンにとって聖書が子どもに読ませるべき第一の書であったことは断わるまでもないが、敬虔な生活を送っているかどうか、常に良心に照らし自己点検を迫られている彼らにとってみれば、子どもに対して神の福音を説き宗教的自覚を促すための方策として、身近な同年代の「選ばれた子」と「呪われた子」の例を示し、それらに照らして自らの行いを精査するよう幼い心に働きかけることが、より有効であると思われたのではないかと考えられる。[23]

児童向けの教育書という観点から見た場合、確かに殉教者伝には、読者と同年代の子どもたちをヒーローとして描くことができるという、他の英雄伝にはない利点がある。剣を手に戦うことができない女・子どもは、英雄伝からは弾き出される存在であったが、その受け身の攻撃性ゆえに、彼らは殉教者として英雄たりえたからである。*Token for Children* に類する児童向け読本には、子どもの殉教者たちが取りあげられることがままあった。『マカバイ記』の七人の息子とその母、聖ユーラリア、アンティオキアの聖ロマヌスと共に殉教した幼き聖バルラスなどが、その例である。なかでも七人の息子と母の逸話は、オリゲネス『殉教の勧め』第三部で若者の殉教の手本とされており、児童書においても繰り返し語られる定番の殉教者伝となった。『マカバイ記』において律令学者で長老であるエレアザルの殉教に続いてこの親子の殉教が語られるのは、ユダヤの民が自らの模範となる人物を見出すことができるように、殉教者のタイプに多様性をもたせようとしたためであろう。この逸話はキリスト教会でもよく知られ、カトリック、プロテスタント、アナバプティストを問わず語り継がれてきたが、[24] 七人の兄弟が順に、そして最後に母親が拷問にかけられるという物語展開は、反復とそれにより徐々に高まる善悪の緊張関係といった童話的要素を備えており、近代の児童書でも繰り返し用いられてきた。[25] *Token for Children* の人気にあやかってか、一七〇九年かおそらくそれ以前に出版された *A Token for the Youth*（作者未詳）は、*Token for Children* を含む他の児童書からの抜粋のつぎはぎという体を取った書であるが、これには冒頭に七人の息子と母をはじめ、聖バルラスや三人の処女聖人アグネス、セシリア、テオドラといった *Token for Children* にはなかった幼い殉教者たちについての記述が据えられている。このことは、*Token for Children* で描かれたような「敬虔な子」の極限にあるのは殉教であると、当時の人々が自然に理解していたことを示しているといえよう。[26]

（2）児童のための殉教者伝

『列伝』が児童推薦図書として定着する過程において、子どもを念頭に置いた新たな版が現れる。そもそも、二折版の大冊で高価なオリジナル版が流通に不適であったのは明らかである。ハラー（William Haller）は、版を重ねた『列伝』が一七世紀末までには一万部ほどが出回っていたのではないかと述べているが、[27]『列伝』は教会に備えつけられるだけではなく、個人で購入する読者を想定して価格を抑え、冊子も四折版さらには一二折版のサイズに収めた版が出回るようになり、こうした縮約版は読者層を一気に広げる役目を果たしたのである。[28] さらに一八世紀には、ニコルソン（Eirwen Nicholson）らが「劣悪」（"bastard"）版と呼ぶところの大衆向けの版が広まりをみせる。[29] 一九世紀になると、反カトリック気運に後押しされ、『列伝』人気が再び爆発的に高まった。ハントは『列伝』の異なる版がおよそ三〇も世に出、そのなかには子どもたちが日曜学校で使うために刷られたものもあったと指摘する。[30]

様々な縮約版のなかには、単に「嵩を減らした」だけではなく、聖書と同様、子どもの読者に配慮した文体や趣向のみられる版が存在する。例えば、一七世紀には Water Poet ことジョン・テイラー（John Taylor）が『列伝』を二三八の対句にまで凝縮し、六四折版の手のひらサイズのミニチュア本 *The Booke of Martyrs* (1616) として出版している。テイラーはこれを読むための本というよりは「愛でる本」（カスタンの言葉を借りるならば"a curiosity piece"）[31] として世に出したという考え方もできよう。しかしながら、詩が子どもを惹きつけ記憶を助ける教育に適した形式であることは、アイザック・ワッツ（Isaac Watts）を待たずとも認識されていた。もちろん、殉教者たちの受難を芸術的形式に昇華する試みとして、スペイン詩人ブルデンティウスの『殉教歌』(*Peristephanon*) のように、古くから殉教録のテクストはその詩的翻訳がなされてきた。しかしテイラーの場合、個々の殉教者に対してはほとんど関心が払われておらず、むしろ殉教の歴史を概観する淡白な内容である。縮約版『列伝』出版以前に、彼は子ども向けの聖書のミニチュア本（いわゆる“thumb bible”）のはしりである *Verbum Sempiternum* (1614) を手掛けて聖句の韻文化を試みており、彼の *The Booke of Martyrs* はこの延長線上にあると考えてよかろう。

子どもを念頭に置いた『列伝』の縮約版は、途切れることなく出版し続けられた。一九世紀には Jetta S. Wolff, *Stories from the Lives of Saints and Martyrs of the Church Told in Simple Language* (1890) や、童謡作家として児童文学史に重要な位置を占めるアンとジェインの父であり、*Bunyan Explained to a Child* (1824) など児童向けの書を著したことで知られる、版画家アイザック・テイラー (Isaac Taylor) による *A Book of Martyrs for the Young* (1826) が出版されている。[32] しかしながら、縮約版『列伝』はこのように単独で出版されるよりは、児童向け読本の一部に組み入れられるというケースが多く見受けられる。この場合、膨大な『列伝』からごく限られた殉教者が選び出され、記述も極度に簡略化される。たとえば、カトリック陰謀事件の最中に出版された Benjamin Keach(?), *The Protestant Tutor. Instructing Children to Spel and Read English* (1679) は、冒頭の献呈書簡のなかで、国の子どもたちに有害な影響を与えているカトリック側の児童向け読本に対抗する狙いがあることを明らかにする。アルファベットや音節、綴り、聖書からの抜粋、教義問答といった基本的な教材とともに、メアリ女王の治世、アルマダの海戦、火薬陰謀事件、さらにはエドマンド・バリー・ゴドフリーの変死といった出版直前の事件に至るまで、反カトリック的スタンスを明瞭に打ち出した歴史的記述に混じって、「イングランドの殉教者および国王小史」(98–117) と題されたパートがある。歴代の王の治世に沿ってローマとの対立を軸に殉教者を挙げていくが、イングランドの歴史の流れのなかに殉教者たちを据えるこのスタイルは、『列伝』のそれと合致する。というのも、フォックスはウォラギネというよりは『教会史』(*Historia Ecclesiastica*) を著したエウセビウスの後継者という意識で『列伝』を著したのであり、『列伝』は単に独立した個々の殉教者の物語の集成ではなく、イングランドにおける宗教史を大陸のそれのなかに位置づけながら、国の世俗的歴史と連動する形で描き出す歴史書なのである。[33] 児童向け読本のなかの殉教者伝は、小規模ながらも『列伝』のこの歴史書としてのスタイルを保っているのである。

殉教者たちがこのように「群れ・総体」として提示される一方で、単独で好んで取り上げられる殉教者もいる。その一人は、ジョン・ロジャーズである。フォックスは彼のことを「メアリ女王の治世において苦難を経験した祝福されたすべての殉教者のなかの最初の原 - 殉教者 ("the first protomartyr") であった」(*TAMO* 1570: 1703) と記す。ロジャーズは、彼のあとに続く同じく聖職にあった殉教者たちはもとより、メアリ治世下の全ての殉教者たちの範として示される。フォックスの記述はロジャーズの審問の様子について本人が書きつけた記録に依拠しているが、これは処刑後、牢獄の片隅に残されていたのを彼の妻と息子が見つけたとされる (*TAMO* 1570: 1702)。家族の存在は彼の殉教を特徴づける要素の一つであり、あとに残されることになる妻と一一人の子どもたちへの気遣い、火刑に処される前に妻と短い言葉を交わしたいとの彼の申し出が却下されたこと、そして処刑場のスミスフィールドへ向かう道中、妻と乳飲み子を含む一〇人の子どもたちと出会うシーンの記述などは、読む者の心に訴えるが、フォックスはそれによって不撓不屈の殉教者のイメージを壊すことは避け、家族愛から心を乱すことなく信仰を貫くロジャーズ像を築く。[34] 彼が処刑を待ちながら子どもたちに書き残したとされる *The Exhortation of Mr. Rogers to His Children* (1559) に含まれる辞世の唄は、単独のみならず、ジョン・ブラッドフォードの "the complaint of veritie" と併せてパンフレットの形で出版されたり (*The Complaynt of Veritie made by John Bradford. An Exhortacion of Mathewe Rogers* [1559])、アメリカでは *The Protestant Tutor for Children* (Boston, 1685) や *New England Primer* (Boston?, ca.1700) といった、子どものための教本に好んで取り入れられている。[35]「子どもたちよ、わが言葉に耳を傾けよ／……／わが法をその心にとどめ／記憶に刻め」に始まる冒頭から、この辞世の唄が訓戒として子どもたちの胸に刻まれるよう意図されていることは明白であり、父の死後これを座右の書として生き、彼のあとに続くようにと促す。「おまえたちにこの小冊を残そう／それをみれば心に／この父の顔が思い浮かぶように／私がこの世を去りしときには」(*TAMO* 1563: 1332)。スローンは一七世紀の児童書は主に三つのカテゴリーに分けられると考える。民話、教訓書、そして宗教書である。二つ目のカテゴリーのなかには、「作法文学」(courtesy literature) と呼ばれるところの伝統的ジャンルが含まれるが、そのもっとも好まれた形態として親が子に施す処世訓が論じられる。(36) 親の説諭は、ことに臨終の床という場面において重みを増すであろう。出産により母親が命を落とす割合の高かった時代には、自らの死を覚悟して出産に臨む母親が生まれてくる子に人生の指針を書き残すといったことがままあった。死後出版されて版を重ねたものもあり、死に逝く母から子への教訓というスタイルが人々の心を惹きつけるものであったことがうかがえる。(37) 産室とともに、処刑場もまた教訓書を生み出す場であった。処刑を控えた者が肉親らに残した辞世の言葉は、ブロードサイドに刷られ、処刑見物にやってきた野次馬が記念に「みやげ」として持ち帰ったというが、自らの死を覚悟した親から子への最期の箴言というテーマは、チャップブックの定番のひとつでもある。(38) ワット (Tessa Watt) は近代初期における廉価本を論じた研究のなかで、こうした書き物の原型にソロモンの箴言があると指摘し、「教えを施す賢明なる父」としてソロモンという聖書中の人物に次いで権威あるモデルであったのがプロテスタント殉教者であったとして、ごく初期の例としてロジャーズを取りあげる。(39) 彼の辞世の唄で説かれている内容は、カトリックへの敵愾心がむき出しになった箇所があるものの、肉欲や高慢を諌め、貧しき者に施すことといったごく一般的なキリスト教的モラルが語られ、それ故にこの詩が長く児童書のなかで引用される普遍性をもつことになったと思われる。

（3）殉教者伝の子どもの受容

これまで論じてきたように、大人は殉教者伝を子どもの教育に資すると考え、推薦書として子どもたちに薦めたり、児童向け読本の一部に盛り込んだりした。では、読者である子どもたちは、殉教者伝をどのように受容したのであろうか。

メイグス (Carnelia Meigs) は、初期児童文学において『列伝』が揺るぎない位置を占めていたことについてはっきりと認めながらも、大人が子どもに読ませたがったのであって、児童が進んで読んだという記録はないと主張する。[40] だが、これはあまりに独断的な見解ではないだろうか。本当に殉教者伝を進んで読むような子どもはいなかったのであろうか。メイグスは幼い子どもには殉教シーンの残虐性が耐え難かったであろうと考えているようである。しかしながら、マザーグースやグリムなどをはじめとする児童文学のもつ暴力性についての研究が進んだ今日では、むしろ *Oxford Companion to Children's Literature* の次のような主張のほうがより受け入れられるであろう。「その身の毛もよだつ処刑の記述にもかかわらず（いや、恐らくそれゆえに）、特に殉教者と迫害者の対話における生き生きとした読みやすい文体は、即若い読者を惹きつけるものであった。」[41] あるいは、ハントの次の見解――「子どもたちは、フォックスの『列伝』を小気味よい語りと対話、そして何よりも版画のぞっとする威力に惹きつけられてよく読んだ」[42]――に要約されているように、『列伝』には子どもたちを惹きつける要素が多分にあった。*The Worthies of England* (1662) を出版して各地方の名士の略伝を紹介したトーマス・フラー (Thomas Fuller) は、幼少の頃に『列伝』の版画を目にして心奪われた、まさにこうした子どもの一人であった。[43]

だが、特に興味深いのは、少女に与えた殉教者伝の影響である。八歳でこの世を去った娘サラの短い一生を綴った伝記 Thomas Camm, *The Admirable and Glorious Appearance of the Eternal God* (1684) のなかで、クエーカー教徒の両親は、娘が読み書きができるかできないかの年頃でもう、『列伝』の一節を暗記していたと記録する。[44]一方、子どもに『列伝』を薦める親と、その書に強く感化され幼心に殉教願望を募らせる子どもの姿を詳らかに描いた一九世紀の例として興味深いのは、*The Christian Lady's Magazine* 等の編集を手掛け、一八三七年に『列伝』の縮約版を出版したシャーロット・エリザベスの『回想録』(Charlotte Elizabeth, *Personal Recollections* [1841])の一節である。少女期の回想によると、内容は理解できなくとも絵は見られるだろうといって父親が渡してくれたフォックスの『列伝』の版画を、シャーロットは何時間も飽きることなく書に覆いかぶさるようにして「胸を高鳴らせながら、目がチクチク痛むまで食い入るように見つめ」、ついには「ほおを紅潮させて」父親を見上げ、こう尋ねたという。「お父様、私、殉教者になっていい?」[45]殉教に激しく憧れる少女たちにとって、迫害の時代と比較したとき、今の安穏とした信仰生活が耐え難く映ったことであろう。同じくヴィクトリア朝に生を享けたアニー・ベサントは『自伝』(Annie Besant, *An Autobiography* [1893])のなかで、子ども心に生まれてくるのが遅すぎたといつも悔やんでいたと回顧する。「私はキリスト教の初期の殉教者の物語を読んで、こんなにも遅れてどのような受難もありえない時代に生まれたことを激しく嘆いた。私はローマの裁判官やドミニコ修道士の審問官の前に自分が立ち、ライオンに向かって投げ出されたり、拷問にかけられたり、火焙りにされる白昼夢に何時間も耽ったものだ。……だが、いつもはっとして現実に返ると、そこには為すべき英雄的行為も、立ち向かうべきライオンも、挑むべき裁判官も存在せず、ただなにがしかの退屈な義務があるだけであった。すでに偉業はすべて為されたあとであり、この時代には新宗教のために説教をしたり苦難を味わうチャンスはないのであって、自分は生まれてくるのが遅すぎたのだと私は苛立ちを覚えた。」[46]彼女の殉教への憧れには、形骸化した宗教への落胆と、英雄になり損ねたという少女の苛立ちが垣間見られる。一八二九年にカトリック解放令が可決したことで高まった反カトリック感情が、一八五〇年の俗にいう「カトリックの侵略」(Papal Aggression)でピークに達した。カトリックの脅威が声高に叫ばれるなか、蘇ったのはメアリ女王治世下のプロテスタント殉教者たちであった。この時期、アン・アスキューやローズ・

アリンといったメアリ治世下の女殉教者の伝記が相次いで小説化され、カトリックによるプロテスタント迫害が遠い過去の歴史ではなく、今まさに直面している危機であることを告げた。バースタイン(Miriam Elizabeth Burstein)が「宗教改革物語」("reformation tale")と呼ぶところのこうした歴史ロマンスは、やはりフォックスを典拠としているが、主な書き手は女性であり、たいていは the Religious Tract Society のようなごく限られた出版社から、安価もしくは無料で配布され、読者としては少女たちが想定されていたと思われる。(47) アニー・ベサントが「生まれてくるのが遅すぎた」と地団太を踏んだように、こうした女殉教者の伝記を読んで殉教に憧れた少女たちもいたことであろう。殉教者伝においては、少女たちも等しく英雄の扱いを受ける。殉教とは女性が伝統的なジェンダー規範を超えてなお賞賛の的となる稀有な行いであり、勇敢な女たちの姿を余すところなく伝える殉教者伝から、少女たちは他の教育書や小説からは得られない興奮を得たに違いないのである。

＊本論考は平成二二〜二四年度科学研究費助成金(基盤研究C)「キリスト教世界における子供の殉教研究」(課題番号 22520244　研究代表者　齊藤美和)の助成を受けた研究成果の一部である。

注

(1) 各版からの引用は主に以下に依る。Mark Greengrass and David Loades, *John Foxe's The Acts and Monuments Online* (以下 *TAMO* と略記) Univ. of Sheffield <http://www.johnfoxe.org/index.php>
(2) 『アウグスティヌス著作集』第一二巻「神の国」(2) 茂泉昭男・野町啓訳(教文館、一九八二年)二三四頁。
(3) 佐藤吉昭『キリスト教における殉教研究』(創文社、二〇〇四年)一一八頁。

（4）Brad S. Gregory, *Salvation at Stake: Christian Martyrdom in Early Modern Europe* (Cambridge, Mass.: Harvard UP, 1999) 50.

（5）トマス・ア・ケンピス『キリストにならいて』池谷敏雄訳（新教出版社、一九八四年）九九頁。

（6）Ernst Robert Curtius, *European Literature and the Latin Middle Ages* [1948], trans. Willard R. Trask (Princeton: Princeton UP, 1990) 425.

（7）William Haller, *Foxe's Book of Martyrs and the Elect Nation* (London: Ebenezer Baylis and Son, 1967), esp. Ch.VII.

（8）Helen C. White, *Tudor Books of Saints and Martyrs* (Madison: The University of Wisconsin Press, 1963) 140.

（9）John Donne, *Biathanatos* [1647] , ed. Ernest W. Sullivan (London: University of Delaware Press, 1984) 29.

（10）George Fox, *The Journal* (London: Penguin Books, 1998) 3.

（11）一八世紀における反カトリシズムと『列伝』については、Colin Haydon, *Anti-Catholicism in Eighteenth-Century England, c.1714–80: A Political and Social Study* (Manchester: Manchester UP, 1993) 131–161.

（12）Margaret Aston and Elizabeth Ingram, "The Iconography of the *Acts and Monuments*," *John Foxe and the English Reformation*, ed. David Loades (Aldershot: Ashgate Publishing, 1997) 67–68.

（13）William Sloane, *Children's Books in England and America in the Seventeenth Century* (New York: King's Crown Press, 1955) 50; Cornelia Meigs, Anne Thaxter Eaton, Elizabeth Nesbitt and Ruth Hill Viguers, *A Critical History of Children's Literature* (New York: Macmillan Publishing, 1969) 38–39; Jane Bingham and Grayce Scholt, *Fifteen Centuries of Children's Literature* (London: Greenwood Press, 1980) 66; Peter Hunt, *Children's Literature: An Illustrated History* (Oxford:Oxford UP, 1995) 21; Peter Hunt, ed. *International Companion: Encyclopedia of Children's Literature* (London: Routledge, 1996) Vol.1: 241.

（14）Andrew Cambers, *Godly Reading: Print, Manuscript and Puritanism in England, 1580–1720* (Cambridge: Cambridge UP, 2011) 90–92.

（15）Sloane, *Children's Books*, 89n4.

（16）Warren W. Wooden, *Children's Literature of the English Renaissance* (Lexington: The University Press of Kentucky, 1986) 8.

（17）Bingham and Scholt, *Fifteen Centuries of Children's Literature*, 66.

（18）Sloane, *Children's Books*, 9–10.

(19) Richard Baxter, *The Practical Works of Richard Baxter*, 4 vols.(London:1838), 4: 17.

(20) F. J. Harvey Darton, *Children's Books in England: five centuries of social life* (Cambridge: Cambridge UP, 1982) 324.

(21) Wooden, *Children's Literature of the English Renaissance*, 78–83.

(22) Hunt, *Children's Literature*, 21.

(23) こうしたよい子・悪い子の例を提示する教導目的の書き物は一九世紀まで途切れることなく出版されるが、これらはたとえば、*Looking Glass For Children* (1673) といったタイトルから察しがつくように、『為政者の鑑』のような鑑の文学の児童向け版といってよい。ジェインウェイと同様に、例として示された子どもたちに自らの姿を映し出し、敬虔深くあるかどうかを点検するように意図されている。

(24) Gregory, *Salvation at Stake*, 123.

(25) 七人の息子と母の物語は、その版画もしばしば再利用されたようである。Darton, *Children's Books in England*, 54.

(26) Samuel Crossman, *The Young Man's Calling* (1678. *Young Mans Monitor* [1664] の改題) には、これを出版した編集者クラウチ (Nathaniel Crouch) が他の典拠から付け加えた「立派な少年少女の伝記についての記録」と見出しのついた、古今の若き王位継承者や殉教者の苦難や栄光についての記述があり (189–410)、七人の息子と母をはじめ、聖ロマヌスや聖ユーラリアなどの残虐な拷問に耐えて信仰を貫いたがゆえに知られる幼き殉教者も含まれている。E.Cole, *The Young Scholar's Best Companion* (1690) は食前食後の祈りや行儀作法、ＡＢＣから算術までを含む包括的な教科書であることを表紙で謳っているが、「カトリック圧制下における殉教」と題した殉教者列伝を含む (111–125)。

(27) Haller, *Foxe's Book of Martyrs*, 13–14. 一六、一七世紀に出版された版については、John N. King, *Foxe's Book of Martyrs and Early Modern Print Culture* (Cambridge: Cambridge UP, 2006) 92–161 参照。

(28) David Scott Kastan, "Little Foxes," *John Foxe and his World*, eds. Christopher Highley and John N. King (Aldershot: Ashgate Publishing, 2002) 117–129.

(29) Eirwen Nicholson, "Eighteenth-Century Foxe: Evidence for the Impact of the *Acts and Monuments* in the 'Long' Eighteenth Century," *John Foxe and the English Reformation*, ed. David Loades (Aldershot: Ashgate Publishing, 1997) 169.

(30) Hunt, *Children's Literature*, 23.

(31) Kastan, "Little Foxes," 125.

(32) Humphrey Carpenter and Mari Prichard, *Oxford Companion to Children's Literature* (Oxford: Oxford UP, 1984) 190.

(33) White, *Tudor Books of Saints and Martyrs*, Ch. VI.

(34) John R. Knott, *Discourses of Martyrdom in English Literature, 1563–1694* (Cambridge: Cambridge UP, 1993) 22.

(35) フォックスはこの辞世の唄をロジャーズと同年の一五五五年に殉教したロバート・スミスが残したものとしており、議論の分かれるところである。

(36) Sloane, *Children's Books*, 8, 28–43. 作法書については、Darton, *Children's Books in England*, 45; Bingham and Scholt, *Fifteen Centuries of Children's Literature*, 55 参照。

(37) Judith Gero John, "I Have Been Dying to Tell You: Early Advice Books for Children," *The Lion and the Unicorn* 29 (2005): 57–61; Andrea Brady, *English Funerary Elegy in the Seventeenth Century: Laws in Mourning* (Basingstoke: Palgrave Macmillan, 2006) 200–201.

(38) Margaret Spufford, *Small Books and Pleasant Histories: Popular Fiction and Its Readership in Seventeenth-Century England* (London: Methuen & Co., 1981) 201–203.

(39) Tessa Watt, *Cheap Print and Popular Piety, 1550–1640* (Cambridge: Cambridge UP, 1991) 99–101.

(40) *A Critical History of Children's Literature*, 38.

(41) *Oxford Companion to Children's Literature*, 190. 児童文学にみられる残虐性については、Maria Tatar, "'Violent Delights' in Children's Literature," *Why We Watch: The Attractions of Violent Entertainment*, ed. Jeffrey H. Goldstein (Oxford: Oxford UP, 1998) 69–87.

(42) Hunt, *Children's Literature*, 21.

(43) Thomas Fuller, *Good Thoughts in Bad Times* (Boston, 1863) 75.

(44) C. John Sommerville, *The Discovery of Childhood in Puritan England* (Athens: The University of Georgia Press, 1992) 63; Sloane, *Children's Books*, 52.

(45) Charlotte Elizabeth, *Personal Recollections* [1841] (Charleston: Biblio Bazaar, 2008) 20–21.

(46) Annie Besant, *An Autobiography* [1893] (Gloucester: Dodo Press, 2007) 22.

(47) Miriam Elizabeth Burstein, "Reviving the Reformation: Victorian women writers and the Protestant historical novel," *Women's Writing* 12 (2005): 74–75. ローズ・アリンの小説については、Burstein, "Reinventing the Marian Persecutions in Victorian England," *Partial Answers* 8 (2010): 341–364 参照。

「夜の暗黒」に「光」を当てる
――『夜の暗黒』におけるジョージ・チャプマンの知――

岡村　眞紀子

I

ジョン・ダン (John Donne) は、『第一周年追悼詩　世界の解剖』(*The first Anniversary An Anatomy of the World*) で、'new Philosophy calls all in doubt'[1]（新哲学がすべてを懐疑に曝す）(205) と言った。ダンがこの言葉を発した一六一〇年、ガリレオ・ガリレイ (Galileo Galilei) が『星界からの報告』[2] (*Sedereus Nuncius*) を出版し、当時のヨーロッパの知を揺るがした。この書は、一六〇九年に、初めて自作の望遠鏡でおこなった月、銀河、木星の衛星、太陽黒点の観測結果を著したものであるが、観察に基づいた著なるゆえ、その内容を否定するのは簡単ではなかった。

この著がヨーロッパの知を揺るがした意味は様々な点にあるが、何よりもまず、世界（宇宙）の構造を、観察、計算から考察しなおしたことにある。このことはあらゆる方面、すなわち神学、哲学、自然学、医学において、それまでの世界観にたいし根本的に疑問を呈することになったのである。

ダンやガリレオと同じ頃、「イギリスのガリレオ」と呼ばれる数学者、天文学者、航海術研究者がいた。

トマス・ハリオット (Thomas Harriot, 1560–1621) である。ハリオットも、ガリレオに三ヶ月ほど先んじて、同じく自作の望遠鏡で月や太陽黒点を観察したが、その記録は出版せず、手稿だけを残した。[3] 彼のパトロン第九代ノーサンバランド伯ヘンリ・パーシ (Henry Percy, the Nineth Earl of Northumberland) のサークルにはハリオットの他に、ウォルタ・ローリ卿 (Sir Walter Ralegh)、マシュ・ロイドン (Mathew Roydon)、ジョージ・ケアリ（後のハンズドン卿）(Sir George Carey, later Lord Hunsdon)、クリストファ・マーロウ (Christopher Marlowe)、ロレンス・キーミス (Lawrence Keymis) そしてジョージ・チャプマン (George Chapman, 1559?–1634) 等々がいた。

このサークルの中心人物、パーシは息子への遺書とでもいうべきものを残している。パーシは、その中で、人を幸福にするのは知 (knowledge) であると、学問の必要性を説く。

一般的に言って幸せになる道はふたつあるのみ。他にも色々あろうが、心的愉悦と肉体的功利、すなわち栄誉と富だ。どちらによっても人は満たされようが、殊に知から得られる満足は不朽、正しい意味での知ならばだが。今一つのほうも悦楽は与えてくれるが、すぐに変節し消えゆく。[4]

「知」の中でも重要なものとして、彼があげるものは、まずラテン語である。他の言語も学ぶに越したことはないが、ラテン語を習得してからで良い、何を学ぶにも書を読むにはラテン語が必要だからであると言う。次いで学ぶべきものとして彼が列挙しているのは、代数学、幾何学、論理学、諸語学（文法）、形而上学、運動論、光学、天文学、生成消滅論、宇宙論、霊魂論、倫理学、政治学、経済学、航海術、兵法である。[5] 当時の文化的背景を考えれば、当然のものではあるが、形而上学、運動論、光学、天文学、生成消滅論、宇宙論、霊魂論が含まれているところに、パーシの関心のありようが読みとれ、それが彼のサークルの関心事と重なると考えられる。

『夜の暗黒』(6)(*The Shadow of Night*)(1594)はチャプマンの処女出版詩で、それぞれが五百行前後の「夜への讃歌」('Hymnus in Noctem')と「キュンティアへの讃歌」('Hymnus in Cynthiam')の二つの部分からなり、最初にロイドンへの献辞「いと尊く敬愛なる我が友マシュ・ロイドン殿に」('To my Dear and Most worthy Friend Master Mathew Roydon.')が付されている。この献辞は次のように始まる。

It is an exceeding rapture of delight in the deepe search of knowledge, (none knoweth better then thy selfe sweet Mathew) that maketh men manfully indure th'extremes incident to that *Herculean* labour;(7)

かのヘラクレスの苦行について回る過激なことどもに、果断に耐えることができるのは、知を深く追い求めることの、この上ない歓喜の極みがあればこそ、(マシュ殿は誰にも優ってご存じのこと)。

人の歓びの最たるものは「知の追求」にあると、この詩の主題が示され、共にその歓びに携わっている人たちを'my good Mat. . . most ingenious Darbie, deepe searching *Northumberland*, and skill-imbracing *heire of Hunsdon*'(わが有徳のマット……天賦の才溢れるダービ、希求の精神深きノーサンバランド、そして腕に覚え秘めたるハンズドン)と列挙している。ここに挙げられている面々は、この献辞を捧げられている人物で、チャプマンをこのサークルに紹介したと考えられているマシュ・ロイドンの他、第五代ダービ伯フェルディナンド・スタンリ、チャプマンのパトロンで、サークルの中心人物第九代ノーサンバランド伯ヘンリ・パーシ、第二代ハンズドン卿ジョージ・ケアリ、と、すべてチャプマンやハリオットが活動していたグループのメンバーである。彼らを形容する言葉が、「有徳の」、「天賦の才溢れる」、「希求の精神深き」、「腕に覚え秘めたる」で、彼らは「心から学問（学ぶこと）(learning) を楽しむことであり、稔り多く、凍てついていた科学 (science) を生き生きと活気づいたものにして、彼らのもつ真の高潔さ (Nobilitie) の驚くべき輝き (luster) に至った。その高く尊ぶべき徳 (vertues)[8] が、これから先、私に、闇 (darknesse) からあの火 (that fire) を打ち出す力を与えてくれるであろう、明るく輝く陽 (the brightest Day) もその美 (beautie) を羨むような火を」と表現される。

ここで、‘learning’、‘Nobilitie’、‘vertue’、‘beautie’ が、‘darkness’、‘Day’、さらには ‘luster’、‘fire’、‘brightest’ とともにキーワードとして並び、『夜の暗黒』の内容を提示している。[9] しかも、彼がロイドンに讃辞を贈る最たる点は、最後のサインに付加している ‘the true admirour of thy vertues’（貴殿の徳に衷心より敬服する者）の言葉に示され、何よりも ‘vertue’ に重きをおいていることが解る。

またこの叙述から、「闇」には、一般的にそうであるように、知のなさ、無知という否定的な意味が付与されていると考えられる。とすれば、「闇」をその属性の一つとする「夜」はどのような意味を与えられているのであろうか。『夜の暗黒』の最初の詩「夜への讃歌」で「夜」は次のように呼びかけられる。

　　Great Goddesse to whose throne in Cynthian fires,
This earthlie Alter endlesse fumes exspires,
Therefore, in fumes of sighes and fires of griefe,
To fearefull chances thou sendst bold reliefe,
. . . .
In whom must vertue and her issue liue,
Or dye for euer; now let humor giue
Seas to mine eyes, that I may quicklie weepe

The shipwracke of the world:（1–4, 7–10）

大いなる女神よ、シンシアの火燃ゆるその玉座に、
この世の祭壇は、絶えることなく、煙を吹き出す。
ゆえに、溜息の煙と悲しみの火の中、
恐ろしい運命に対して、汝は不敵にも救済の手を述べる。
……
汝の中に、徳とその供人は住まうはず、
さもなければ永久に死に絶えることになる。さあ、水分が
私の目に海をもたらしてくれますよう。すぐにも泣けるように、
この世の難破を嘆いて。

また、「夜」は 'Rich-tapird sanctuarie of the blest, / Pallace of Ruth, made all of teares, and rest'（蝋燭いっぱいの祝福されしものたちの聖殿、涙と眠り（死）で創られし悲しみの宮殿）(268–69) とも表現される。讃歌の対象でありながら、嘆きの場として現われるのであるが、その嘆きは、この世の難破、崩壊に向けられたものである。とはいえ、右の引用にあるように、「夜」は救済をも提示する。

また、「夜」は 'A stepdame Night of minde'（精神の継母「夜」）とも表現される。

A stepdame Night of minde about vs clings,
Who broodes beneath her hell obscuring wings,
Worlds of confusion, where the soule defamde,

The bodie had bene better neuer framde,
. . . .
. . . in the blind borne shadow of this hell,
This horrid stepdame, blindnesse of the minde,
Nought worth the sight, no sight, but worse then blind,（63–72）

　精神の継母「夜」は我らの周りにまとわりつく、
その地獄をも見えなくする翼の下で、
混乱の世界を育む、そこでは魂は貶められ、
身体も劣らず不出来なものだった。
　　　……
……盲いて生まれたこの地獄の「暗黒」で、
この恐ろしい継母は、精神の盲目、
見るべきものもなく、見ることもならず、盲目よりさらに悪しきもの。

人の精神（minde）を育てるもの、とはいえ、継母なるゆえ正しくは育て得ず、「精神の盲目」を育て、その結果、混乱の世界を招いている「夜」、この夜の暗黒は地獄の闇で、何も見えず、見るべきものもない。しかし、この詩は「夜への讃歌」である。ゆえに'To thy blacke shades and desolation, / I consecrate my life;'（汝の黒き影と荒涼とに我が生を捧げよう）（270–71）、また'All you possest with indepressed spirits, / Indu'd with nimble, and aspiring wits, / Come consecrate with me, to sacred Night / Your whole endeuours,'（悩める魂からのがれられない者たち、機敏にして向上を求める知の持ち主、みな、来たれ、我と共に聖なる夜に君たちの全身全霊をこめよ）（370–73）との言葉が紡がれる。上の「継母」の引用につづいて、原

初の状態から世界が創造されて行く過程が描かれ、'First set and rulde, in most harmonious state, / Disjunction showes, in all things now amisse, / By that first order, what confusion is:'（創造直後にはいとも調和の取れた状態に創られ治められながら、分解し、今では、すべてが不都合で、最初の秩序から見れば、なんという混乱）（78–80）と世界の堕落への嘆きが綴られる。

ところで、この讃歌を通じて、'Night' とともに並ぶようにして頻出するいくつかの語があり、ロイドンへの献辞に顕著であった語もそこに含まれる。そういった語のうち、注目すべきは 'chaos'（混沌《カオス》）である。

As much confounded there, and indigest,
As in the chaos of the hills comprest:
So all things now (extract out of the prime)
Are turnd to chaos, and confound time.（59–62、下線は筆者による）

そこでは非常に混乱し、混沌として、
凝縮したカオスの山々であったように、
今では、あらゆるものが（原初から分離されて）
カオスとなり、時も混乱した。

この二つの 'chaos' は異なるカオス、すなわち世界の原初の状態と、世界の現状とを表し、'there'、'now'、'then' と副詞を挟んで、世界の原初の状態と、現状とを照応させながら、論理が展開する。「凝縮したカオスの山々であった」とは創造前のカオス、そのカオスが、時が進んで別のカオスとなった。原初の世界には時間はなかったが、その後の世界には時間が生じ、しかも、その時間が混乱している。同じ語

'confound'で、世界の原初の未分化の、その意味で却って純粋な状態と、秩序をなくした混乱のこの世の状態がともに表現されていることにも注意を払って読まねばならない。

All things in grosse, were finer than refinde,
Substance was sound within, and had no being,
Now forme gives being; all our essence seeming,
Chaos had soule without a bodie then,
Now bodies liue without the soules of men,
Lumps being digested; monsters, in our pride.（44–49、下線は筆者による）

すべてのものは粗雑だが、純化されたものより純、
実体は内にて堅実、実存はない、
今では、形相が存在を付与する。我らが本質は外見のものであっても、
その時、カオスには身体なくして魂があった、
今では、人の魂なくして身体が生きる、
腫れ物は退いたが、われらが自尊のなかで怪物となったのだ。

原初の状態は次のようにも表現される。

. . . when vnlightsome, vast, and indigest
The formelesse matter of this world did lye,
Fildst euery place with thy Divinitie,（30–32）

……光に照らされることもなく、茫漠として、未分化で
形相もなき質料のこの世があったとき、
汝はあらゆる処をその神性で満たす。

語りかけられている「汝」は「夜」、まだ「光」が創造される以前、世界の創造以前の原初のカオスや闇である「夜」である。『夜の暗黒』が夜とシンシアへの讃歌という二篇からなっていることからも考えられるように、夜と月の女神シンシアは重なり、ゆえに夜は神性を有している。原初のカオスには光はなく闇、すなわち夜で、そこには形相はなく、すべて同じ質料があるのみ、ゆえに身体はなく、魂があるのみ。一方、今の世では形相をもって身体ができ、光も創造されたが、実は何も見えない無知な盲目で、そういう意味での夜の世界である。原初には、光もなく、ゆえに競う者もなく、「夜」が、ただ独り世界を治めていたが、光が創造されて「昼」と交替で治めることになってしまい、夜の絶対的、永遠の支配は終わりを遂げた(33–36)。それが、詩人の嘆く「この世の難破」(10)である。それはカオスの秩序を無秩序のカオスにしたということであるが(37–38)、そこに世界の崩壊の所以がある。崩壊の過程を語る九十行目辺りからの五十行ほどでは、'base ambition'、'self-desire'、'thankless avarice'、'affections' などが言及され、さらに昼間の人の生に崩壊の要素が存在するが、それを救うのは 'vertue' であると、詩全篇にわたってこの語を鏤めるように使って語る。無知の「闇」を照らすものは「光」であると思われるが、「昼」の「光」は 'painted light' (249) であって、今の世では 'Mens faces glitter, and their hearts are blacke, / But thou (great Mistresse of heauens gloomie racke) / Art blacke in face, and glitterst in thy heart.' (225–27)（人は顔が輝いているが心は黒い、（荒廃を憂う天の女王たる）汝は顔が黒いが心は輝いている）と、真の光の何たるかが示される。「昼」には 'haughtie' なる形容辞が冠され (217)、'Now make him leaue the world to Night and dreames.' (261)（さあ、昼間には夜と夢の世界へと退いていただこう）と、追放されるのである。

If these seeme likewise vaine, or nothing are
Vaine things, or nothing come to vertues share:
For nothing more then dreames, with vs shee findes:
Then since all pleasures vanish like the windes,
And that most serious actios not respecting
The second light, are worth but the neglecting,
Since day, or light, in anie qualitie,
For earthly vses do but serue the eye.
And since the eyes most quicke and dangerous vse,
Enflames the heart, and learnes the soule abuse,
Since mournings are preferd to banquettings,
and they reach heauen, bred vnder sorrowes wings.
Since Night brings terror to our frailties still,
And shamelesse Day, doth marble vs in ill. (356–69)

もし、これらの夢がひとしく虚しいものなら、虚しいものが
無であるなら、あるいは徳に与るものが何もないなら、
というのも、夢以外のものを、夜は我らの許に見出すことはないのだから、
ならば、すべて快楽は風のごとく消えるものだから、
いとも真面目な行為も、二番目の光を敬わずしては、
無視する以外に価値なきものだから、
昼間、つまり光は、いかなる質のものであれ、
この世的な事のために眼を楽しませるだけだから。

そして眼の、最も性急で危険な役目といえば、
心に火をつけ、魂の誤用を知るだけだから、
そして饗宴で浮かれるより、悼み悲しむことをとり、
哀悼の思いは、悲しみの翼のもと育まれ天に到るのだから、
夜が我らの常なる弱さに恐怖を与え、
恥じ知らずの昼間が、我らを悪に不感症にさせるのだから。

こうして 'Hence Phebus'（ポイボスよ、立ち去れ）(380) と太陽を追いやり、'welcome Night'（ようこそ、夜よ）(379) と夜を迎え、シンシアの登場を予言して、第一の詩「夜への讃歌」は終わる。

This traine, with meteors, comets, lightenings,
The dreadfull presence of our Empresse sings:
Which grant for euer (ô eternall Night)
Till vertue flourish in the light of light.（400–403）

このお供は、流星、彗星、降る星とともに
女帝様の恐ろしい御成を歌う。
それを永遠にお認めあれ（永遠なる「夜」よ）
徳が光の中の光の内に輝くまで。

ここで、最後の「夜」への呼びかけは、'ô eternall Night'（永遠なる「夜」よ）と永遠のものとしてである。原初の闇の夜は、偽りの光の昼によって、混乱の無知の闇の夜と移ろってしまったかに見えるが、真の夜

は変わらないはず、その光は、「第二の光」(the second light) であり、「光の中の光」(the light of light) で、そこには「徳」が輝く。この詩の始まりで「汝の中に、徳とその供人は住まうはず」(7) と詠われたように、夜に住まうのは「徳」、「徳」あって初めて、真の光が輝き、知が訪れる、それが「夜」なのである。

ところで、『夜の暗黒』の第二の詩は月の女神シンシアへの讃歌「キュンティアへの讃歌」である。[10] この詩において、シンシアは様々に形容される。'Natures bright eye-sight, and the Nights faire soule, /That with thy triple forehead dost controle /Earth, seas, and hell'(自然の明眸なる視覚にして、夜の麗しの魂、/三つの頭をもって/地上、海、そして冥府を統べる)(1)、'The greatest, and swiftest Planet in the skie'(天空にて最大にして最速の惑星)(4)、'the power of fate'(運命の権勢)(5)、'gracious Cynthia . . . , Our sacred chiefe and soueraigne generall'(仁愛深きシンシア……、我らが聖なる長、万物の君)(58, 60)、'the great enchantresse that commands / Spirits of euery region, seas, and lands'(海でも陸でもあらゆる場所の霊を支配する、偉大なる女性魔術師)(138–39)、'this Planet of our lives'(我らが生たるこの惑星)(170)、'The chiefest Planet, that doth heauen enchace'(天が鏤める主たる惑星)(201)、'Deare Goddesse, prompt, benigne, and bounteous'(敏速で、寛容、恵み深い女神)(202)、'nights, faire dayes'(夜の麗しき昼間)(400)、'great Elixer of all treasures'(あらゆる宝玉の大いなる精髄《エリクサ》)(404) と。

シンシアは「夜の魂」であり、「魂」についての議論がなされるのは、先の「夜への讃歌」同様である。が、この詩でシンシアが「惑星」と称されるのは注目に値する。「惑星」(planet) は、ラテン語の planeta (または planes)(彷徨う星)、さらにギリシア語の πλανήτης (彷徨う星々) に由来し、太陽、月、五つの惑星(水、金、火、木、土) が見かけ上動くということが、古代以来のその呼び名の所以である。太陽の宇宙中心説や、月の地球の周りの公転が唱えられ始め、木星の衛星が観測されても、すぐには「衛星」(satellite、ラテン語では satelles) という言葉は使われていない。[12] シンシアは、天でもっとも偉大で速い惑星と呼ばれるが、確かに見かけの動きは最も速い。

> Peacefull, and warlike, and the powre of fate
> In perfect circle of whose sacred state,
> The circles of our hopes are compassed: (5–7)

> 平穏にも不穏にも、力ある運命
> 彼女の聖なる地位が完全な円にあってこそ、
> 我らの希望の円も描かれるのだ。

月は円、その軌道も円で、'Round heaun it self and all his seuen-fold heights'（世界は丸く［惑星天に関しては、］七重の同心円の軌道からなり）(140)、調和が取れていれば、そのもとでは人の世も安泰と、古代以来の完全な円軌道を完全な球体の天体が廻る完全な宇宙構造として、世界が描写される。

> . . . since it was composd
> Of vniuersall matter: it enclosd
> No powre to procreate another heauen: (23–25)

> ……普遍の質料で
> 創られたゆえ、さらに新たな天球を
> 生み出す力を、天は内在させなかった。

天球は完全で生成消滅しない世界とされるが、月下界は別である。

Thy bodie not composed in thy birth,
Of such condensed matter as the earth,（100–101）

そなたの身体は誕生のとき、
地球のように濃密な質料で創られはしなかった、

月から下は四元素から組成される月下界、月から上はもっと希薄な第五元素《クィンテセンス》からなる天上界である。このように読む限り、この詩の世界観はプラトン（Πλάτων）に、そしてそれに修正を加えたアリストテレス（Ἀριστοτέλης）に依拠しているように思われる。しかし、その天上界でも変化が起こる。「キュンティアへの讃歌」で眼に付く言葉のひとつに 'change' がある。月は満ち欠けをする。[13] 昔から誰もが知っているその「変化」を、地球は 'Thy old swift changes'（そなたの昔ながらの迅速な変化）と讃嘆する（16–17）。それは 'a yong fixt prime'（変わることなき若さの美の極み）（17）とも思われる美である。この満ち欠けする月の美しさは 'Time'（時）を超克するもので、「時」の翼を焼き、「時」はシンシアの目の前で地に落ちて死ぬべしと願われる（18–22）。真の美は、時の経過で移ろうものではない。'fixt' と思われる若さの絶頂の美しさとは違う。その「変化」を讃嘆される月であるが、その僅か十行ほど後で、'no change shall take thee hence'（いかなる変化があったとて、そなたがここから消え去ることはありえぬ）（29）と、翻される。それでも月の欠けゆくを止めることはできない。

We know can nothing further thy recall,

When Nights darke robes (whose objects blind vs all)
Shall celebrate thy changes funerall.（37–39）

もはや何もそなたを呼び戻せないことを我らは知っている
そのとき夜の黒い衣装が（我らの視界を妨げ盲いさせ）
そなたの変化の弔いの式を執り行うこととなろう。

「夜への讃歌」での「夜」や「カオス」の意義の二重性と同じく、チャプマンは「変化」にも二律背反の意味を持たせている。ここは月の満ち欠けの結果、新月に至ったと考えられる。夜の闇に月がなければ、何も見えず、見えないことは「盲目」であり、無知であることに他ならない。

So (gracious Cynthia) in that sable day,
When interposed earth takes thee away,
(Our sacred chiefe and soueraigne generall,)
As chrimsine a retrait, and steepe a fall
We feare to suffer from this peace, and height,
Whose thancklesse sweet now cloies vs with receipt.（58–63）

（慈愛に満ちた麗しのシンシア）あの闇の日に、
間に割って入った地球が、そなたを連れ去る日のように、
（我らが聖なる長、万物の君よ）、
かくも赤き撤退、真っ逆さまの墜落を

この平安、この高みから忍ぶことになると我らは怖れる、
感佩の念もたれぬ麗しのお方が、今は我らを受け容れるのを斥けるから。

この一節を比喩的に読むことも可能である。つまり、'that sable day' が 'night' ではなく 'day' であるところに注意を払って、'day' を「時代、当代」と読むと、[14] この世の人が無知蒙昧となったとき、すなわち「この世」がシンシアとの交信を妨げるとき、となり、続く詩行が現実の世での戦いや浮き沈みを表すと読める。この世での名声や富を求める輩 (earth's sweet) は、シンシアを求める我らには用はない。

しかし、'day' を「特定の日」と読むと「月が隠れて暗い日」つまり月蝕の日、となる。血を暗示する 'chrimsine' を使った「赤き撤退」の表現に、地球の影に入って赤銅色になる月蝕を不気味に感じた人々の動揺が表わされている。そう読むと、続く詩行の意味が明確になり、この詩の眼目であるさらに先の六行へと続いていく。六十四行目から始まるくだりでは、天変地異が起こったときの、人々の対照的な反応が詠われている。ローマ人たちは、運命の女神の呪詛に美しい曲をつけ、ラッパを吹き、松明を掲げ、森中これ燃える瞳のようにし、'thy mournefull partings with the skye' (そなたが悲しみつつ天と別れを告げるのを) (69)、つまりだんだん欠けていくのを讃嘆した。一方、マケドニアの人たちは、ただただ為す術もなく怖れ、気概もなく、音も炎も眼も天に向けることはなかった。なにか恐ろしい災いが起こるに違いないとただ震え、泣き、葬送の車を進めたのであった。

この話は、プルタルコス (Πλούταρχος) の『英雄対比列伝』(*Βίοι Παράλληλοι*) の「ティモレオン」('Τιμολέων') と「アイミリオス・パウロス」('Αἰμίλιος Παῦλος') に拠る。[15] このエピソードに続き、プルタルコスは次のように述べている。「アイミリオスは不定期に起こる月蝕について経験していてよく知っていた。ある期間をおいて、月が運行途中に地球の影に入って見えなくなり、影の部分を過ぎると、再び太陽の光を反射するようになるのだ。[16]」チャプマンは、少なくともこの知識を踏まえて『夜の暗黒』を書いた

と考えられる。
もう一箇所の 'change' は、明らかに蝕への言及である。

And make vs tremble, lest thy soueraigne parts
(The whole preseruers of our happinesse)
Should yeeld to change, Eclips, or heauinesse.
And as thy changes happen by the site,
Neare, or farre distance, of thy fathers light,
Who (set in absolute remotion) reaues
Thy face of light, and thee all darkned leaues:
So for thy absence, to the shade of death
Our soules fly mourning, wingd with our breath. (107–15)

我らは震える、そなたの至高なる部分
(我らの幸のただひとつの保管庫) が
変化に、蝕に、悲哀に屈するのではないかと、
悲しみでそなたの変化が起こったとき、
近くであれ遠くであれ、そなたの父太陽の光で、
(絶対的な遠さにあって) そなたの顔から
光を奪い、そなたを真っ暗にして取り残す太陽。
そなたの不在ゆえ、死の影に向かって
我らの魂は悼み嘆きながら飛び行く、我らが溜息を翼に。

それに対し詩人は、'Then set thy Christall, and Imperiall throne, / . . . / Gainst Europs Sunne directly opposite, / And giue him darknesse, that doth threat thy light.'（ならば、そなたの透明の荘厳な玉座を／……／エウロパの太陽と正反対におき、／太陽がそなたの光を怖れるように、闇を与えてやれ）(116–19) と、日蝕で対抗することを勧めるが、この記述はかなり正確な日蝕の記述になっている。「夜への讃歌」からの続きで、太陽の光と月の光の真性についての議論であり、真の光は 'thy light'（そなたの光＝月の光）、昼間の光は実は「闇」で、無知ということになる。

III

ここで、先のローマ人とマケドニア人の逸話のすぐ後にくる次の一行の重要性が明らかになる。

Nor shall our wisedomes be more arrogant (76)

我らの叡智をこれより傲慢にすることなきよう

人は、目の前の事態に対し、正しい知恵を持って、正しく判断し、正しく対処しなければならない。昼間の 'wisedomes'（智恵）は傲慢なだけで、真の知ではないのである。

チャプマンは『ホメロス作イリアッド』(*Homer's Iliads*) の「序」で次のように書いている。

Only some one or two places I have shown to my worthy and most learned friend, M. Harriots, for his censure how much mine own weighed; whose judgment and knowledge in all kinds I know to be incomparable and botomless, yea, to be admired as much, as his most blameless life, and the right sacred expense of his time, is to be honoured and reverenced.(17)

私の書いたものがどれほどの価値のあるものか見ていただくために、一、二箇所だけ、この上もなく立派で学ある友人ハリオット氏にお見せしたことがあります。この方の判断や知識は、比肩するものなく、その深さ計り知れず、この方の生に一点の汚れなく、時間の過ごし方たるや正しく浄きことと同じく、誉あり尊敬さるべきものだからです。

チャプマンは、ホメロスの『アキレスの盾』(*Achilles Shield*)でもハリオットに献詩を寄せている。「敬い、魂深く愛する、わが友、あらゆる本質的真の知の師、ハリオット氏に」(‘To My Admired and Sovle-Loved Friend, Mayster of all essentiall and true knowledge, M. Harriots’)(18)のタイトルにあるように、チャプマンにとって、ハリオットの称讃すべき特質は、何より「本質的真の知」なのである。百六十行ほどのこの詩の前半には、‘light’、‘ignorance (ignorant)’、‘knowledge’、‘blindnes’ といった語が、‘vertue (vertuous)’や‘soul’ とともに所狭しとも言えるほどに使われているが、それらは後半の ‘poesie’、‘skill’ と対比を為している観がある。(19)

‘To you whose depth of soule measures the height, / And all dimensions of all workes of weight’(仕事の高さや重さは、その魂の高さゆえ、そんな貴殿に)(1–2)と始まるこの献詩に、チャプマンはさらなる言葉を紡ぐ。

Reason being ground, structure and ornament,
To all inuentions, grave and permanent,
And your cleare eyes the Spheres where Reason moues;
(‘To My Admired and Sovle-Loved Friend, Mayster of all essentiall and true knowledge, M. Harriots., 3–5)

理性が基盤、構造、そして装飾、
厳粛で久遠なる創造にとって
貴殿の透徹した眼と望遠鏡は、理性が動く軌道。

『夜の暗黒』には現われなかった‘Reason’(理性)が、ここでは重要な位置を占めている。「理性」が基盤を創り、構造をなし、装飾もおこなうことにより、‘invention’(創造)が厳粛にして重要で永遠のものとなる。チャプマンは、「視覚」、「眼識」、「眼鏡(すなわち望遠鏡)」の三義を‘eye’の一語にこめて、[20] 天体が軌道を廻るように、「理性」が「貴殿の透徹した眼と望遠鏡」(‘your cleare eyes’)を軌道として動くという表現に、ハリオットの称讃すべき特質を巧みに託している。望遠鏡を使って自分の眼で観察し、透徹した眼識で考える際に、理性を働かせ、宇宙の‘Spheres’(天球、天体)を確かめようとしているのがハリオットであると、チャプマンは考えている。ゆえに‘O had your perfect eye Organs to pierce / Into that Chaos’(あぁ、貴殿の完全な眼がこのカオスを貫く機能を備えますように)(41–42)と、ハリオットの眼識に望みを託すと同時に、彼の創る望遠鏡の機能にも期待と讃辞を贈っている。「学び」への欲求における自分のハリオットへの愛を知ってほしい(47–48)と訴えた後で、さらなる讃辞をチャプマンは贈る。‘No band of loue so stronge as knowledge is; / Which who is he that may not learne of you, . . .’(知ほど強い愛の契りはない。/それを貴殿から学ぶことのない者などいはしない)(50–51)と。彼をそこに到らしめたものは‘learning’であると、‘Reason’と並んで特に現われる語は‘learn’とその派生語である。

When thy true wisedome by thy learning wonne
Shall honour learning while there shines a Sunne;
. . . .
. . . . and your emperie
of spirit and soule, be servitude they think
. . . .
. . . . and much more
To the great Sunne, and all thinges they adore,
In staring ignorance: yet your selfe shall shine
Above all this in knowledge most diuine,
And all shall homage to your true-worth owe,
You comprehending all, that all, not you.

('To My Admired and Sovle-Loved Friend, Mayster of all essentiall and true knowledge,
M. Harriots., 75–76, 80–81, 83–88)

学によって得た貴殿の真の智慧が
この世の太陽が輝く間も、学を栄えあるものとすれば、
……
……霊と魂の
貴殿の帝国が、屈すると人々が考えるなら、
……
……そしてさらに
偉大なる太陽に、人々が憧れるものすべてに屈するなら

それは無知を凝視していることだが、それでも貴殿自身が輝くであろう、
いとも神聖な知において、何者にも増して。
そして誰もみな、褒め称えるのは貴殿の真価、
貴殿のすべてにわたる理解、そうすべてを、貴殿をでなく。

それゆえ、'On whose [Nature's] head for her crowne thy soule shall sitte'（自然の頭には、王冠として、貴殿の魂が座すことになろう）(96) と、ハリオットを、自然についての真の知を学によって得る人として、チャプマンは称えている。

先に述べたように、「キュンティアへの讃歌」でチャプマンは「我らの叡智をこれより傲慢にすることなきよう」と諫めた。その一行はさらに次のように続く。

(O sacred Cynthia) but beleeve thy want
Hath cause to make vs now as much affraid;
Nor shall Democrates who first is said,
To read in natures browes, thy chunges cause,
Perswade our sorrowes to a vaine applause.（77–80）

（あぁ、聖なるシンシア）そなたなきことは
我らがかくも怖れる理由となる。
自然の面立ちに、そなたの変化の理由《ゆえ》を
読んだ最初の人といわれるデモクリトスが
我らが悲しみを虚しき称讃とさせることなどなきよう。

デモクリトス（Δημόκριτος）は、宇宙が、それ以上分割不可能な原子《アトム》と、その存在と運動の場所としての空虚とから成り立つと、初めて唱えたレウキッポス（Λεύκιππος）の弟子で、[21] その説を発展させ、魂と火とを同一に考えて議論を進めた。デモクリトスの思想を受けついだのがエピクロス（Ἐπίκουρος）、さらにはルクレティウス（Lucretius）で、彼らの著書を研究していたジョルダーノ・ブルーノ（Giordano Bruno）に強い関心をヘンリ・パーシのサークルは持っていた。その一員として、チャプマンも例外ではなかった。原子論は、神による世界の創造を否定すると考えられたために、ブルーノは無神論の廉で処刑され、チャプマンたちにもその嫌疑がかけられた。デモクリトスの著書は、プラトンによって多くが焼かれたと言う。宇宙（世界）が無限個の原子から成り立つと考えるデモクリトスの哲学は、完全唯一世界を考えるプラトンの思想には妨げになったゆえと考えられる。[22] 一方、チャプマンの『夜の暗黒』はプラトンに、さらに、むしろその解釈者、イタリアの哲学者マルシリオ・フィチーノ（Marsilio Ficino）の『プラトンの愛についての饗宴註解』（*In Convivium Platonis de Amore Commentarium*）の影響が色濃く見られる。その思想は、光には、神の光と、人間の魂が受け取り得た本性の光、の二種類があって、そもそもの初めの神の光を受け取れず、本性の光の方に寄りかかって堕落するが、魂の浄化により神の光をも得ることができるというものである。

Porro anima statim ex Deo nata naturali quodam instinctu in Deum parentem suum convertitur, . . . , conversa in eum eius radiis illustratur. Sed primus hic fulgor in animae substantia per se prius informi receptus, fit obscurior, atque ad illius tractus capacitatem proprius ipsi et naturalis evadit, ... Sed enim per primam hanc scintillam deo facta propinquior aliud iterum clarius accipit lumen, quo etiam superna cognoscat. Lumen igitur habet geminum: naturale alterum, sive ingenitum; divinum alterum et infusum, quibus una coniunctis ceu duabus alis per sublimen pervolare valeat regionem.[23]

魂は神から生まれると、生まれながらに持っている本性的衝動によって自分の父である神に向かい、……神の許へと向かうと、魂は神光に照らされる。しかし、この最初の光が、それ以前には形質を伴わなかった魂の実体それ自身に受け取られると、さらに暗くなり、ついでその魂の能力に惹き寄せられて、それにふさわしい、その本性に合った光となる。……もっとも、この第一の光に惹かれてもっと神に近づき、もっと清らかな別の光を再び得、それによって神的なものをも識ることになろう。このようなわけで魂は二種の光を持つ。一方は本性的な光、すなわち生来の光であり、一方は神によって注がれた光である。これら二つの光を一つに合わせて、それらによって丁度二つの翼でのように、魂は神的領域へと飛ぶことになろう。

一世紀後、ブルーノは『英雄的狂気』(*De gli Eroici Furori*) において、このフィチーノの思想をさらに発展させた。

l'anima che è nell'orizonte della natura corporea ed incorporea, ha con che s'inalze alle cose superiori ed inchine a cose inferiori. . . . Come quando il senso monta all'imaginazione, l'imaginazione alla raggione, la raggione a l'intelletto, l'intelletto a la mente, allora l'anima tutta si converte in Dio ed abita il mondo intelligibile. Onde per il contrario descende per conversion al mondo sensibile per via de l'intelletto, raggione, imaginazione, senso, vegetazione.[(24)]

魂は、物質的本性、非物質的本性の地平にあって、より高い存在へと昇り、またより低い存在へと降りる性向をもっている……。感覚が想像力へ、想像力が理性へ、理性が知性へ、知性が精神へと上昇し、そこでは魂は全霊で神に向かい、可知世界に住まう。そこから逆の変容を経て、感覚世界へと下る。理性、想像力、感覚へ、植物的機能へと辿って。

ブルーノにおいて、本性の地平に至った魂を高みへと熱望させるものは 'gli alti pensieri'[(25)]（高き思念）であり、チャプマンの「徳」に通じる。

『夜の暗黒』の、原初の「夜」と、その光たる「シンシア」は神の光、人が受けて迷いこむ昼の光たる太陽は本性の光、その光の暗黒がときに「継母の夜」として表現される。偽りの「夜」に迷うことなく、「昼」の光に眩むことなく、真の光に行き着くには、精神の「徳」が必要なのである。「キュンティアへの讃歌」でも 'If wisidome be the mindes true bewtie then, / And that such bewtie shines in virtuous men, / . . . / This bewtie hath a fire vpon her brow, / That dimmes the Sunne of base desires in you'（もし智慧が精神の真の美であるなら、／その美が有徳の者において輝くなら／……／この美は彼女シンシアの額に燃える火を示し、／あなた方の内なる賤しい欲望の太陽を幽かにする）（472–478）の言葉がそのことをよく表わしている。(26)

チャプマンがフィチーノやブルーノに啓発され、またF・L・ショル（F. L. Shoell）の指摘するように、(27)ナタリス・コメス（Natalis Comes or Natale Conti）の『ギリシア・ローマ神話総覧』（*Mythologiae*）に依拠してこの詩を書いたことは確かであるが、別の視点からの解釈を付け加えたい。今まで見てきたように、この詩のキーワードは 'change' である。一方、この詩の宇宙論の基盤はプラトンであり、アリストテレスの宇宙論である。宇宙の全体像は球形をなす完全世界、すなわち空間的有限の世界である。天上世界は、生成消滅のない、無限の円運動をなす時間的無限の世界であり、月下世界は、生成消滅のある、有限の直線運動を成す時間的有限の世界である。しかし、チャプマンはサークルのメンバーとしてハリオットの近くにいて、新しい宇宙論に親しんでいた、とまでは言えなくとも、少なくとも関心を寄せていたはずである。(28)ブルーノも神秘思想に強い関心を持ちつつも、コペルニクスやガリレオの新しい宇宙論を支持していた。コメスが『ギリシア・ローマ神話総覧』の「月」（'Luna'）の項のほとんどを月蝕の叙述に割いている(29)ところからも、月の満ち欠け同様、月蝕も古代から周知のことであり、人々の関心を誘っていたことが解る。宇宙構造や天体の運動法則の理解が未だ定まらず、議論の対象であり、蝕についても、多くは「不定期に起こる」[30]、すなわち宇宙構造の規則外の現象と理解していた時代にあって、チャプマンはその現象について、徒に恐れたり虚しく驕ったりすることなく、正しい知見をもち、正しい判断をすることの重要性を強調している。世界は無から創られたのではなく、世界の原初には「カオス」の「夜」の「暗黒」がある。[31]その「夜」は「昼」の「光」の下で、異なる偽りの「夜」へと変わる。絶対知から無知へと変化するのである。真の「光」は、昼の太陽の光ではなく、「夜」の「光」、「月」であるが、その「月」の変化にこそ、真を見ようとする。

プラトンの古代からからネオプラトニストのルネサンスに、さらにそこを超えて天上界に認められる「変化」に対する正しい「知」をもてば、おのずと、新たな宇宙論に目を向けることになる、そこに向かう「知」を人に求めようとすれば、それはハリオットである。ここからハリオットの新たな宇宙論に分け入っていかねばならない。『夜の暗黒』では、ハリオットの宇宙論についてはまったく触れてはいないが、世界の原初に無ではなく「カオス」の存在をおき、デモクリトスを持ち出し、'change' なる語を繰り返し使うこの詩は、世界観、宇宙観が「変化」しつつあること、無からの神の創造による完全不変と考えられた世界の真実が、別の法則に則る[32]「変化」に裏付けられた世界であることへの示唆と、その「変化」における真を志向する知への讃歌と言えよう。「知」は終わりが始まりとなり、さらにその終わりが始まりとなって、終わることがないのである。

註

（1）Grierson, Herbert. J. C. ed., *The Poems of John Donne. (OET)*. OUP, 1929.

（2）この著の原稿段階でのタイトル *Astronomicus Nuncius* を、ガリレオは出版に際し *Sidereus Nuncius* に変えた。'Nuncius' は 'Messenger'、「使者」と訳されることが多いが、最近の知見に従い、「報告」と訳する（山田慶児、谷泰 訳『星界からの報告　他一篇』（岩波文庫）p. 76）。

（3）詳しくは岡村「二つの観測と二つの書――トマス・ハリオットとガリレオ・ガリレイとジョン・ダン――」（『十七世紀英文学と科学』、2010）参照。

（4）Harrison, G. B. ed., *Advice to His Son by Henry Percy Ninth Earl of Northumberland (1609)*, p. 49.

（5）Ibid., p. 67.

（6）原題 *The Shadow of Night* の 'shadow' の意味については一考を要する。*OED* での定義のうち、I. Comparative darkness. 1.a.Comparative darkness, esp. that caused by interception of light; a tract of partial darkness produced by a body intercepting the direct rays from the sun or other luminary. 2. pl. a. The darkness of night, the growing darkness after sunset. II. Image cast by body interdepting light. から、「夜そのものの闇」、「真の夜が遮られて、本来の姿が見えなくなった暗さ」、「照射された夜の影、偽りの姿」などが考えられるが、この後議論していくように、夜の真なる闇（すなわち真の光）が偽りの光に遮られて、偽りの昏さになることをとおして、「夜」の意味を探る詩と解して「暗黒」と訳出する。

（7）Chapman の作品の引用は、すべて Bartlett, Phyllis Brooks ed., *The Poems of George Chapman*, New York: Russell & Russell, 1962 による。

（8）チャプマンは 'vertue' と 'virtue'、両方の綴りを混在させて使っている。

（9）この点で、この献辞が前書きになっていないという、Miller Maclure の考えは誤っていると筆者は考える。MacLure, Millar, *George Chapman: A Critical Study*, p. 33.

（10）シンシアといえば、この時代には、パーシのサークルの一員ローリの詩にも見られるように、処女王エリザベスを表象するのが一般的であった。この詩についても、その読みは可能で、チャプマンも女王を意識してたと考えられる。女王のみならず、時代への明確な言及も見られるが、本論では特に歴史的背景を読み込むことはしない。MacLure, pp. 41ff.、Battenouse, pp. 599ff.。

（11）チャプマンはナタリス・コメスの『ギリシア・ローマ神話総覧』に依拠してシンシアを描写している。コメスは、オルフェウスを引いて、ヘカテに「三頭の」の形容を与え、シンシアを「ヘカテ」、「ルナ」、「ダイアナ」の三章に分けて叙述している (*Natalis Comitis Mythologiae sive Explicationum Fabularum Libri Decem, Venice, 1567* (Natalis Comes, *Mythologiae*. New York: Garland Publishing, 1976, Reprinted Version), Liber. Tertiius, Caps. XV, XVI–XVII. チャプマンはコメスに従って、シンシアに 'triple forehead' の形容辞を与え、地上、海、冥府をつかさどるヘカテ、ダイアナ、ルナの資質を持たせている。

（12）最初に 'satellite' を用いたのは一六一一年ケプラで、「随伴者」の意。英語での初出は一六六五年である。

（13）金星の満ち欠けはこのあと、やがてハリオットやガリレオによって観測、発見される。

（14）*OED* での 'day' の定義によると、III.A day appointed a fixed date. IV. A space of time, a period.

（15）**Πλούταρχος, *Βίον Παράλληλοι*.** (Plutarch, *Lives*. VII. (*Loeb Classical Library*). Trans. by Bernadotte Perrin. Cambridge, Mass.: Harvard Univ. Pr., 1918), p. 399–401.

（16）*Ibid*., p. 401.

（17）*The Iliads of Homer Translated According to the Greek by George* Chapman. London: George Newman Limted, 1904. pp. xxiii–xxiv.

（18）ハリオットの名は、Hariot、Harriott、Herriot 等様々に綴られる。本論では最もよく使われ、*DNB* でも使用されている綴りに従う。ハリオットは手稿で署名を書き試しているが、そこでは 'Thomas Harriot / Magisteria Numerorum Trangulari-um / et . . . / Professionum Arissmeticarum / . . .' と記している。(MS Add. 6882 (vol. 1) fol. 146^v.)

（19）ホメロスの翻訳に際しての詩論、さらには英詩論がこの献呈詩のテーマであるゆえ、'poesie' や 'skill'、さらに 'rime'、'verse'、'foot' が現われるのは当然である。それらと対比をなすほどに 'knowledge'、'vertue' に関わる語が頻出することに、この詩の眼目が表出されている。ちなみに、『夜の暗黒』の「キュンティアへの讃歌」でも二十行ほどにわたって英詩論が展開されている。

（20）*OED* での 'eye' の定義によると、4a. the sense of seeing. 8. *Fig*. Point of view, manner or way of looking at a thing; estimation, opinion, judgment. 26. A pair of spectacles. Bartlett は 'perfect eye' に 'Harriot's telescope' と注をつけている (Bartlett, P. B. ed., *op.cit*., p. 479)。

（21）チャプマンは、デモクリトスを原子論の創説者としている。レウキッポスについては不明な点も多く、一般的にデモクリトスが原子論を最初に唱えたとされる。チャプマンもそれに倣っている。

（22）**Πλάτων, Τίμαιος.** 31AB (*Plato, Timaeus, Critias, Cleitophon, Menexenus Epistles.* (*Loeb Classical Library.*) Trans. by R. G. Bury. Harvard Univ. Pr, 1929), pp. 56–59.

（23）'Marsilii Ficini Florentini in Commentaria Platonis, In Convivivm Platonis de Amore, Commentarium' (Marsilio Ficino, *Opera Omnia.* Con una Lettera Introduttiva de Paul Oskar Kristeller e una Premessa di Mario Sancipriano. Vol. II. Torino: Bottega D'Erasmo, 1962. p. 328. Jayne, Sears Reynolds (ed. and trans.), *Marsilio Ficino's Commentary on Plato's Symposium, The Text and Translation, with an Introduction*, pp. 60, 158.

（24）Bruno, Giordano, *Gli Eroici Furori.* Introduzione e comment ci Nicolerta Tirinnanzi, Classici del Pensiero (*BUR*), 1999, p. 171. (*Giordano Brvno Nolan. De Gl' Heroici Fvrori. Al molto illustre et eccellente Caualliero, Signor Phillisppo Sidneo.* Parigi, Appresso Antonio Baio. 1585. *Giordano Bruno Opere Italiane IV De gl'heroici furori.* A cura di Eugenio Canone. Leo S. Olschki Editore, 1999, pp. 347–48)

（25）*Ibid.*, p. 173.

（26）『饗宴』での本来の人の姿の三性―男性、女性、両性は、それぞれ太陽、大地、月の末裔とされていて、プラトンは月を最上位におくが、フィチーノは三者を同位に置いている。**Πλάτων, Συμπόσιον** 189E–190B (Plato, *Lysis, Symposium, Gorgias.* (*Loeb Classical Library.*) Trans. by W. R. M. Lamb, G. P. Putnam's Sons, and W. Heinemann, Harvard Univ. Pr, 1925), pp.134-37. 'Marsilii Ficini Florentini in Commentaria Platonis, In Convivivm Platonis de Amore, Commentarium' (Marsilio Ficino, *Op.cit.* p. 327.

（27）F. L. Schoell, *Etudes sur L'humanisme Continental en Angleterre, A la Fin de la Renaissance.* Paris: Librairie ancienne Honoré Champion, 1926, p. 21–38, 179–193.

（28）『無限、宇宙および諸世界について』で、ブルーノは、宇宙の無限性、無限なる運動の存在、アトムの輸入転出による万有の変遷流転を論じ、明確にプラトン、アリストテレスを批判している。*Giordano Brvno Nolano. De l'infinito, universo et Mond.All' illustrissimo Sinow di Mauuissiero.* Venetia, 1584. (*Giordano Bruno Opere Italiane II La cena de le Cenri, De la causa, proncipio et uno, De l'Infinito, universe et mondi.* A cura di Eugenio Canone. Leo S. Olschki Editore, 1999.)

（29）Natalis Comes, Mythologiae, Venice 1567, pp.79–82, *Natale Conti's Mythologiae* (Vol.1). Transl. by John Mulryan and Steven Brown. pp.209–17.

(30) Πλούταρχος, *Op.cit.*, p.401. 本論p. 175参照。一見不定期に見える蝕にも一定の規則性のあることが、古代ギリシァにおいても見出されていた証左はあるが、一般的な認識ではなかった。

(31) プラトンは『ティマイオス』において、世界の創造者（善きもの）は、世界を「可視的なものすべて」から創った。その「すべてのもの」は「静止していることはなく、調和なく無秩序に動いていた」、創造者は「それを無秩序から秩序へと整えた」としている（**Πλάτων, Τίμαιος**. 29E–30A. (Plato, *Op.cit.*), pp. 54–55.）この無秩序な原初の考えに対し、フィチーノは同意しつつも、「カオス」(chaos) なる言葉は使わないとも明言している。創造者が世界創造の材料とした「あらゆる実体」は「それ自体、多様で、定まらず、秩序もない」からである。('Marsilii Ficini Florentini in Commentaria Platonis, In Timævm commentarivm'(Marsilio Ficino, *Opera Omnia*. p. 439. *All Things Natural, Ficino on Plato's Timaeus*. Trans. by Arthur Farndell. London: Shepheard-Walwyn Ltd. 2010.)

(32)「変化」には天体蝕のみならず、惑星の逆行、新星や彗星の出現や星の消滅などが認知され、さらにガリレオによって、太陽黒点の変化、同心円の天球上の惑星の伴星が異なる運動をすることなどが観察事実とされた。ガリレオもまた、『太陽黒点に関する第二書簡』で、「変化」の観察による認識を得なかったゆえに、アリストテレスはその宇宙論において誤謬をなした、と述べている。('Seconda Lettera del Sig. Galileo Galilei al Sig. Marco Velseri delle Macchie Solari.' (*Le Opere di Galileo Galilei* (*Ristampa della Edizione Nazionale*), Vol. V. Firenze: G.Barbéra Editore, 1932), pp. 138–39.)

動物虐待の終わりの始まり
――「仔鹿の死を嘆く乙女」を中心に――

「真理はあなたを自由にする」（「ヨハネ」八章三二節）

植月　恵一郎

はじめに――終わりの始まり

本論集のテーマ「十七世紀英文学における終わりと始まり」と筆者のテーマであるイギリス文学自然文化誌を交差させたとき、動物虐待を憂える感情がマーヴェル（Andrew Marvell 1621–78）の「仔鹿の死を嘆く乙女」（"The Nymph Complaining for the Death of Her Faun"、以下「仔鹿の死」）に読み取れ、その時代的推移の考察を試みることにした。動物虐待を厭う感性の出現は、動物虐待防止協会（The Society for the Prevention of Cruelty to Animals）の成立（一八二四年）に近いロマン派固有のもののように一般に言われるが、トマス（Keith Thomas）の『人間と自然界――近代イギリスにおける自然観の変遷』（*Man and the Natural World: Changing Attitudes in England, 1500–1800*. 1983. 邦訳一九八九年）が示すように、既に十七世紀及びそれ以前にもその感性を確認することはできる。一方で、ニコルソン（Marjorie Hope Nicolson）が『暗い山と栄光の山』（*Mountain Gloom and Mountain Glory: the Development of the Aesthetics of the Infinite*. 1959. 邦訳一九八九年）で明らかにしたような、〈山〉に対する美的感性の劇的な変化と、ここで議論しようとしている他者としての動物への対応の変化は違っている。生物に関して言えば、それに対する優しさは古来存在しており、時代の推移と共に聖書に由来する価値観が減衰し、動物への優しさを強調する態度が急速に常識化していくのがロマン派の時代というだけのことである。

> 同時代の人が歴史上のある時期と別の時期で人々がより慈悲深いとかそれほどではないと考えているとしたら、確かに間違っている。変わったのは慈悲の感情そのものではなく、それが作用する許容範囲の限界である。歴史家の仕事としては、なぜその道徳的関心事を取り巻く領域が拡大し、ヒトとともに他の種も含みこんでしまったのかを説明することだ。(Thomas 150)

例えば、「仔鹿の死」は、まず、一種の鹿狩批判とも読めるが、文学批評史ではトムソン(James Thomson 1700–48)の『四季』(*The Seasons* 1730)の影響の方が大きく指摘されている。

> 『四季』が出てからは、狩猟など流血を伴うスポーツに対する攻撃や、犬の忠実さを讃える小詩などが、ときどき、文芸雑誌に登場し始めた。そのような詩的感情にともなって、ヒトと動物、とくにヒトと愛玩動物を結び付ける感情的な絆が強められ、詩文に大きく取り上げられた。(ターナー　十二―十三)

動物虐待が社会的に問題視され、それを禁止するイギリス最初の法律いわゆるマーティン法(Martin's Act)は一八二二年に成立するが、そこへ至る道程の始まりは、おそらくトムソンより前の時代にあるのではないだろうか。この節の副題である「終わりの始まり」とは、すなわち、動物虐待を終焉に導く感性が次第に共有され始めたのは、少なくともそれがピークにあったとき、十七世紀辺りではないのだろうか、つまり、その終わりの始まりという程の意味である。

当時の社会的文脈と「仔鹿の死」

『動物の権利の擁護』(*A Vindication of the Rights of Brutes* 1792) で有名なトマス・テイラー (Thomas Taylor 1758–1835) と同姓同名なのは奇妙な一致だが、求正教徒 (seeker 十七世紀初期のピューリタンの一派) のテイラー (Thomas Taylor 1576–1632) が、「動物の残忍なスポーツ愛好者と『キリストおよび真の意味でのキリスト者すべての優しい性質』を比較して、『後者は優しく、慈愛深く、憐れみ深い性質なので、決してそうした娯楽を楽しむことはできない』」(Thomas 173–74) と言い、ホッブズ (Thomas Hobbes 1588–1679) は、「ライオンが人間を食べ、人間が牛を食べるなら、人間のために牛が創られ、ライオンのために人間は創られていないのだろうか」(Thomas 171) と過激な問いを発し、トライオン (Thomas Tryon 1634–1703) が同時代の人々に向かって、「あなた方は自分の快楽のために動物を狩り、自分の貪欲さから酷使し、自分の暴食のために殺害し、互いに死ぬまで戦わせ、共に苦しむ姿を眺めて娯楽や気晴らしにしている」(Thomas 170) と語りかけたのがすでに十七世紀である。

拙論では文学の一例として、「仔鹿の死」の中で乙女がペットの仔鹿の死を嘆く言説を中心に考察してみたい。まず、乙女はおよそ年若い女性には似つかわしくない「贖罪奉納物」(deodand) という法律用語まで持ち出して、仔鹿[1]を死に追いやった人間の罪を追求しようとしており、その態度に注目したい。次に、動物の魂の昇天を信じている描写、さらにペットの死を弔う記念碑の建立を予感させる点、乙女の後追い自殺を暗示している点なども考えてみたい。乙女の恋人シルヴィオが仔鹿を残して彼女のもとを去ったことに対しては、女性の方が捨てられ、仔鹿は恋人の代替物であると考える批評が多いが、むしろペットを大切にする乙女に対して、動物虐待者〈狩人〉でもあるシルヴィオは、人間以上に動物を大切にする空間にはもはや居られなくなり、結果的に乙女がシルヴィオをむしろ追い遣った形になってしまったとさえ思える。十八世紀頃から発生し、ロマン派の特権と思われている動物虐待への呪詛の念は、実はさらに遡ることが可能で、マーヴェルのこの作品はその意味で極めて重要なものではないだろうかというのが拙論の趣旨であり、キース・トマスがその著書で一言「マーヴェルの仔鹿と乙女はペットと飼い主間に形成される感情的絆を思い出させてくれる」(Thomas 120) と述べていることへの註に過ぎない。

生類憐みの令とマーティン法

イギリス最初の動物愛護法は十九世紀初めにマーティン (Richard Martin 1754–1834) が提出したマーティン法だが、十七世紀日本には、すでに生類憐みの令がある。環境省の「動物の愛護管理の歴史的変遷」という資料によると、日本と海外の動物愛護に関する法制史を比較対照して一覧にしているが、生類憐みの令とマーティン法が一世紀以上隔たっているのに隣り合わせになっているのは興味深い。つまりその間、世界で動物愛護に関して主だった法令は出ていないということになる。

周知のように生類憐みの令とは、江戸幕府五代将軍徳川綱吉がその治世 (1680–1709) 中に下した動物愛護を主旨とする法令の総称で、「一六八二〈天和二〉年、犬の虐殺者を死刑に処したのに始まり、八五〈貞享二〉年に馬の愛護令を発して以来、法令が頻発された。綱吉の意図は社会に仁愛の精神を養うことにあったが〈一六九四〈元禄七〉年一〇月一〇日訓令〉、将軍の強大な権威に迎合する諸役人によって著しく増幅され、また綱吉生母桂昌院が帰依した僧隆光が、戌年生まれの綱吉に男子が育たないのに関して犬の愛護を勧めてから、いっそう極端に走り」(『日本大百科全書』小学館)、結果的に人間を虐待することになってしまったものである。

愛護の対象は犬馬牛に限らず、その他の鳥獣にも及んだ。鶏をとった猫を殺した者、うたた寝中体に駆け上がった鼠を傷つけた者などが入牢させられ、釣り舟の禁止、蛇使いなど生き物の芸を見せ物にすること、さらには生鳥や亀の飼育が禁ぜられ、金魚は藤沢遊行寺（清浄光寺）の池に放たしめられた。一六九五（元禄八）年には江戸郊外の中野に十六万坪の土地を囲って野犬を収容し、その数は最高時四万二〇〇〇頭に達し、費用も年間三万六〇〇〇両、これは江戸や関東の村々の負担となった。一七〇九（宝永六）年、綱吉死去に際し、この令のみは死後も遵守せよと遺言したが、六代将軍家宣はこれを廃止した。

十七世紀後半に発布された画期的な動物愛護法だが、次の治世で早々に廃止されたのは、イギリスのマーティン法と著しい対照を成している。イギリスの方は逆に着々と整備され、二〇年後頃には王立動物虐待防止協会（The Royal Society for the Prevention of Cruelty to Animals 1840）の成立に至り、現代まで活躍する基を築いたことも周知の事実である。以下マーティン法（Cf. "Martin's Act, 1822": *Animal Rights History*, Web.）の一部である。

……もし一人あるいは複数で、馬、成熟した雌馬、去勢馬、ラバ、驢馬、去勢雄牛、乳牛、子を産んでいない雌牛、食用去勢牛、羊および他の家畜を、理不尽に（wantonly）かつ残酷に連続して打ちすえたり、酷使、虐待におよんだり、……もし告訴された集団がそのような罪で有罪となれば、……そのように有罪となった彼、彼女、あるいは彼らは一〇シリング以上五ポンド以下の額を没収され国王に収めるべし……もし有罪の一人あるいは複数がそれを拒否したり、直ちに没収されるべき額を収めない場合は、そのような犯罪者はすべて三か月を越えない期間で矯正院ないし他の刑務所に引き渡されるであろう。

先行作品と先行研究

「仔鹿の死」をペット文学の系譜に据えると、オウィディウスの『恋愛詩』二巻六節にあるコリンナの鸚鵡の影響が考えられる。その終わりは、マーヴェルの詩のように亡くなった動物の記念碑を創るところで終わるからだ。またウェルギリウスの『アエネーイス』七巻五〇〇行付近ではアスカニウスがシルヴィアの鹿を殺す場面が登場する(Friedman 102–03; Spinrad 50–59)。しかもその鹿の死は、アガメムノーンがアルテミスの鹿を殺し、結果的に娘のイーピゲネイアを犠牲にしなければならなかったときのように(Sophocles, *Electra*, ll. 565–72; *Aeneid*, II, ll. 116–17)、トロイアとラティウム間の戦争の発端となったとすれば、やはり国民契約派軍(troopers)の無謀さが発端となる「仔鹿の死」では、常識的にイギリス内乱の文脈で捉えるざるを得ないのも無理はないだろうが(Smith 65)、どうしても書き出しの二十四行(全体のほぼ六分の一)が気になる。つまり極めて個人的な心情の吐露に終始しているのだ。

自らが鹿の代わりに傷ついて鹿を救った聖人伝説には聖ジャイルズの逸話がある(Bath 231–33)が、この乙女に自ら身代わりになるだけの力はない。他にも聖ユベールや聖フベルトゥスの伝説もあるが、この乙女は回心前の聖者たちほど罪深くもない。彼女は気紛れな狩をした者が法的に〈狩られる〉ことを願うだけであり、せいぜい彼女の庭に仔鹿の像を創る手筈を整えるにすぎない。狩をしていた者が狩られる原点には、おそらくアルテミスの裸身を見てしまい、その報いに鹿に変えられた挙句、自分の犬に追いかけられ餌食となったアクタイオーンの神話がある(オウィディウス『変身物語』第三巻)。後にこの猟犬たちは鹿が自分たちの主人であったと知って大いに悲しんだが、それを知ったケイローンはアクタイオーンそっくりの銅像を作って慰めたという点もこの詩の終わりに乙女と仔鹿の像を注文するという個所を思い起こさせるに充分であろう。

仔鹿の祖先はウェルギリウスのシルヴィアの鹿であることに異論はないようだが、そのアレゴリーとなると、イギリス国教会を示すとか、キリスト自身であるとか、聖霊だとか大きく揺れ続けている。

ミュア (Kenneth Muir)、ルコント (Edward LeComete)、ギルド (Nicholas Guild) らは、『アエネーイス』第七巻のシルヴィアの鹿と乙女の仔鹿の類似性を指摘しており、彼らに異論を唱えるものはいない。一方で、寓意的解釈は強い反対意見に晒され、仔鹿をイギリス国教会、キリスト、聖霊と見做すことはことごとく反駁され、幾つかは繰り返し反駁されたのも事実であると、私は確信をもって言える。(Sandstroem 93)

さらにペット傷害致死現場である〈庭〉自体が薔薇と百合で象徴されている。

薔薇と百合はチャールズ一世と王妃ヘンリエッタ・マライアのエンブレムであるということから、パリー (Graham Parry) は……(国王殺害とキリストの受難を関連付け) 七一～一〇〇行を忠誠と「チャールズ一世の死に纏わる複雑なイメージと観念の現前」への寓意的言及であると解釈している。この限りでは、パリーは、「仔鹿の死」は、一二二行目の仔鹿の「像」(image) への言及から、チャールズ一世の死後出版された『王の肖像』(*Eikon Basilike*) のマーヴェル版であると洞察している。(Smith 67)

薔薇と百合はチャールズ一世と王妃ヘンリエッタ・マライア (Henrietta Maria 1609–69) の寓意となるのだが、同時に《白》は無垢、純粋を、《赤》は情熱、罪、罰などを表す (Ray 122)。とすれば、仔鹿は成長するにつれて、「外側は白に、内側は赤になる」というのは、全く相反するものである無垢と経験を同時にしかも一身に込めて成長させていることになるだろうし、「聖なるものとは人間がそれを制御できると思いこめば思い込むほど、それだけ確実に人間を制圧する一切のもののこと」であり、「聖なるものの真の核心、ひそかなる中心を成すものは、そうした暴力」(ジラール　五〇) ならば、乙女が仔鹿の成長を恐れたのも無理はない。

シェイクスピアの『ヴィーナスとアドーニス』でも、「私」（ヴィーナス）は「庭」、「お前」（アドーニス）は「鹿」という比喩を用いており、鹿と乙女と庭の関係も当然アレゴリカルとなる。

> 仔鹿は嘆き懸念するイギリス国家の擬人化であり、軍隊 (troopers) は議会派軍のことであり、雑草の繁茂した乙女の庭はイギリスそのものであると私は、見做している。「仔鹿の死」は国王殺しの歴史的寓意であるという読みは、もちろん、この詩の他の意味の層を否定するものではない。(Sandstroem 105)

こうした仔鹿、乙女、庭の寓意を見極めようとする研究は数多いが、動物への慈悲の感性という点から論じたものは寡聞にして知らない。

贖罪奉納物 (deodand)

> Even beasts must be with justice slain, / Else men are made their deodands. (“The Nymph Complaining for the Death of Her Faun,” ll. 16–17.)（大意―獣でさえ正義でもって殺されねばならない、／そうでないなら、人間がその贖罪奉納物になるべきだわ。）

乙女は、仔鹿を死に追い遣り、今でいえば器物損壊罪を犯した者達を「贖罪奉納物」にしようと祈願する。乙女には似つかわしくない法律用語[2]だが、『新英和大辞典』（研究社、第六版）には、【古英法】で《誤って人命の直接死因となったために官に没収され信仰・慈善などの用に供された物品［動物］、一八四六年廃止》とあり、*OED* では次のようになっている。

A thing forfeited or to be given to God; spec. in *Eng. Law*, a personal chattel which , having been the immediate occasion of the death of a human being, was given to God as an expiatory offering, i. e. forfeited to the Crown to be applied to pious uses, e. g. to be distributed in alms. (Abolished in 1846.) (*OED* "deodand")

おそらく亡くなった人間を弔う意味も含め、その人間の死に関係するものを神に捧げるの謂いだろうが、本来人間が動物のために被害を被った場合その動物を犠牲にするのに対して、乙女はそれを全く逆転させ、仔鹿が騎兵隊のために被害に遭い、彼らが仔鹿の犠牲になればよいと主張していることは明らかだ。これはいわゆる言葉遊びや形而上詩的奇想という捉え方を越え、動物を尊重する態度へ繋がる表現だと考えたい。「贖罪奉納物」は一六一三年が初例である。

1613 SIR H. FINCH Law (1636) 214 If a man being vpon a Cart carrying Faggots . . . fall downe by the mooving of one of the horses in the Cart, and die of it; both that and all the other horses in the Cart, and the Cart it selfe, are forfeit. And these are called Deodands.

マーヴェルまで半世紀近く経た言葉とはいえ、当時としては新鮮な表現を詩人は選んだと言えるだろう。とくに冒頭の部分は、平和で無垢な空間がいわば銃の乱射事件で一瞬にして破壊される正に暴力的状況を暗示しているという解釈もできる。〈庭〉とは権力者の所有物で、堅固そうだが実は存外脆く、いつでもこの乙女の嘆きが訪れてもおかしくないという暗示でもある。とすれば権力者に対する〈警告の一撃〉という解釈も可能だろう。もしこの詩のメッセージが権力側への〈警告〉なら、立場としては保守／革新どちらにも受け取れると思うが、いずれにせよ「人間は狩を始めることで黄金時代を破壊した」(Miller 178)という象徴的な場面からこの詩は始まっていることは疑いない。乙女の仔鹿は、気紛れな(wanton)暴力によって運悪く死を免れない状況となり、気紛れに動物を虐待する者たちを乙女は訴えようとしている。

流血の象徴性

Though they should wash their guilty hands / In this warm life-blood which doth part / From thine, and wound me to the heart, / Yet could they not be clean; their stain / Is dyed in such a purple grain. / There is not such another in / The world, to offer for their sin.("The Nymph Complaining for the Death of Her Faun," ll. 18–24.)（大意—たとえ彼らがその罪深い手をお前から流れ出、私を心底傷つけたこの暖かい生き血で洗っても、彼らは清浄にはならならず、その穢れはそのような深紅の染料に染まるのだ。その罪を償う捧げものはこの世に他にない。）

まるでマクベス夫人の血で穢れた手を洗う場面を一瞬想起させるが、実際鹿狩でこういうことが行われた。「狩の獲物の血で猟師頭が手を洗うというのは、古来よく行われた儀式であった。それは血を流す動物に対する臨終の儀式であり、同時に、血を流させた人間の罪を浄める儀式でもあったのだ」（川崎　五三）。

一六五五年キャヴェンディッシュ (Margaret Cavendish) は、「鹿狩の後、貴族の夫人およびそれと同等の地位の女性が獲物が切り裂かれるまで傍らに立ち、その手が白くなるのではと思いながら獲物の血で手を洗う通常の習慣」に、この血にあるとされる穢れを清める力に気づいた。(Beaver 15)

十七世紀半ばには仕留めた鹿の血で手を洗う行為がまるで悪を祓う力を得るかのように思われ、一般的な習慣だった。十六世紀初まで遡ったエラスムスの『痴愚神礼讃』(*Encomium moriae* 1511) でもこういった儀式的行為に言及され、キャローナー (Sir Thomas Chaloner) の英訳では「聖なる神秘」("some holy mystery") とも呼ばれ (Beaver 16)、「一種の劇や仮面劇」(Fitter 198) の様相を呈していた。

同様に、獲物の鹿の喉を切るという絶頂に至る王の狩は、宮廷人の儀式的な「血塗式」を伴い、一種の劇でもあり仮面劇でもあり、王の神秘的雰囲気を高め、罰を与える権限を象徴的に行使しているとマニング (Roger Manning) は示唆している。(Fitter 198)

儀式的な様相は宗教的文脈が影響していて、清教徒が国教会を冒瀆したことと、流血の罪はチャールズ王にあり、王は処刑されなければならないとする議会側の非難である。

さらに二つの一六四〇年代の文脈の問題がこの詩と共鳴している。清教徒の熱意に満ちた軍隊がイギリス国教会を冒涜したこと……および流血の責任は王にあると主張する説明からチャールズが殺人罪を背負い、その罪のために処刑されなければならないという議会の告発である。……マーヴェルの詩では、殺人罪は軍隊にあるとしている。マーヴェルはおそらく殺人罪の王党派版を表しているのだろう。(Smith 67)

儀式的・宗教的・政治的文脈はともかくとして、この詩はごく単純に《鹿狩》そのものを批判し、王侯貴族の狩の中で階級的に序列化された《鹿》としてではなく、単なる動物の一つとして鹿を捉え、それへの虐待を非難する詩歌と解釈できないだろうか。つまり王党派でもなければ議会派でもなく、政党色は超越して、「仔鹿の死」は、後のロマン派に通ずる動物に対する感性の変化を示す一例であるのではないだろうか。

雪花石膏製の仔鹿像

O do not run too fast, for I / Will but bespeak thy grave, and die. / First my unhappy statue shall / Be cut in marble, and withal / Let it be weeping too; but there / Th' engraver sure his art may spare, / For I so truly thee bemoan / That I shall weep though I be stone; / Until my tears, still dropping, wear / My breast, themselves engraving there. / There at my feet shalt thou be laid, / Of purest alabaster made; / For I would have thine image be / White as I can, though not as thee. ("The Nymph Complaining for the Death of her Fawn." ll. 109–22.)（大意―ああ、あまり速く走らないで、だって私もあなたのお墓を注文だけして、死ぬつもり。まず私の不幸な像を大理石に彫らせるわ。その上、泣いているようにもしてもらいましょう。でも、そこでは、彫師は手を抜いても大丈夫。だって私は、あなたのことが余りに悲しくて石になっても、泣くつもり。私の涙はずっと流れ落ち続け、胸を浸蝕して流れ、そこに溝を刻むわ。あなたは私の足元にしましょう。最も純粋の雪花石膏製で。だって、あなたの像は、本当のあなたには及ばないにしても、私はできる限り白くさせたいから。）

「注文する」(bespeak) は *OED* の "5. a. To speak for; to arrange for, engage beforehand; to 'order' (goods)" の意味で、突如襲った不幸に対する慟哭とは対照的に、墓石の注文を明確に語るとは乙女は極めて冷静と言えるだろう。記念碑を注文しないと、安らかに死を迎えられないかのようだ。引用の二行目に「死ぬ」とあるように、自分の死を暗示している点でペットの死を嘆く文学の系譜では稀有と言えよう。後のロマン派で、例えば、クーパーの「野兎の墓碑銘」("Epitaph on a Hare") でも、有名な溺死した猫を悼むグレイ (Thomas Gray 1716–71) のオードでも飼い主の死など全く暗示していない。乙女自身、仔鹿の死の責任の一端を感じたのか、これも逆転した「贖罪奉納物」を想わせる個所でもある。

有機体も死を迎えると無機物に変わるのは当然の成行なのだが、有機物から無機物になっても泣いているのは、明らかに古典の影響で、ギリシア神話のレートー Leto（ローマ神話のラートーナ Latona）は、ゼウスに愛されアポロとアルテミスの母となった女神で、二人しか子のないレートーに対して、ニオベーは自分には七男七女もいることを誇ったため、十四人の子供全てをレートーの子アポロとアルテミスによって射殺された。ゼウスは悲嘆に暮れるニオベーを石と化したが、依然として涙を流し続けたという故事に倣っていることは周知の通りだ。

大切にしていたペットが死ぬと飼い主はひどく取り乱した。当時流行していた古典的伝統、墓碑銘やエレジーで記念しようとした。滑稽なものもあったが大概は弔いの心からであった。十八世紀にはペットの遺体をオベリスクや彫刻を施した墓石で被うようになり、飼い主が墓へ先導すれば、ペットも葬儀に参加したであろう。十七世紀後半以降ペットの扶養に遺産をさえ残すまでになっていた。（Thomas 118）

仔鹿も死んでしまうのだから遺産は残さないまでも、乙女はその墓石を用意していることは明白である。自分の像は大理石で、仔鹿の像は純白の雪花石膏で創り、自分の像の足元に横たえ、実際の仔鹿ほどでないにしても、できるだけ仔鹿像は白くしようということで詩を終えている。墓石の素材にも注目しよう。私の方は大理石だが、仔鹿の方は雪花石膏で「清らかな」色であり、仔鹿には及ばないにしてもできるだけ白い素材を使いたいと言っている。『詩篇』に、「ヒソプの枝で私の罪を払って下さい、私が清くなるように。私を洗って下さい、雪よりも白くなるように」（『詩編』五一章九節）とあり、自分の咎を尽く洗い、罪から清めることを願っている。次の一節で仔鹿の魂が行くはずの極楽でも白鳥、「乳のように白い仔羊」、「純粋な白貂」と次々に〈白〉を強調し、単純なイメジャリーながら罪の穢れからの解放を意味することは疑いない。

仔鹿の魂の行方

動物には魂など認められず、単なる〈自動機械〉でしかないのが、十七世紀以前の圧倒的な考えであった。デカルト (René Descartes 1596–1650) の見解が決定的である。

> デカルトによると、物質は機械的であり——動物や人間は時計や自動機械のように作動する機械であるが、違いは、人間の機械には心 (mind) があり、それゆえ単独の魂 (soul) があるが、獣は心も魂もない自動機械である。
> (Raber 85)

しかし、マーヴェルの次の一節は明らかに仔鹿の魂の存在を認めている。

> Now my sweet Faun is vanish'd to / Whither the Swans and Turtles go / In fair Elysium to endure, / With milk-white Lambs, and Ermins pure. ("The Nymph Complaining for the Death of Her Faun," ll. 105–08.)（大意—今、私の可愛い仔鹿は白鳥やキジバトの行く所へと去ってしまった。美しい極楽で永遠に乳のように白い仔羊や純粋な白テンと共に生き永らえるために）

白鳥、キジバトの行く方へと愛しい仔鹿も消えてゆく。美しい極楽 (Elysium) で永らえ、乳白色の仔羊、穢れなき白テンと仲良くしているヴィジョンを乙女は描いている。「極楽 (Elysium)」は、英雄や善人たちが死後に住むという場所で、*OED* では、"1. The supposed state or abode of the blessed after death in Greek mythology" で、一五九九年が初例となっているが、マーヴェルは、"2. *transf.* Any similarly-conceived abode or state of the departed" の意味で使っており、この四行だけから推測すると動物しか見当たらず、ヒトというよりもむしろ白かそれに近い色の動物たちが死後集う場所を徹底して強調している。ペットが死後赴く場所としては、異教起源のこの空間は恰好の安らぎの場であったかもしれない。この意味では一六〇三年が初例となっており、deodand同様、意外に新しい意味を詩人が用いたことが分かる。

とにかく、例えば、ダン (John Donne 1572–1631) の「輪廻転生」(*Metempsychosis or the Progresse of the Soule*. 1601) では、その主題はピタゴラス派の輪廻転生の考え方を反映しており、魂の遍歴は植物の世界に始まり、動物へと変身し、最後には人間の姿を取るその循環にあるのだが、他の動物の魂とともに極楽浄土にあるわけではない。一方、マーヴェルは明確に動物の魂の昇天を認めているといえよう。

もし人間に不滅の魂があるとするなら、程度の差はあれ他の種々の被造物にも同じものが宿るはずだ。とオーヴァートンは述べ、ぶよ、蚤、蟇蛙に至るまで、全般的復活にあずかると示唆していた。(qtd. in Thomas 139)

ピューリタン革命期の急進派平等主義者オーヴァートン (Richard Overton c.1599–1664) も、一応このように動物の魂を認めている。

水鶏（クイナ）への思い

アプルトン邸で草刈り人が水鶏の雛を傷つけてしまった時の詩人の態度でも、どれだけマーヴェルが自然界の生命体に気を遣っていたか分かるだろう。

With whistling Sithe, and Elbow strong, / These Massacre the Grass along: / While one, unknowing, carves the Rail, /

Whose yet unfeather'd Quils her fail. / The Edge all bloody from its Breast / He draws, and does his stroke detest; / Fearing the Flesh untimely mow'd / To him a Fate as black forebode. (*Upon Appleton House*, st. 50)（大意―ヒュウヒュウ鳴る大鎌と力強い肘でこの男たちは、草を殺戮して進む、一人がうっかり水鶏に切り付けた。まだ羽が生えそろわないので逃げ切れないのだ。すっかり血まみれの刃を男は鳥の胸から引き抜き、自分のその一撃をひどく嫌った。その肉体も時期尚早に刈り取られるのではと恐れ、自分にも暗い運命を予感した。）

偶然、水鶏の雛鳥を切り付けた男の鎌という点では、「仔鹿の死」の騎兵隊の行動と同列だが、その一撃を男自身が「ひどく嫌っている」点では大いに異なっている。さらに自分自身の不吉な運命を予感している点も異なる。騎兵たちの轢逃げ逃走犯的な部分がいっそう乙女が仔鹿の死を嘆く感情を逆なでしているとも言えよう。

次の連では、草刈りたちの飯場に御馳走を持ち帰ろうと待ち構えるセスティリスがその水鶏を串刺しにして食事にしようと述べられ、もう一羽生きている水鶏に偶然遭遇し、大声で「あの人（詩人）は私等をイスラエル人と呼んだけど、水鶏が鶉やマナや露の代わりに降るなら言う通りだわ」（『アプルトン邸にて』五十一連）と述べる。

Unhappy Birds! what does it boot / To build below the Grasses Root; / When Lowness is unsafe as Hight, / And Chance o'retakes what scapeth spight? / And now your Orphan Parents Call / Sounds your untimely Funeral. / Death-Trumpets creak in such a Note, / And 'tis the Sourdine in their Throat. (*Upon Appleton House*, st. 52)（大意―不幸な鳥たち！　草の根元に巣を造っても何の利益があろう。低いのも高いのと同じく不安であり、災難は悪意を逃れたものに襲いかかるのか。今や、お前たちの生き別れた親の呼び声が、時期尚早な挽歌と響く。死を告げる喇叭もそんな音色で鳴り、それは喉のスルディーヌ（トランペット類の古楽器）だ。）

そこで「もっと早く雛をかえすか、もっと高くに巣を作っておくのがいい」("Or sooner hatch or higher build")(五十三連)という詩人から水鶏への助言となる。五十二連の引用でも、巣の高低という位置の観察に始まり、親の子を思う鳴き声に耳を傾け、挽歌でもあり、死の喇叭の音色でもあり、喉の「スルディーヌ」だとも表現している。『アプルトン邸にて』は全部で九十七連からなり、この水鶏のエピソードは、そのほぼ中央に位置している。楽園アプルトンの核心は、実は生命体に対してすでにロマン派的感性を示している点にあり、このエピソードにはもっと注目してもよいのではないかと思う。

おわりに

拙論の「生類憐みの令とマーティン法」の節で引用したマーティン法でも動物虐待を説明するのにwantonという語を使っていた。「仔鹿の死」一〜二行目でも、「理不尽な騎兵が傍らを過ぎ／私の仔鹿を撃ち、それは死ぬわ」(The wanton troopers riding by / Have shot my fawn, and it will die.)とwantonを使っている。*OED* の wanton の説明では、Of actions: Lawless, violent; in weaker sense, rude, ill-mannered. *Obs.* とあり、同じく Of person: Insolent in triumph or prosperity; reckless of justice and humanity; merciless. *Obs.* とあり、暴力的、横柄で無慈悲なことを表している。

こうした単語レベルではなく、シェイクスピアもすでに「狩られた動物、罠にかかった鳥、疲れ切った馬、蠅、蝸牛、『我々が踏みつける哀れな虫けら』に至るまで、同情をあらわに示したものであった」(Thomas 173)。時代としては、「十七世紀後半から、神の創造物はすべてそれに相応しい厚遇を受ける権利があるという考え方が、キリスト教の教義にも受け入れられるようになり、さらに道義的関心の領域も拡大されて、これまで伝統的に嫌われ、有害視されていた数多くの生物までもがその中に含まれるようになってきたのである」(Thomas 173)。

……むろん自ずから迸り出るこうした慈しみの心自体は何ら目新しいものではない。すでに中世の例をいくつか引用しておいた通りである。十六世紀フランスのモンテーニュは動物への残虐行為をすでに公然と非難していた。その理由としては、人間と動物は同じ性格をいくつか共有しているからであり、動物が尊敬すべき神の被造物であるからだが、さらに残忍な行為そのものが、生来の感受性を傷つけるからでもあった。(Thomas 173–74)

「十七世紀で動物の能力を一番深く信頼していたのは、ニューキャッスル公爵夫人、マーガレット・キャヴェンディッシュに他ならない」(Thomas 128)。マーヴェルよりむしろ彼女の方が生命体に関する理解ではすでに現代を先取りしている。

水の性質、潮の干満、海の塩分について魚が人間以上に知らないなどとどうして言えよう。またどうして鳥が、大気の性質や温度、あるいは嵐の原因を人間以上に知らないなどといえるだろうか。蠕虫は土の性質や植物の成長過程を人間ほどに知らないのだろうか。蜜蜂は、花から取れる何種類かの蜜のことを人間以上に知っているのではないだろうか。……人間には人間…の、他の被造物にはそれなりの認知の仕方があり、しかも他の被造物の認知の仕方や方法は人間と同じくらいお互いの間で理解でき、教え合えるのかもしれない……。(qtd. in Thomas 128; Cf. *Philosophical Letters*, 40–41, 43.)

こういう自然観のキャヴェンディッシュ(Newcastle, Margaret Cavendish, Duchess Of 1624?-74)による一六六七年の一節「蝿を殺すと良心が痛み、瀕死の動物の呻き声のために魂が疼く、優しい気質なのです」に「モンテーニュの影響を見出すことはそれほど困難でもない」(Thomas 173–74)し、さらに、著名なピユーリタンのフランシス・ラウス(Francis Rous 1579–1659)は、「そのギリシア史の教本の中で、アテナイの人々が人間のみならず、「野獣にも優しい気持ちで接していたことを挙げて称賛し、《獣に対する優しさ》は《善き人すべて》に神が与えた心情だとリチャード・バクスター(Richard Baxter 1615–91)も同意していたのである」(Thomas 173–74)。

動物への不要な虐待への抵抗運動は、神の被造物たちをヒトが世話するという、少数派とはいえキリスト教の伝統から元々生じたものだ。それが世界はヒトのためだけに存在するという古い見識が崩壊することで促進された。道徳的配慮を訴える真の基盤として、気持ちや感情が新たに強調され、強固なものとなった。こうして、人間中心の伝統は、微妙な弁証法によって留まるところを知らず調停され、道徳的関心事の圏内に動物を含みこんでしまった。(Thomas 180)

こうしてとくにピューリタン的宗教観の濃い動物擁護論とはいえ、歴史的に見て、マーヴェルの「仔鹿の死」は動物虐待を糾弾する動きのほぼ始まりに位置する文学作品と考えていいのではないだろうか。

＊本稿は日本学術振興会科学研究費助成事業で採択された〈文学研究の「持続可能性」——ロマン主義時代における「環境感受性」の動態と現代的意義〉(研究課題番号 22320061)の公開セミナー(東京大学駒場キャンパス、二〇一二年一〇月七日)での発表「《新しい感性》は新しいか?——ヒトとペットの関係を考察する」を大幅に加筆修正したものであり、拙論「《庭》の中心で動物愛を叫ぶ——マーヴェルの『仔鹿の死を嘆く乙女』について」、『日本大学芸術学部紀要』五二号(二〇一〇年)四五—五五頁と議論が一部重なる部分があることをお断りしておく。

注

（1）この鹿の種類ははっきりしないが、世界でいちばん美しい鹿は「アクシスジカ」と言われる。枝分かれした立派な角やクリっとした目はもちろんだが、身体は茶色で、背中が黒ずんでいる。特徴は白の斑模様（鹿の子模様）が全身に散らばっていて、他の鹿は大きくなったら、この模様が消えてしまうが、アクシスジカは消えないため美しいと言われる。インド、バングラデシュ、ネパールなどに生息する。日本では埼玉県宮代町の東武動物公園にいる。

（2）EEBO (Early English Books Online) の検索結果によると、deodand という言葉は、ドッドリッジ (Sir John Doddridge 1555–1628) の『法律家の見解』(*The lawyers light: or, A due direction for the study of the law for method*, 1629) や当時の辞典『英語解説』(*An English Expositor Teaching the Interpretation of the Hardest Words Used in Our Language* 1641) にも見られる。各々の記述はここでは省略する。

使用テキスト

The Complete Poems: Andrew Marvell. Edited by Elizabeth Story Donno; with an introduction by Jonathan Bate. Penguin Books, 2005 をテキストに使用した。訳は、『マーヴェル詩集――英語詩全訳』吉村伸夫訳、山口書店、一九八九年、及び『アンドルー・マーヴェル詩集』星野徹編訳、思潮社、一九八九年を適宜参照させて頂いた。

参考文献

川崎寿彦『マーヴェルの庭』研究社、一九七四年。

川津雅江「女性と動物――トマス・テイラー『動物の権利の擁護』（一七九二）」、名古屋経済大学人文科学研究会『人文科学論集』第九〇号、二〇一二年十一月、四一―五四頁。

ジラール、ルネ『暴力と聖なるもの』古田幸男訳、法政大学出版局、二〇一二年、新装版。

ターナー、ジェイムズ『動物への配慮――ヴィクトリア時代精神における動物・痛み・人間性』斎藤九一訳、法政大学出版局、一九九四年。
山室恭子『黄門さまと犬公方』文藝春秋、一九九八年。

Bath, Michael. *The Image of the Stag: Iconographic Themes in Western Art*. V. Koerner, 1992.

Beaver, Daniel C. *Hunting and the Politics of Violence Before the English Civil War*. Cambridge: Cambridge UP, 2008.

Fitter, Chris. "The Slain Deer and Political Imperium: *As You Like It* and Andrew Marvell's 'Nymph Complaining for the Death of Her Fawn'" *Journal of English and Germanic Philology*. 98.2 (1999): 193–218.

Friedman, Donald M. *Marvell's Pastoral Art*. Routledge & K. Paul, 1970.

Miller, Rachel A. "Regal Hunting: Dryden's Influence on Windsor-Forest." *Eighteenth -Century Studies*. 13.2 (1979–1980): 169–88.

Newcastle, Margaret Cavendish, Duchess Of. *Philosophical Letters; Or, Modest Reflections Upon Some Opinions in Natural Philosophy*. Nabu Press, 2011.

Raber, Karen. "From Sheep to Meat, From Pets to People: Animal Domestication 1600–1800." Senior, Matthew ed. *A Cultural History of Animals: In the Age of Enlightenment*. Vol. 4. Oxford: Berg Publishers, 2007, 73–99.

Ray, Robert H. *An Andrew Marvell Companion*. Garland, 1998.

Sandstroem, Yvonne L. "Marvell's 'Nymph Complaining' as Historical Allegory" *SEL: Studies in English Literature, 1500–1900*. 30.1 (1990): 93–114.

Spinrad, Phoebe S. "Death, Loss, and Marvell's Nymph." *PMLA: Publications of the Modern Language Association of America*. 97.1 (1982): 50–59.

Smith, Nigel ed. *The Poems of Andrew Marvell*. Rev. ed. Pearson Longman, 2007.

Thomas, Keith. *Man and the Natural World: Changing Attitudes in England 1500–1800*. Penguin, 1984.『人間と自然界——近代イギリスにおける自然観の変遷』中島俊郎、山内彰訳、法政大学出版局、一九八九年。

特別寄稿

アルカディアに佇む市民としてのマーヴェル

——"The Coronet" を糸口に——

（二〇〇九年度日本英文学会大会で吉村が行った招待発表の原稿）

吉村　伸夫

奇妙なタイトルですが、これはいわば形而上詩のコンシートに相当するもので、複雑な話を三十分に詰めこみつつまとまり感を出すための精一杯の工夫です。とくに奇をてらったわけではありません。

さて、ご承知のとおり、パストラルという芸術ジャンルが本来的な生命力を保っていたのは、せいぜい十七世紀半ばまででした。ただしここでいうパストラルは、とくにチャールズ一世宮廷のマスク（masque: 仮面劇）をその頽廃の極みとする類のものですが、この類のパストラルは、そもそもは、スタンリー・スチュワートのいう"enclosed garden"に象徴されるような「閉じられた秩序世界」の無垢と安全を讃えるもの、あるいはその無垢と安全を作りだし保証している存在を讃えるものです。マーヴェルの抒情詩作品のほとんどは、そうした閉じられた秩序世界の意味と意義について、彼自らがその内側に身を置いて検討するプロセスを形にしたもの、具体的には〝そのコンヴェンション群を実際に用いて作品を書く形で行われた検討作業とその結果〟の表現だと、考えることができます。マーヴェルの抒情詩を meta-poetry として読んでマーヴェル批評史に一時代を画したロザリー・コリー (Rosalie Colie) の *My ecchoing song: Andrew Marvell's Poetry of Criticism* は、まさに彼女がこれに気づいたところから生まれています。

ところで、この発表の全体はおおまかに三つの部分に分かれます。最後の部分でマーヴェルの "The Coronet" を取り上げますが、そこに到るまでに次のような主張を行います。すなわち、ほとんどが広い意味でいま言ったパストラルに属するマーヴェルの抒情詩は、ボイルの科学的仕事やロックの哲学的仕事と同様に、十七世紀半ばのイングランドに姿を現しつつあった文化現象、すなわち後から見れば〝近代市民社会の文化〟と呼びうるものとの関連で説明できる面がある、ということ。また、この文化的ムーヴメントは、それを社会空間に走る鉱脈に喩えるとき、当時のさまざまな言説や社会的場面や人物の内面に、いわば露頭 (outcrop) していたということ。さらには、ボイルやロックとならんでマーヴェルもまたその顕著な露頭点に数えられるべきだ、といったことです。そして、この現象の文化的メカニズムを理解するために、哲学者チャールズ・テイラーが大著 *Sources of the Self* で提唱した "disengagement" の概念を援用します。ただし同書は、近代という文化現象の中で近代的な自己 (self) が成立してくる様を壮大なスケールで追跡・解明するものであって、ここでは一部を拝借するにすぎません。ちなみに、鉱脈だの露頭は私自身の語彙ですが、ほぼ同じ直観的把握を、たとえば Dror Wahrman は *The Making of the Modern Self* という本で "cultural soundbox" と表現していますし、テイラー自身も、さらには十八世紀を中心に見事なミドリング階層文化論を *The Middling Sort* で展開したマーガレット・ハント (Margaret Hunt) も、"cultural resonance" の概念を用いています。昔なら時代精神とでも言ったのでしょうが、その器では議論の精密化と洗練を盛れなくなった、というところでしょう。

さて、第一の部分では、マーヴェルの抒情詩作品群に反映されていると私が考える、〝閉じられた秩序世界〟の破綻を論じます。まず確認しておきたいのは、閉じられた秩序世界としてのパストラル世界は、有神論的な（つまりtheisticな）宇宙ですが、とくにキリスト教的なそれは、神が世界創造時に定めおいた一貫した秩序そのものであって、森羅万象の逐一がその秩序の表現として定義される、ということです。この宇宙は典型的には、球体あるいは囲われた平面として表象され、その内側では、すべてが位置づけと意味あるいは意義をもちます。テイラーが援用しているハイデッガーの表現を用いれば、それは、存在論的ではなく存在者的な（つまり、英語ではontologicalではなくonticな）宇宙です。こうした宇宙は、ご承知のとおり、物理的宇宙を「ユニバース」として、「コスモス」と呼び分けられることがありますが、パストラル宇宙は、まさにこの意味でのコスモスです。ある時代までの西洋では、世界がこの意味でのコスモスであることは、自明でした。ところが十七世紀の半ばあたりから、といってももちろん次代の文化を先取りしている部分について言うのですが、世界のコスモス性は自明性を失い始めます。

つぎに確認しておきたいのは、芸術ジャンルとしてのパストラルが人々の心中におけるコスモス的宇宙のありようを反映するのは、いわば原理的に自明だということです。もちろん現実には、パウンドやエリオットがいう〝詩人の触覚つまりアンテナ〟の感度が問題ですが、原理自体は文学研究者なら先刻承知であるはずなので、そういうつもりで話しを進めます。

とはいえ、この変化の内実についてすこし言い添えれば、それは、〝閉じられた秩序宇宙に自分たちが在るということ〟の、日常では意識もされない自明性が、人びとの心において希薄化もしくは空洞化して、ついには失われる、ということです。マックス・ウェーバーがこれを'disenchantment'、すなわち「魔法からの覚醒」と表現したことはよく知られていると思いますが、宇宙が魔法にかかっていたとき、つまり宇宙のコスモス性が自明であったときには、たとえばマクベスが王を殺すと、自然界全体が震撼して、異常現象が群発します。すべてが厳密に秩序のいわば鎖に繫がれ配置されてある宇宙では、その連鎖原理自体が揺さぶられると、ああいう事態が生じるわけです。コスモスとはそういうものであって、correspondence の原理に貫かれています。

さて、話しを本筋に戻せば、テイラーの *Sources of the Self* の第九章はロックを焦点としており、"Locke's Punctual Self" と題されています。訳せば「ロックの、点としての自己」ですが、ご承知のようにロックの徹底した経験論は、生得観念を認めません。ロックの考えでは、自己は存在論的エクステンションをもたないものとして、この世界に出現します。テイラーの「点としての自己」は、定番的表現である *tabula rasa* よりもさらにラディカルな、その表現です。もちろん、神による世界創造という了解が自明性を失ってゆく文化的プロセス自体は、いわゆる理神論の後までも続きますが、自己が、マクロコスモスに照応するミクロコスモスの卵としてではなく、数学的意味での点としてそこに出現するロックの宇宙は、すでに本質的にコスモス性を失っています。その自己は、快楽原則に則って機能する感情と、世界を観察し分析し推論する理性によって、世界像と自己像を作り上げるのです。

ということは、この自己はまた、どこまでも自らに責任をもち、そのことをもって定義される自律性(autonomy)をもつ主体であり、その意味で自らを客体と位置づけてそれを責任をもってコントロールする力を備えた、理性としての主体であるといった、そういう自己です。ひとことで言えば、近代的自己の原型の一つが出現したわけですが、テイラーの議論自体は十七世紀のはるか以前から始まり、十八世紀を経てロマン主義さらにはヴィクトリア朝文化から現代へと続きます。西洋近代文化における自己のありようの源泉というか原型をいくつも発見しつつ、それらの本質と関連性を同定してゆく様は、あたかも変身し続ける妖怪を追いつめる壮大な追跡劇を見るごとくです。

さて、ロックがいう「自己」の像は、先に提示したような、典型的にはパストラルが象徴する有神論的世界とは、つまり〝コスモスの内側に自らが在ることを自明とする自己〟の像とは、まさに対蹠的 (anti-podally) に異なります。もちろん、当時はまだ両者が並存しており、たとえばケンブリッジ・プラトニストたちにとっての人間の心は、外のマクロコスモスに照応する (correspond) 内なるミクロコスモスでした、理性や感情は、いわばコスモス秩序の受信装置でした。ロックの、〝道具的に分析し推論する装置としての理性〟、〝快楽苦痛原則が働く装置としての感情〟とは、根底的に異なります。もちろん、未来に向けて優勢になってゆくのは、〝神の秩序を封じ込んだコスモスの一部でありみずからもそのコスモスである存在としての人間〟という考え方ではなく、ロックが象徴あるいは代表する考え方です。

ところで、ロックのこうした思想は単独かつ独創で現れたのではありませんが、これを言うのは、たとえばデカルトらの影響などという分かりきったことの確認ではありません。テイラーとともに私が確認しておきたいのは、私たちが近代と呼ぶ方向へ向けての文化の動きはヨーロッパにおいて普遍的だった、ということです。再び私自身の語彙を用いるならば、当時のいろいろな思想や事態は、最初に示唆したように、この変化の鉱脈のいわば露頭現象として理解されうるだろう、そしてマーヴェルもその一例と見られるだろう、ということです。テイラーは露頭という表現は用いませんが、事態の直観的把握は私のそれと同じだと思います。

お手元の資料には、テイラーの *Sources of the Self* の第九章冒頭を訳出してあります。そこで彼は、十七世紀当時、全ヨーロッパ的に軍隊などいたるところに、新しい規律・訓練のありかたが、つまり新しい人間観が広がり始めていたことを、じつに的確に指摘しています。人間観は世界観・宇宙観でもありますが、その変化の結果を実践している本人たちさえ意識できないほどに基盤的な変化を、彼は見ているということですね。ちなみに、この問題だけを焦点化して彼が近代文化の出現を論じているのが、*The Modern Social Imaginaries* です。彼の最新の著書である *A Secular Society* の第四章も同じタイトルですが、独立して読むことができるので、参考資料に挙げておきました。

さて、ここらあたりからが第二の部分ですが、まずは、新しいありようの自己が、古い宇宙の存在論的構造を破壊するメカニズムを、ミクロコスモスとマクロコスモスの照応という概念によって、あらためて整理しておきます。

宇宙がコスモスであることの自明性が揺らぐということは、その概念が客体化されてしまうということです。当然ながらそのとき、客体化する主体の理性的意識は自閉的秩序世界であるコスモスから外に出てしまっています。最初に触れたテイラーの "disengagement" はまさにこれを言うわけですね。私はこれを「切り離し」と訳しています。

テイラーはデカルトをこの姿勢の一つの結節点としており、その淵源自体はさらにそれ以前にたどれることを示しつつ、最終的にはロックをこの姿勢の完成者とします。

ともあれ、この「切り離し」が起きると、理性としての主体はもはやコスモス秩序の一部ではなくなりますから、この主体にとっての宇宙は、コスモスではなくユニバースになってしまいます。そしてこのとき、マクロコスモスとミクロコスモスの照応原理によって、まったく同じ事態がミクロコスモスにも起きますから、主体は自分から外に出て自己を客体化しています。つまり、主体も、ミクロコスモスではなくなっています。どちらか一方がコスモスであることは原理的にありえないので、これは当然です。そして人間と宇宙の関係の、こうしたまさに本質的というしかない変化が、十七世紀半ばあたりにヨーロッパの至る所で見いだされ始めるのは、間違いのないところだと思われます。

テイラーにしても私にしてもここで強調したいことの一つは、この変化プロセスはとどめようもなく進行し普及する、ということです。なにしろ、十八世紀になりそして十八世紀が進行すると、もはやミクロコスモスとマクロコスモスの照応という考え方など、すくなくともその自明性は失われてしまうわけで、テイラーはその押しとどめがたさを表現するのに、一貫して"march"という軍事的イメージを用いています。さきほど紹介した *The Modern Social Imaginaries* では"long march"とさえ言いますが、中国共産党の長征でも連想されているのでしょうか。

ところで、本発表をこのような内容とした事情に、すこし触れます。英文学者としての私の関心の焦点は一貫して十七世紀イングランドでしたが、ご案内のように近年は、文化現象としての近代の成立という観点から十七〜十八世紀イングランドの社会文化を広くカバーする研究、たとえばShapinやAdrian Johnsらのエピステミックな観点からの研究や、文明化という観点からのAnna Brysonの研究など、めざましい成果がありました。私もこれらの研究を人並みにフォローしてきたつもりですが、じりじりと十八世紀研究に焦点が移ってきたようです。同時に、私はこの十年ばかり、政治理論あるいは政治哲学の分野に深入りして、社会と個人の問題を、近代市民社会とは何かという問題枠で考えてもきました。じつはそこでテイラーと出会ったわけですが、この問題を考えようとすると、どうしても十八世紀の英国社会に視線が導かれ、十七世紀はそれを準備したもの、といった見え方になります。私の中で二つの研究分野が重なった結果、ここまでのような発表内容となったのですが、本発表で論じる十七世紀は、十八世紀およびそれ以降から振り返って見えるものという性質が濃厚です。しかしそのこと自体を語る時間はないので、ここで言及するものとは別に、私が面白いと感じた研究の一部を資料にあげておきました。文学研究の分野でも、Lionel Triling の *The Sincerity and Authenticity* など、近代的自己の問題を哲学的に扱ったもので見逃したくないのもあるので、それも加えてあります。

さて最後の部分ですが、"The Coronet" の議論を始める前に、コスモスとユニバースについて、しつこいようですが、いま一度確認しておきます。

世界がコスモスかユニヴァースかという問題は、じつは自己が soul か mind かという問題に、連動しています。哲学史的には前者から後者への切り替わりは十八世紀だとされるようですが、資料にもあげた *Naturalization of the Soul* での Martin と Barresi の言葉を借りれば「非物質的な魂 (soul) としての自己は、心 (mind) としての自己に取って代わられていった (the self as immaterial soul was replaced with the self as mind)」ということです。もちろん十七世紀にこの変化は始まっており、ロックがそのいわば象徴ですが、彼の生徒だった第三代シャフツベリ伯は、個々の人間が経験する個々の苦は宇宙の調和の一部として受け入れるという意味では、テイラーに言わせればほぼ古典ストア派でした。先生の否定という面があるわけですが、時代の哲学的あるいは思想的状況にはいろんな動きの並存や錯綜があることの、良い証拠でしょう。こうした時代文化の中に、マーヴェルはすでに示唆したように感度の高い触覚をもつ主体として生きており、先程来繰り返していることですが、典型的にはロックの理論が象徴するような文化的鉱脈の露頭点となった、と私は考えるわけです。もちろん彼ならではの結晶の仕方で露頭しているわけですが、彼の多からぬ抒情詩作品がまさに彼独自のこととして、"閉じられた秩序世界の破綻"つまり"コスモス原理の破綻〟に満ちているという事実の説明としては、これがもっとも説得的だと考えます。

それで、やっと〝The Coronet〟ですが、じつは三十年以上も以前、自分が三十歳前後のときにも、当時の十七世紀英文学研究会関西支部の例会で、この詩について発表しています。そのときに主張したのは、この詩にはマーヴェルの自己検証とその結果の最終判断が表現されているということ、その判断とは、抒情詩人としてある自分の究極的否定である、という説でした。そうした説は当時他に誰も唱えておらず、それはいまも変わらないと思われますが、伝統との関わり方のいわばメタ性にマーヴェルの本質があるという思いを深めている現在、マーヴェル理解におけるこの詩の重要性は、当時より格段に大きく見えています。そして、現在の自分が理解するマーヴェルの本質を時代との関連において語るには、たとえば〝The Garden〟や草刈人ダモンのシリーズなどよりこの詩のほうが適切に思えるため、あえてあらためて取り上げる次第です。

さて、問題にしている類のパストラルの用い方としては、詩人が牧人という純真素朴さのいわば仮面を被って典型的には宮廷的世界の堕落を批判したり、逆にその批判の対象である宮廷的世界の内側にあって、そこを囲われた楽園として讃えたりするわけです。前者では言葉を出す主体は宮廷的世界の外にありますが、しかしコスモス秩序の外側にあるわけではありません。「草刈り人ダモン」のシリーズなどでは、自閉的秩序の場の良さの自明性がわかりやすい形で崩壊していますが、〝The Coronet〟はそう単純ではありません。

この詩の話者は、つい最近まで宮廷的世界、つまりダモンの片思いの相手ジュリアナのいる庭が象徴するような世界に、その良さを自明として生きていた詩人ですが、信仰に目覚めて過去を反省し、羊飼い的純真素朴さでキリストを讃える詩を書こうとします。そして、所詮詩人である自分は果実ではなく言葉という花しか提供できないが、これまではそれで編んだ花冠を羊飼い娘たちに贈っていたのをやめ、キリストの被る痛々しい棘の冠を掛け替えるために編むのだ、と意義づけます。けれども、いざ編んでみると、そこに蛇が編み込まれてしまったのに気づくのですね。蛇は名誉心や技への自負心、人間としての驕り高ぶりなどでしょうから、めざした純真素朴な感謝の表現からその否定であるものを排除できなかったことになります。それで、こんな事しかできないのならいっそのこと、というわけで、この蛇をたったひとり本当に征服できるキリストにたいして、花冠ごと踏みつぶしてしまってください、と願うわけです。パストラルを書くことの否定、抒情詩人として自分があることの否定、そして curious frame は珍らかな作品であると同時に、そういう始末の悪い心をもつ人間でもありますから、その放棄あるいは否定の宣言ですね。幾重もの自己否定が、ここにはあるわけです。

"The Coronet" の内容は簡単にはこうしたものですが、このタイプのパストラルは Nature vs. Art という古典的テーマをもつとも言えるわけで、その観点から見ると、小さくて一見素朴な姿をもつ詩に尋常ならず凝った作りが与えられていることが、重大な意味を帯びます。時間がないのでスキャンも翻訳もしませんが、ライムスキームやリズムといった要素を丁寧に点検すると、この詩全体に何本かのいわばストリングが通っており、それらがすこしずつずらされていることが、分かります。つまり花で冠を編む行為が言葉の扱いに再現されていますから、この作品は純真素朴どころか、究極的なその裏切り、つまり nature どころか、対極である art の結晶です。それは詩人自らが言うとおりであって、蛇が編み込まれてしまったと嘆く彼は、この絶望的皮肉に気づいたからこそ、いっそ全部を放棄するしかない、と悟るのです。したがって、メタポエトリとしてのこの詩のメッセージは、これがパストラルの本質だ、あるいは抒情詩というものの本質だ、それどころか人間の本質だ、というものです。

ここまでの解釈にはあまり異論もないでしょうが、私は、この詩人は、一旦は明言した抒情詩の放棄をそっと取り消す、と考えます。頭は飾れなくとも、せめてこれを踏みつぶすおみ足を飾らせて欲しい、という最後の二行は、詩作自体の取り消し、いわゆるパリノードのさらに取り消しに違いない、と考えます。直前のパンクチュエーションについての議論もありますが、当時はまだそれが読みかたを絶対的に拘束するわけではありません。だからこそ、現代の読者を意識すれば、論者は自分の読み方に即したパンクチュエーションを提案すべきだとも言えるならば、私の場合、詩人は最後の最後まで本当に抒情詩を放棄するつもりでいて、いったんそう言い切ると考えますから、定本であるマーゴリアス版のとおり、そこはピリオドつまりフルストップにしておこうと思います。詩人は放棄すると言いきりますが、言い切った途端に、絶対に詩作を放棄できない自分に、直面するわけですね。だから、微妙なタイムラグがあって、そっと自己欺瞞をやってしまいます。

結局のところ彼は、おみ足なりと飾らせてくださいというエクスキュースを入れて、自分の作品に、したがって抒情詩を書くことに、価値を復活させるわけです。三十年あまり前の私は、後半生のマーヴェルの生き方と整合しうる解釈はこれしかないと直観していましたし、それは今も同じです。しかし当時の私は、直観だけは鮮烈ながら、それを時代文化の文脈に適切・的確に位置づけられませんでした。この年齢になってやっと、先ほど説明した「切り離し」という概念を援用しつつ、それをしているわけです。

この詩人は基本的にはマーヴェルの投影でしょうが、理性主体としてのマーヴェルは自分を客体として徹底的に切り離して見ており、その姿勢において、自己が蛇を抱えることの確認をドラマ化しているのだと思われます。つまり、生身の彼自身においては、やはりパストラルが代表あるいは象徴する抒情詩を放棄することになるわけです。放棄できない詩人と理性主体としての自分とを切り離す、ということですね。

抒情詩を書き続けることは自己欺瞞を続けることに他ならないという検証を、彼はこの詩で終えたのだ、そして同時にアルカディアとしてのアップルトンを捨てる心も決まったのだ、というのが、現在の私の考えです。

この考えが正しいとすればこの作品は、art というもの、そして叙情詩人というもの、さらに言えば人間とはどういうものであるかを、マーヴェルがパストラル世界の内側に身を置き、実際に見事な art を駆使したシミュレーションで検討したもの、つまり究極的メタポエトリともいうべきものになります。マーヴェルという理性的行為主体そのものは、さきほど申し上げた原理でパストラルのコスモスの外側に出てしまっており、すでに彼にとってその世界は本来的な意味でのコスモスではなくなっている、ということです。

マーヴェルの叙情詩作品のほとんどの製作年代は、決定的な証拠など無くて所詮は分からないのですが、通説でもあれば私の理解でもあるところにしたがって申せば、閉じられたコスモスバブルだったフェアファクス男爵の隠棲所アップルトンで抒情詩作品群を書き終えた彼は、そこからロンドンの政治世界という、コスモスならぬユニバースへと出て行きます。彼にとって、閉じられた秩序世界としてのパストラルや抒情詩の世界は、官能的・審美的にはよほど魅力的だったのでしょうね。しかし、それは宇宙あるいは世界のありようとしてはもはや自分にとって説得力をもたないという事実に直面して、あのようにほとんど強迫観念に駆られるようにその破綻をテーマとし続けたのだろう、と私は考えます。

この説についてあげられる状況証拠は、アップルトン以降の彼の活動は、彼がコスモス的世界感覚を完全に封印したことを強く示唆する、ということです。彼が後半生を反宮廷派下院議員として暮らした世界は、シャフツベリやロックの世界であり、ハーバーマス描くところの新しい公共圏の世界でもあります。

それはまた、王立協会の世界であり、シェイピンやジョンズが描く世界でもあります。そこでの彼の活躍ぶりはいまではよく知られていると思いますが、それも含めて、彼にはたくさん、封印や自己統御という概念を導入してはじめて理解できることがあります。異様なほどに知られない私生活もそうですが、思いがけないことをひとつあげれば、彼の散文の特異さがあります。ドライデンやミルトン、あるいはニーダムでもバーケンヘッドでも良いのですが、著名な散文家たちが一見してそれと知られる特徴的文体を一貫して用いたのに対して、彼ばかりは、ブラッドブルックが"metaphysical prose"と評した*The Rehearsal Transpros'd*の文体から*The Growth of Popery*のジャーナリズムの文体まで、きわめて見事という共通点しかない多彩な文体を駆使しています。このほとんど原理レベルでの異様さに、自説の傍証として、最後にすこし触れておきます。

この種の異様さは、器用さだの多才さだのでは説明できません。じつはマーヴェルに取り組みだした当初から私は、奇妙でほとんどパセティックな、じつにぎこちなくて強迫的な自己統御性としか呼びようのないものを、彼に感じ続けており、それが彼の本質に直結していることを直観していました。この、〝マーヴェルにおいては主体である自己が異様なまでに観察と操作の対象になっている〟という直観、つまり自己がほとんど過剰に客体になっているという直観が、ある意味では私をマーヴェル論に執着させてきたものです。したがってテイラーが私を惹きつけたのは、すでに触れましたが、自己と世界を徹底的に客体化し主体としての自らに責任を持つ理性としての自己、自律的で自己をコントロールする力をもつ理性としての自己がこの時代に現れてくる、という彼の議論です。テイラーはあくまで近代的自己の成立を論じているのですが、彼の提示する人間像は、近代市民社会の成立という問題枠で見た場合まぎれもなく、〝ユニヴァースとなった社会に成立する開かれた政治的公共圏の中で政治参加する自律的個人〟という近代的市民像の源泉の一つです。そして私が言いたいのは、マーヴェルはこの意味での市民に決定的になってしまった部分を、ぎこちなく抱えていたのだろう、ということです。

私の説では、その抱えてしまったもののために結局彼は、コスモスを放棄してユニバースを選択せざるをえなかったのですが、先ほども言ったように旧来のコスモス的パストラル世界が、官能的あるいは美意識的にはほんとうに好きだったに違いないので、自分が帯びてしまった、ぎこちない近代的市民性と呼ぶほかないものは、本人には、やはり病あるいは呪詛のようなものとしてあったでしょう。彼は、鋭敏なアンテナがピックアップしてしまった市民性がかなり育った状態で、ということは深まり続ける葛藤を抱えて、あえてコスモスバブルとしてのアップルトンに入ったと思われますが、この意味での市民は、どれほどに文学的アルカディアが象徴するコスモスが好きだったにしても、もはや自己像としても宇宙像としても欺瞞でしかないそこに閉じこもってはいられません。その決断直前の彼を、私は、図像的に本発表のタイトルにしたのでした。

マーヴェルは、現実の地理としてのアップルトンからは出られても、またパストラルや抒情詩一般を書く行為は放棄できても、心の中のいわばアルカディアが消滅するはずはないので、ふたたびそれに自己が取り込まれないためには、意志力をもってそれを封印するしかなかったはずです。つまりアップルトンを出るときに彼の内と外とはくるりと反転し、今度は内にアルカディアを抱く市民になる、ということです。そういうふうに彼は後半生を生きたのではないか、たとえば後半生の彼のじつに奇妙で頑固な潔癖性などはこのように説明できる面があるのではないか、ということです。

これで発表を終わります。まずは詰め込みすぎをお詫びし、そしてご静聴に感謝申し上げます。ありがとうございました。

註

（1）*OED* で 'ontic' を引くと、これが今世紀に出てきた言葉であることが分かるが、ハイデッガーの、ontology は being に関わり、ontic は entity に関わる、という言葉が（もちろん英訳だが）例文にあげられている。

（2）ここでは、彼らの〝自然科学〟についてのカッシーラーの次のような言葉が、適切だろう：自然科学的精神の時代にあって、放逸な奇跡信仰が再びよみがえる。思弁と想像は再び事実を思いどおりに処理し、そして事実はそれらの目的のために使われる。……宗教の領域では、いたるところで「理性」の絶対的特権を支持したケンブリッジ学派は、自然の説明にとりくむだんになるとこの理性を放棄し裏切るとい奇妙な現象が生じる。彼らは宗教においては合理的であったが、自然学においては神秘的、カバラ的となった。―エルンスト・カッシーラー『英国のプラトン・ルネッサンス』（工作社）p. 131.

（3）ただしこれは理神論とともにかなり微妙な問題であって、"the great chain of being" という概念自体は、そのもっとも俗化した 'The wonderful Gradation in the Scale of Beings" というかたちで、むしろ十八世紀にもっとも広汎に普及した。Quoted in Dror Wahrman, *The Making of the Modern Self*, p. 131.

会場での配付資料

「アルカディアに佇む市民としてのマーヴェル」

◎作品

The Coronet

When for the Thorns with which I long, too long,
  With many a piercing wound,
  My Saviours head have crown'd,
I seek with Garlands to redress that Wrong:
  Through every Garden, every Mead,
I gather flow'rs (my fruits are only flow'rs)
  Dismantling all the fragrant Towers
That once adorn'd my Shepherdesses head.
And now when I have summ'd up all my store,
  Thinking (so I my self deceive)
  So rich a Chaplet thence to weave
As never yet the king of Glory wore:
  Alas I find the Serpent old

That, twining in his speckled breast,
About the flow'rs disguis'd does fold.
With wreaths of Fame and Interest.
Ah, foolish Man, that would'st debase with them,
And mortal Glory, Heavens Diadem !
But thou who only could'st the Serpent tame,
Either his slipp'ry knots at once untie,
And disintangle all his winding Snare:
Or shatter too with him my curious frame:
And let these wither, so that he may die,
Though set with Skill and chosen out with Care.
That they, while Thou on both their Spoils dost tread,
May crown thy Feet, that could not crown thy Head.
— from H. M. Margoliouth ed., *The Poems and Letters of Andrew Marvell* (Clarendon Press, 1971).

（訳）
あまりに長い　長いあいだ　あがない主のみかしらに
いばらで　数多のつらい
刺傷を冠せていたあやまちを
花冠に換えてつぐなうつもりで　私は
あらゆる庭　あらゆる牧場から
花を集めた（私の実りは花でしかないゆえに）

香り高い花茎の頂きを摘みとったが、それは
かつては私の恋人の羊飼い娘の頭を飾っていたもの
そして集めたすべてを今まとめ終え
　どんな栄ある王もかぶったことがないような
　見事な冠を編もうと（それほどに自分を
欺いていたのだ）したのに
　ああ　あの昔なじみの蛇がそこにいるのだ
　斑紋のある胸でまきついて
　名声と利益によじれ　花にまぎれて
　とぐろを巻いている
ああ　人間は愚かなものよ　天の王冠をそのようなもの
はかない栄光などで汚そうとするとは
この蛇をただひとり取り鎮められるお方　あなたさま
どうかこの捉えがたいとぐろを今すぐほどいて
こ奴のよじれくねった罠をお解き下さい　さもなくば
このめずらかな私の作品［不遜な私］もともに踏みしだいて下さいませ
心をこめて選びぬき術を尽くして編んだものではありますが
こ奴を死なせるためとあれば　花もしおれるにまかせて下さい
みかしらの冠にはなれませんでしたが　せめてそうして頂けるなら
双方の不実の成果を踏みつけられるとき　おみ足なりと飾れましょうから

――吉村伸夫訳『マーヴェル詩集　英語詩全訳』（山口書店、一九八九年）より．

◎議論の流れ（言葉と概念）

パストラル、メタポエトリ、マーヴェルの叙情詩作品群、ボイルとロック、近代市民社会文化および“middling sort”文化とその露頭（outcrop）現象、“disengagement”の概念、“cultural sound box”あるいは“cultural resonance”の概念。

有神論的（theistic）宇宙、「閉じられた秩序世界」とその破綻、「球体あるいは囲われた平面」のイメージ、ハイデッガーの「存在論的（ontological）」と「存在者的（ontic）」の概念、「コスモス」と「ユニヴァース」の使い分け、コスモスとしてのパストラル宇宙、世界のコスモス性の自明性の衰退と消失、パウンドとエリオットの「詩人のアンテナ（触覚）」という概念、ジャンルとしてのパストラルとコスモス宇宙の照応、ウェーバーの「世界の魔法からの覚醒（disenchantment）」、「存在の大いなる連鎖」の概念ロックの‘punctual self’、自らを客体化し制御する主体としての「自己」とその自律性、マクロコスモスとミクロコスモスの照応。

コスモス宇宙の破壊メカニズム、“disengagement（切り離し）”の概念詳説、「自明性」の消失、「コスモス」から「ユニヴァース」へのとどめようのない変化、魂（soul）から心（mind）への変化、ふたたびロック。

なぜ「コロネット」か、パストラルの用い方、牧人という話者について、マーヴェルと文学伝統との関係の本質、一応の解釈と「幾重もの自己否定」の確認、“Nature vs. Art”の伝統、絡み合う strings、メタポエトリとしてのメッセージ、決定的自己欺瞞、マーヴェルの「切り離し」、コンヴェンション実践によるシミュレーション、官能的・審美的性向（たとえば“The Ffair Singer”）と市民性の軋轢そして前者の否定と封印、マーヴェルの散文、宿痾あるいは呪詛としての近代市民性、アップルトン放棄と叙情詩放棄そして後半生の生き方。

◎「点としての自己(punctual self)」の概念

Charles Taylor, Sources of the Self: *The Making of the Modern Identity* (Harvard University Press, 1992) 第九章第一節より、発表者による邦訳。

デカルトの〈対象から〉切り離された行為主体は、合理的手続き〈方法。以下同じ〉と同じく、たんに彼特有の概念なのではない。近代思想のなかで彼の二元論にたいして現れたあらゆる挑戦と不同意にもかかわらず、彼は切り離しという考え方を芯に据えることで、近代という時代に現れた最重要の展開の一つを分節化〈＝分明に概念化・語彙化。以下同じ〉したのである。最近の研究によって十六世紀末から十七世紀初期にかけてユストゥス・リプシウスの関わる「新ストア派」とおおまかに呼ばれる考え方が非常に重要だったことが明らかになったが、フランスではこれにギョーム・ド・ヴェールが関わっていた。呼称が示唆するとおり、これらの思想家たちは古典ストア派から影響を受けたが、重要な相違点も多くある。相違点のうちには、肉体と魂の二元論のみならず、自己掌握という模範をますます強調することも含まれるが、それが、道具的統御を模範とするデカルト的変化の下地となるのである。

より意味深いことに新ストア派は、政治的・軍事的エリートたちのあいだに見られた、非常に多くの領域で新たな形の規律をより広汎かつ厳格に適用しようという運動と、一体のものだった。もちろん、まずは軍事においてオレンジ公ウィリアムの諸改革にこれを見ることができるが、それはスペインに対するオランダの反乱で、世界史的重要性をもつことになった。それにとどまらず、後には民間行政の多様な局面でも重要となり、〝絶対主義〟国家の新たな野望と能力が増大するとともに、その重要性も、交易や労働や健康状態や道徳観、それどころか信仰行為の定型面においてさえ、増大していった。多くの制度・組織――軍隊、病院、学校、労役施設――を通じてこれらの新たな規律のあり方が広がっていったありさまは、ミッシェル・フーコーによって、いささか一面的ではあるが、『監獄の誕生――監視と処罰』の中で跡づけられている。この一種の星雲状存在‐新しい哲学、管理と軍隊組織の手続き、統治の精神、そして規律の手続きの全体に一貫して見出されるのは、方法論的で規律づけられた行動によって自らを作り直す力をもつ行為主体という、展開途上の理想である。これが要求するのは、所与のものとして自らに備わる諸々の属性や欲望や傾向、さらには思考や感情の習慣に対して道具的態度をとる力だが、なぜかといえば、それらを操作対象として一部は放棄し一部は強化することによって、望みどおりの性能細目を達成するためなのだ。私としては、切り離された主体というデカルト描くところの像は、こうした全体の動きにもっとも馴染むような行為主体の理解を分節化したものだということ、またそのことが彼の世紀とそれ以降にそれが甚大な影響をもつことになる基盤の一部だということを、示唆しておきたい。

　切り離しと合理的統御を備える主体は、すでにお馴染みの近代的人間像である。それは私たちが自らを構築する方法の一つになったとさえ言えそうなものであり、むしろそれを脱することのほうが難しい。それは、私たちの時代が逃れえない内側性の感覚〈了解〉の一側面なのだ。ロックからその影響を受けた啓蒙時代の思想家たちを経由して成熟したかたちになってゆくにつれ、それは、私が〝点としての〟自己と呼ぼうとするものになってゆく。

（Charles Taylor, *Sources of the Self. The Making of the Modern Identity* (Harvard University Press, 1989), p. 159 より、発表者による邦訳）

◎ 文献リスト

（研究文献のみ。マーヴェル研究関連は言及対象以外省略。脚注形式で示す）

1. 発表内で言及されるもの

M. C. Bradbrook and M. G. Lloyd Thomas, *Andrew Marvell* (Cambridge University Press, 1961).

Anna Bryson, *From Courtesy to Civility: Changing Codes of Conduct in Early Modern England* (Clarendon Press, 1998).

Rosalie Colie, "*My ecchoing song*": *Andrew Marvell's Poetry of Criticism* (Princeton University Press, 1970).

Jurgen Herbermas, *The Structural Transformation of Public Sphere*. tr. Thomas Burger with the assistance of Frederick Lawrence (The MIT Press, 1989).

Margaret R. Hunt, *The Middling Sort: Commerce, Gender, and the Family in England 1689–1780* (University of California Press, 1996).

Adrian Johns, *The Nature of the Book. Print and Knowledge in the Making* (The University of Chicago Press, 1998).

Raymond Martin and John Barresi, *Naturalization of the Soul. Self and Personal Identity in the Eighteenth Century* (Routledge, 2000).

Steven Shapin, *A Social History of Truth: Civility and Science in Seventeenth-Century England* (The University Press of Chicago, 1994).

Stanley Stewart, *Enclosed Garden: The Tradition and Image in Seventeenth-Century Poetry* (University of Wisconsin Press, 1966).

Charles Taylor, *Sources of the Self. The Making of the Modern Identity* (Harvard University Press, 1989)

Taylor, *The Modern Social Imaginaries* (Duke University Press, 2004).

Taylor, *A secular Age* (The Belknap Press of Harvard University Press, 2007).

Lionel Triling, The Sincerity and Authenticity (Harvard University Press, 1972).

Dror Wahrman, *The Making of the Modern Self: Identitiy and Culture in Eighteenth-Century England* (Yale University Press, 2004).
Wahrman, *Imagining the Middle Class* (Cambridge University Press, 1995).

マルティン・ハイデッガー著、原佑・渡辺二郎訳『存在と時間』（中公クラシックス、二〇〇三年）.
マックス・ウェーバー著、内田芳明訳『古代ユダヤ教』（みすず書房、一九八五年）.

2. その他（十八世紀と「自己」関連）

Richard C. Allen, *David Hartley on Human Nature* (State University of New York Press, 1999).
Vic Gatrell, *The City of Laughter. Sex and Satire in Eighteenth-Century London* (Walker & Company, 2006).
Gatrell, *The Hanging Tree. Excution and the English People1770–1868* (Oxford University Press, 1994).
Marcel Gauchet, *The Disenchantment of the World. A Political History of Religion*, tr. Oscar Burge (Princeton University Press, 1997).
Don Herzog, *Poisoning the Minds of the Lower Orders* (Princeton University Press, 1998).
Lawrence James, *The Middle Class. A History* (Little, Brown, 2006).
Arthur O. Lovejoy, *The Great Chain of Being* (Harvard University Press, 1933).
Raymond Martin and John Barresi, *The Rise and Fall of Soul and Self. An Intellectual History of Personal Identity* (Columbia University Press, 2006).
Carey McIntosh, *The Progress of English Prose, 1700–1800: Style, Politeness, and Print Culture* (Cambridge University Press, 1998).
Richard Sorabji, *Self. Ancient and Modern Insights about Individuality, Life, and Death* (The University of Chicago Press, 2006).
Cynthia Wall ed., *The Concise Companion to the Restoration and Eighteenth Century* (Blackwell Publishing, 2005).

＊とくに Rachel Crawford の論文（'sublime' の概念が最後はキッチンガーデンに適用されるようになるという、じつに面白いプロセスを辿っている）.

吉村伸夫「文化現象としての近代――英国の場合　civility の概念から見えるもの――」『十七世紀英文学と戦争』（金星堂、二〇〇六年）.

編集後記

今回の論集は、原稿が集まるのに時間がかかり、二年越しになってしまった。妥当性を欠くテーマ設定だったのかとも思うが、文学のみならず英国社会そのものが十七世紀に大転機（つまり、多くのことが終わり、多くのことが始まる）を迎えるのは、紛れもない事実だから、むしろ事情は逆で、重すぎたり広すぎたりしたのかも知れない。だが、論文がこうして出そろってみると、じつに多彩で、なかなか充実した論集ができたように思う。テーマを提案した本人としての責任もあり、また発表内容が今回論集のテーマに合うものだったために、筆者自身が二〇〇九年度日本英文学会年次大会で行った招待発表の原稿を、特別寄稿というかたちで加えた。学会員の方々のご寛恕をお願いしたい。

ところで、このような論集を作る場合、編集委員にぜひとも若手を加えるべきだと痛感した。内容面などのチェックはベテランがやるにしても、最新のＭＬＡスタイルマニュアルに則っているかどうかといったことになると、自分自身をはじめとして、古い書き方にすっかり馴染んでいる者は、なかなか直感的に反応することができない。今回は、刊行の遅れのために自分の定年退職時期と原稿の締め切りが重なってしまい、落ち着かない中での作業となったため、とくにその面で不安があった。この先似たようなことがあってはならないと思う。

それにしても、このような論集が出せるのは、昨今の学術出版の事情を考えると、まことに幸運なことで、金星堂のご厚意には頭が下がるばかりである。また、編集の倉林さんには、とても迅速丁寧な仕事をしていただいた。これも、ただただ感謝である。次の論集がさらに充実したものとなることを、せつに願っている。

編集委員長　吉村　伸夫

Endings and Beginnings in
Seventeenth-Century English Literature

2013

CONTENTS

編集委員
植月惠一郎・川田　　潤
佐々木和貴・滝口　晴生
森　　道子・吉村　伸夫
（五十音順）

十七世紀英文学における終わりと始まり
―十七世紀英文学研究 XVI ―

2013 年 5 月 30 日　初版発行

編　集　　十七世紀英文学会
発行者　　福　岡　正　人
発行所　　株式会社 金 星 堂
（〒101–0051）東京都千代田区神田神保町 3–21
Tel. (03)3263–3828（代） Fax (03)3263–0716 振替 00140–9–2636

編集担当　ほんのしろ
印刷所／モリモト印刷　製本所／井上製本所
落丁・乱丁本はお取り替えいたします
ISBN978-4-7647-1125-9 C3097